カササギの魔法シリーズ3

カササギの飛翔

KJ・チャールズ

鷺谷祐実〈訳〉

A Charm of Magpies 3

Flight of Magpies

by KJ Charles

translated by Yumi Outani

Monochrome Romance

Contents

登場人物

クレーン伯爵ルシアン・ヴォードリー　……　二十年ぶりに中国から英国へ帰国した貿易商
スティーヴン・デイ　……　超常能力の濫用者を取り締まる審犯機構の能力者
フランク・メリック　……　クレーンの従者にして片腕

エスター・ゴールド　……　審犯者。スティーヴンの仕事のパートナー
ダニエル・ゴールド　……　医師。エスターの夫
ジェニー・セイント　……　審犯者。スティーヴンの部下
ピーター・ジャノッシ（ジョス）　……　審犯者。スティーヴンの部下

ジョナ・パスターン　……　能力者。窃盗犯

リッカビー刑事　……　ロンドン警視庁の刑事

ジョン・スリー　……　協議会委員
ジョージ・フェアリー　……　協議会委員
バロン＝ショー夫人　……　協議会委員
マクリーディ　……　審犯者。スティーヴンの同僚
ニューハウス　……　似顔絵描き
エリーズ・ブルートン　……　魔道士

イラスト：yoco

カ サ サ ギ の 飛 翔

Flight of Magpies

サシャとマークへ
二人の末永い幸せと
勝手に姓の使用をしたことに捧ぐ
（偶然だったんだって、マジで）

一つは哀しみのため
二つは悦びのため
三つは女の子のため
四つは男の子のため
五つは富のため
六つは貧困のため
七つは雌犬のため
八つは売女のため
九つは葬儀のため
十はダンスのため
十一は英国のため
十二はフランスのため

一つは哀しみのため
二つは浮かれ騒ぎのため
三つは結婚のため
四つは誕生のため
五つは富のため
六つは貧困のため
七つは魔女のため、それ以上は言えない。
八つは土に埋められた赤子のため
九つは饗宴のため
十は欠乏のため

第一章

クレーン卿ルシアンはアスコットタイを整えると鏡の中の自分を眺めた。シャツの前面は絹とリネンの淡い白と純白が混じる完璧な仕上がりだった。ホークス・アンド・チェイニーにて驚異的な金額で手作りされた新しいスーツは、体にピタリと合い、仕立て仕事の傑作だった。クレーンは灰色の布にわずかに走る銀色の光沢に懐疑的で、人には言いたくないほど長く悩んだ末に発注をしたのだが、いまやホークス氏の意見が全面的に正しかったと認めざるを得なかった。アスコットの状態には完全には満足できなかったし、太陽の下で過ごした年数が長すぎて、英国人らしい赤や白の顔に溶け込むには肌が灼けすぎていたが、くすんだ金髪は滑らかで、身のこなしは非の打ち所がなく、貴族的な顔立ちは落ち着いていた。実際、正しき英国紳士の見本のような姿だった。

「あんたって本当に洒落者《フォップ》だな」クレーンが先ほど場所を空けた後ろのベッドから、裸でシーツに絡まった男が言った。

クレーンは鏡越しに非難の視線を送った。「そんなことはない。洒落者《フォップ》は目立つために服を着る。私は自分のために服を選ぶ。君のために着飾ってもいいが……」つけ加えた。「それは豚に真珠というものだ」

　スティーヴンはニヤリとして見上げた。「それがあんたとメリックが心配していたスーツ？派手すぎるんじゃないかって言ってた？」

「そうだ。どう思う？　訊いても無駄なことはわかっているが」

「灰色だね」スティーヴンは言った。「そもそも灰色以外の色を着ているのを見たことがないから驚きはしないけど、二人の話ぶりから、もっと目が覚めるような青とか、黄色を想像してた。とてもいい色だけど、基本的には灰色だ。あんたにはショックかもしれないけど、別の色を着てみることを考えたことはないの？　たとえば黒とか、茶色とか？」

「もうひと眠りしたらどうだ？」クレーンが提案した。

「それにはもう遅い」スティーヴンはあくびをして体を伸ばし、クレーンはその小さく柔軟な体の動きを目で楽しんだ。身長が五フィート（約百五十二センチ）しかない小さな体だったが、細く敏捷かつ柔軟で、扱うのにちょうどよい大きさだった。「目が覚めちゃったから、もう起き上がらないと。きょうの日がどんな恵みを与えたもうか、準備だ。十一時に協議会《カウンシル》に呼ばれてるんだ、救いたまえ」

「興味本位で聞くんだが、昨夜は何があった？」

　スティーヴンは真夜中に現れ、髪も服も何やら気色悪くねっとりとした刺激臭のする液体にまみれていたが、体の汚れをしっかりと洗い落とした後、一日の不快さをぬぐい去るためにベッドに飛び込んだのだった。朝になるまでの時間で、浴室の床に放置した衣類は黄色っぽい樹脂のような光沢を放って固まっていた。クレーンは従者が安物の衣類とおぞましい物体の塊を解こうと火かき棒を使うのを目撃したが、後で燃やすために捨て置く方がいいと断固提案した。

やってきた時には何も説明をしなかったし、クレーンはスティーヴンの琥珀色の目の横に疲れた小さなしわが見えている時に無理やり答えを聞き出すことが得策でないことを知っていたが、昨夜自分の知っている唯一の方法でスティーヴンの心配を追いやったことで、恋人はすっかり満足して今朝は眠っている猫のように骨無しになっていた。

「かなり気持ち悪かったよ」再びあくびをしながらスティーヴンが言った。「ある男がいて、こういうのができて……」手振りで体の上に片手ほどの大きさの腫れを複数、表現して見せた。「それがこういう感じになって……」手を開いて爆発を表した。「死んでしまったよ、もちろん」

「それは恐ろしく不快だったな。魔法――いや、能力《プラクティス》というべきか――が使われた結果、なのか?」

「残念ながらそうだ。いったいどうやってやったのかまるで見当もつかないけどね。どこから手をつけていいのかさえわからなかった。きっと突き止めるけどね」体を伸ばして背骨を動かした。「というか、どうあっても解決しないといけない、被害者は引退した警視だったから。

リッカビー刑事は動揺してた」

クレーンは顔をしかめた。「そうだろうな。幸運を祈る。コーヒー飲むか?」

「是非。それできょうは何? 何か特別なことのためのスーツ?」

クレーンはコーヒーのベルを鳴らし、アスコットをまたいじっては、その収まり具合に眉をひそめた。「レオノーラとブレイドンと昼食だ。結婚式の前にブレイドンの一族と会う」

「それは先週じゃなかった?」

「その通り」クレーンは気持ちをこめて言った。「たぶん来週もそういうことになる。ブレイドンには嘆かわしいほど大勢の親族がいて、私の推測では、その三分の二が若い娘とその期待に満ちた親だ。種馬《たねうま》として売り出されている気分だよ」

「かわいそうに」スティーヴンは気持ちがこもっていないのを隠そうとせずに言った。「英国社交界の最上階層《クリーム》との懇親か。地獄だろうな」

クレーンは鏡の中から脅かすような身振りをした。スティーヴンもよく知っているように、クレーンの英国社交界に対する興味は、旧友のレオノーラ・ハートと由緒正しい生まれの新進気鋭の政治家との結婚に際して、親族の代わりに新婦を引き渡す役目だけに限定されていた。それさえ終われば、独身の境遇を変えるつもりはないという頑固な意志に必要以上の注目が集まる前に、参加を強制されている夜会やパーティから身を引く気で満々だった。

クレーンには身分にふさわしい結婚をするつもりなど毛頭なかったし、英国のくだらない法律に行動を制限されるつもりもなかったが、裕福で称号持ち、ハンサムで未婚という事実は今回の友人の結婚騒ぎで大いに注目されていた。この国で引き受けるつもりだった以上の注目だ。

そもそも当初は英国に住み着く予定などまったくなかった。すべてはスティーヴンにかかっていた。クレーンは恋人を残して国を出ることはないと約束し、そこに偽りはなかったが、いまや気持ちはどうやってここで暮らすかより、どうやってスティーヴンを説得して英国を出るかという方にますます傾いていた。

「まぁ、前回ほど退屈じゃないことを祈るよ」スティーヴンはベッドに寝そべって言った。「ハート夫人によろしく」

「あいつには頭の横に軽く一発見舞いたいよ。今度はブレイドンの政治会派に同調してくれと言い出しているんだ」

「あんたは政治に無関心だろ」

「貴族院に議席はある」

「でも、行ったことはないだろ」

「ない」クレーンは認めた。「でもブレイドンのリベラルの一派は貴族院からの賛同が欲しいらしい。だから……」

「何だよ、それ」スティーヴンはベッドの上で起き上がった。首の周りの鎖にかけている太い黄金の指輪が動きに合わせて跳ねた。「ハート夫人の婚約者がそう言うからって、投票するなんておかしいよ！」

クレーンは肩をすくめた。「ブレイドンは常識と良識のある男だ」

明確な急進的《ラディカル》指向で貴族院の原理原則に反対しているスティーヴンはしかめっ面を見せたが、応えようとして、コーヒーを持ったメリックが形ばかりのノックをして入ってきたのに阻まれた。スティーヴンは慌ててシーツを膝の上に掻きよせた。自分が主人のベッドに裸でいることに、メリックが驚くわけではないのだが。

「閣下《マイロード》。おはようございます、デイさん」スティーヴンにカップを渡した。「残念ながら着ていたスーツはもうダメなようです。燃やしてしまってもいいですか？」

「ポケットから物を取り出さないと」

「十ポンド札が入っていたりしますか？　そうでなければ燃やしてしまった方がいい。また同じようなベトベトした物体が付着する可能性はありますか？」

「あり得る。でも次回は早めに身を引くようにする」

「それがいいです、サー。魔法を使うのはよしとして、ホークス・アンド・チェイニーのスーツから、あなたのつけてくる類の汚れを落とすのは大仕事です」

スティーヴンは笑った。「心配しないで、メリックさん。仕事にいいスーツを着ていくようなことがあったら――」

「それはメリックがついに君と敵対する時だな」クレーンが言葉を継いだ。

「やめておくよ」スティーヴンは同意した。「そうだメリックさん、少し、いいかな……」

「はい？」

「ジェニー・セイントに何か、中国の武闘術を教えているというのは、本当？」

クレーン鏡にコーヒーを噴いた。悪態を吐きながら、新しいスーツに飛んだかもしれない染みを拭うため、ハンカチを探した。メリックは〝完璧なる従者〟の無表情をまとっていた。

「南拳流の基本技術を幾つかです、サー。何か問題はありますか？」

「問題があるのかどうかはわからない」スティーヴンは言った。「僕が知っているのはいまやあの子がダルウィーシュの修行者のように空中で回転して、着地するまでの間に人の顔に三発蹴りを入れられるってことだ。それがいいことなのか悪いことなのか」

「空中に飛び上がって、降りてくることができる能力があるんです、サー」メリックは淡々と言った。「使わないのはもったいない」

ジェニー・セイントはスティーヴンの庇護下にいる若い審犯者《ジャスティシアー》の一人で、にやけた笑みを顔に貼りつけた浮浪児のような少女で、重力の法則を軽やかに無視する能力の持ち主だった。クレーンは少女とメリックがジンのボトル一本を挟んで何やら胡散臭い絆を結んだことは知っていたが、この展開は予想していなかったし、恋人も従者もまず自分にひと言もなかったことが気になった。壁に寄りかかり、くれぐれも二人の邪魔にならないようにした。

「セイントには時間をかけるべき学業がある。能力の訓練と読み書きを習う必要もある」ステイーヴンもメリックと同様の淡々とした話し方だった。「それらの時間を奪うことは許されない」

「そういう事実はありましたか、サー?」明確に挑戦的とは言い難かったが、単なる質問とも取れなかった。

「いいや、ない」

「ではその状況は今後も変わらない」

「そうして欲しい」スティーヴンが同意した。「セイントが自分の時間を使って人の顔を蹴るのは構わない、メリックさん。僕の課題をきちんとこなしている限りは」

二人は数秒視線を絡ませたままでいたが、やがてメリックが小さく頷いた。対等な者同士、スティーヴンも小さく会釈した。

メリックがクレーンに向いた。「他に何かありますか、閣下?」

「このスーツだ。どう思う?」

メリックは高級衣裳に身を包んだ主人を上から下へ眺め、歯の間から空気を吸った。「前にも伝えた通りだ。派手すぎる」

二人の間の序列をはっきりさせたところで、従者は去った。

「クソったれ」クレーンはつぶやいた。「セイント嬢に武術を教えているとは。まったく知らなかったよ」

「教えているのが武術だけならば、いい」スティーヴンはほんの少し苦々しさをにじませて言った。「僕にはセイントの面倒を見る義務がある。あの子の純潔は守る」

「純潔に手を出すのはメリックの常ではない」クレーンは請け負った。心の底からそう言えることに感謝した。もしメリックとスティーヴンがぶつかるようなことがあったらどうするか、考えたくもなかった。「奴の専門は良家の未亡人で、処女《チキン》の趣味はないし、何より愚か者ではない。セイント嬢に手を出すことがあるとすれば、誰が自分のハラワタを取り出すかに金が賭かった時くらいだろう。君か、私か、ゴールド夫人か」

「処女の趣味？」スティーヴンは繰り返した。「勘弁して、ルシアン」

「言いたいことは伝わるだろ？」

「そんなことは知らない。僕には訊く義務があった。でも正直言って、そういう興味があるのでなければ、セイントに構ってくれるのは嫌じゃない」クレーンは訊ねるように片眉を上げた。

スティーヴンはため息をついた。「あの子は不幸な境遇だ。家族はいない、審犯機構《ジャスティシアリー》の外に友人もいない。生まれた身分が低い、というか、何も謂《いわ》れがないことから、周りから蔑《さげす》まれることもある」

「どこかで聞いたような話だな」

「僕には家族がいた」スティーヴンは指摘した。「セイントは孤児院で育って、その意味するところは窃盗と物乞いの人生だ。数年前、果物を盗んで逃げる途中、屋根と屋根の間の二十フイート（約六メートル）の隙間を飛び越えるのを誰かが目撃したことから、僕らが引き取った。審犯機構の中でも知られた話だし、そんなコソ泥に審犯者としての地位を与えることを快く思わない者がたくさんいるから、あの子に自分の生まれを思い知らせるようとする連中もしょっちゅういる。あの子が果たして自由意志で審犯機構を選んだと言えるかどうかは疑わしいが、金も家族もなく、訓練をさせてくれると言われたら……」

「君に選択の余地があったら、どうしていた？」クレーンが訊ねた。先代のクレーン卿が両親を死に追いやった時、スティーヴンは十二歳だった。無一文で天涯孤独となり、クレーンから見ると年季奉公に近い形で審犯機構で働き始め、二十九になったいまも同じ仕事を続けていた。その頑固な忠誠はクレーンに恋人を仕事から引き離すのは無理なのではないかと思わせるほどだった。

スティーヴンが仕事を愛していて、幸せになれる類のものだったら、あるいはもっと単純な仕事だったら、問題はなかった。しかしスティーヴンを、ひいてはクレーンを英国に縛りつけているその仕事は、感謝されることなく、危険で、完全なる献身を求めるものだった。実際、クレーンは恋人の人生からこの強力なライバルを葬り去る決心をしていた。

スティーヴンは顔をしかめた。「そうだなぁ。仕組みとして考えると、これが最良の方法なんだと思う。少なくとも家族や遺産のない子供が借金をすることなく訓練を受けられる。それに、セイントの能力は無駄にすべきではない。風駆け《ウィンドウォーク》はそれ自体驚くほど稀で、とても貴重な能力だ。メリックさんの指導でどんなことができるようになるか恐ろしいよ。つまりさ、あの人があんたにしたことを見ろよ」

「奴は私の持って生まれた能力の介添え役にすぎない。ちなみに君は結局私の質問に応えてはいないな。もう慣れたが」クレーンが傷ついたような表情をして見せると、スティーヴンは少し照れたような笑みを浮かべた。まったく、誤魔化すのが得意な小悪魔だ。「きょうは遅くなるのか？」

「さほど遅くならないと思うけど。ちなみに、今夜は暇？」スティーヴンは何かを企んでいるかのように片眉を上げた。

「さあな。今夜はやるべきことが山ほどある。君を第一候補に押し上げるべき理由はあるかな？」

スティーヴンはわざとらしく伸びをして滑らかな胴体をひねって見せた。「何もないよ。あんたを待ってここで横になって、ブレイドン一族との昼食会とか決算書より面白いことがあるかどうかを考えているよ。忙しいのなら、気にしないで。自分で自分の面倒は見られるから」

片手をシーツの下に入れて見せた。

「私は多忙な身だ」クレーンは言った。「でも、たぶん、無理をしてここに戻ってきて、私のモノを懇願するまで君を舐めまわして、通りに声が聞こえるほど激しくファックすることもできる。どうしてもと言うのなら」

「ごめん、どういう意味なのかよくわからないな」スティーヴンはシーツを蹴って払いのけた。「見せてもらう時間はある?」話しながら誘うように横になり、自分の器官を撫でながら顔を上気させる姿は苦しいほど劣情をかき立て、クレーンはスティーヴンの意志の力でシャツのボタンが幾つか外れるのを感じた。

一息でカフリンクを外した。「少しの時間ならある」

「やさしいね。あんなに長い時間をかけて服を着たのに、また裸にするのは気がひけるけど」

「いいさ」クレーンは無造作にスティーヴンを仰向けにして、小柄な体の上にまたがった。「どうせアスコットの結び目が気に入らなかった」

クレーンの行為は約束の少しの時間では終わらず、時計が十時を知らせる頃二人はまだベッドにいて、メリックはいま朝食を摂らなければ自分で作ってもらうとほのめかした。食事をし、服を着て、協議会で無用な注目を集めないようカササギ王《マグパイ・ロード》の指輪をクレーンの引き出しに残し、二人は正面玄関から外に出た。

不用心であることは承知していたが、クレーンは気にすることを拒んだ。この二週間で初めて愉しくファックしてゆっくりと話もできたのはスティーヴンの注文の多い仕事のせいだったが、かろうじて勝ち取った愉悦の時間を、スティーヴンをまるで汚れた愛人のようにこそこそと使用人の階段から出して終わらせたくはなかった。クレーンは自分の部屋の入っている建物《マンション》のドアマンにはいつも存分にチップを弾んで、来客の出入りについて問題にするのは得策ではないと知らしめていた。それに恋人と一緒に階段を下りたくらいで逮捕の心配をするなどバカげている。成人してからを過ごした中国では自分が誰と寝ていようが気にする者はいなかったし、ずっとそれが普通のことだと思ってきたのに、英国の法律と常識が密かに意識に浸透してきていることが気に障った。そういうわけで、裏の階段へ向かおうとしたスティーヴンの体を正面玄関に押し出すようにして、二人はそろって寒い表通りに出た。

凍える冬だったが、青い空に太陽が出ていたので、呼気を冷たい大気に吐きながら、歩いて協議会の開催されるリンカーンズ・イン・フィールズに向かった。

「雪になると思うか？」何気なくクレーンが訊いた。

「まだだな。たぶん。雪になったらロスウェルに行けない？」

「しっかり備えておこう。メリックに任せればいい」クリスマスと新年の時期に二週間ほど、ノーサンプトンシャー州ロスウェルの近く、人里離れた場所にあるクレーンの狩り小屋に行く予定にしていた。狩りといっても、短身のシャーマン以外の獲物を狙うつもりはクレーンにはなかったが。

「メリックさんに少し申し訳ないと思ってしまうよ」スティーヴンが言った。「あんたが、えーと、忙しくしている間、あそこにいるのはものすごく退屈じゃない？」

「ロマンチックな旅行で、いの一番に使用人が退屈しないかを気にする男は君くらいだよ。メリックのことは気にするな。奴には奴なりの楽しみがある」

「田舎にも未亡人がいるの？」

「あまり深く立ち入らない方がいい。私はそうしている。協議会は君に何の用なんだ？」

「わからない」寒い冬を過ごすためにクレーンがどうしてもと買い与えたトップコートのポケットに手を入れた。贈り物を受け取るのが苦手なスティーヴンが望んだよりかなり高額の品だったが、クレーンが買いたいと思っていた物よりかなり安価だったので、どちらも納得をしていなかった。「昨夜エスターから、今朝二人で行くことになったと知らせがあった」

クレーンは眉をひそめた。「能力についての話か？」

「いいや。それは違うと思う。くよくよしないで」

「私はくよくよなどしない」気に障ったクレーンは言い返した。「それは君の方だ」

「僕が協議会の名前を出すたびに母鳥みたいに騒ぐのはあんただ」

「私は君たちの協議会を、嫌悪と不信と落胆とをもって見ている。常識的な人間なら誰でもそうするようにな。私の合理的な注意喚起がくよくよしているなどと思われるのは心外だ」

スティーヴンは愛情のこもった視線で見上げた。「大丈夫さ、ルシアン。僕はバカバカしいほど用心している。僕に言わせれば、春が来るまでにすべて忘れ去られているよ」

「君がそう言ってくれるのは嬉しいな」クレーンは乾いた声で言った。スティーヴンは自信をもって発言しているように聞こえたが、熟練の嘘つきなのだから、それはいつものことだ。

スティーヴンの協議会との問題はすべてクレーンが元凶だった。それはわかっていたし、そのことを嫌悪していたが、何ひとつできることがなかった。クレーンはカササギ王《マグパイ・ロード》と呼ばれる強大な力を持った魔法遣いの子孫で、ヴォードリーの血筋はいまなおその力を受け継いでいた。本人は何の魔法も使えなかったが、その血と骨と精に宿った力は、スティーヴンの体と一体になった時、望んだわけでもないのに止めようのない魔法が発現するのだ。

この事実と、クレーンがカササギ王から受け継いだ旧い黄金の指輪の力とが合わさって、スティーヴンは二人の命を救う力を得たが、同時に疑いの目に晒されることになった。魔法の能力者《プラクティショナー》の中には、能力を得るために罪を犯す者もいる。スティーヴンの仕事の大部分はまさにそれを防ぐことだったが、急に強大な能力を得た者はもれなく犯罪の疑いをかけられる。仕事のパートナーのエスター・ゴールドでさえ、一時はスティーヴンが他人の命を奪って能力を高め、魔道士《ワーロック》になりつつあるのではないかと恐れた。エスターはいまや真実を知っていたが、スティーヴンには他の誰にもクレーンとの違法な関係を知られる覚悟はできていなかった。ましてや協議会に知られるつもりは毛頭ない。それ以上に、ヴォードリーの血統に隠された恐るべき能力は秘密にされるべきだと頑固なまでに言い張った。その血を利用しようとする者たちからクレーンを守るためだ。二度に渡ってその能力を狙った輩《やから》の手で死の危険あるいはそれ以上に悲惨な運命に直面したクレーンは、この意見に全面的に賛同していた。

協議会の疑いをそらせたというスティーヴンの言葉が真実かどうかはまったくわからなかったが、ある意味ではあまり気にしていなかった。仕事を追われ、不名誉に職を解かれるのはスティーヴンにとっては屈辱的かもしれない。でもクレーンにとって重要なのはどう仕事を辞めるかではなく、どうやったら頑固で天の邪鬼な小男を雨ばかり降って人に意見してばかりいる国から連れ出し、いまよりずっと快適でずっと脅威の少ない生活を始められるかだった。

その目的がすぐには実現しそうもないことを悟って、ため息をついた。「君が引き回されて晒し者になるのでさえなければ、いい」

「それはない」スティーヴンは心ここに在らずの様子だった。その意識は道の反対側に注がれていた。クレーンが視線を追うと、一人の大道芸人を観察していることがわかった。男は古びたシルクハットから小さなヒナギク《デイジー》の花束を取り出し、大げさに見せびらかしているところだった。道行く買い物客や通りすがりの事務員らが嘲りの声をあげた。芸人はわざとらしく傷ついた素振りを見せると、再度帽子の中を探り、今度は色とりどりの花が盛られた巨大なブーケを取り出して見せた。男は〝これではいかが？〟と媚びるような表情で観客に見せて回り、さざめくような笑いと感嘆の声を勝ち取った。

「問題か？」相手を見下ろしてクレーンは訊ねた。

「確認しているだけ」スティーヴンは何気なく道路の方に動き、馬車の後ろに体を隠した。クレーンも注意しながら後に続いた。冬の道路の泥や汚れがズボンに跳ねては困る。

　二人は数分間、奇術師を観察した。男は腕がいい方で、それが奇術であるとすれば、手先が非常に器用だった。能力者の中には当代の熱狂的奇術人気に乗って技を利用する者がいて、協議会はおおいに問題視しており、審犯機構も目を光らせていた。二ヵ月ほど前には、超絶技で人気を集めていたナイフ投げの術者が肝心な時に集中力を切らして事故を起こすという不幸な事件があったばかりだ。その結果、この頃スティーヴンは奇術を見に劇場に通っており、クレーンがからかい半分で見守る中、明らかにそれを気に入っていた。二人はエジプシャン・ホールでの主な演目はもれなく見ていて、ベッドで本物の魔法を目の当たりにしているクレーンはどうにも昂奮することができなかったが、スティーヴンが熱心にトリックに見惚れる様子は、いつまで見ていても飽きなかった。

　スティーヴンの体から緊張が解ける様子を見て、クレーンは眼前の芸は超常能力ではなく単なる技術の披露であることを悟り、懐中時計を一瞥してまだスティーヴンが予定通りにリンカーンズ・イン・フィールズに着ける時間であることを確認すると、仕方なく芸人と恋人と交互に目をやりながら、演し物の鑑賞に戻った。

　奇術師はシルクのハンカチを指先に巻いたり被せたりしながら、ビリヤードの玉を幾つも増やして見せた。象牙色の球体が現れては消える。クレーンは技を眺めながらも、誰かの視線を感じた。辺りを見回すと、白いマフラーを巻いたボサボサの髪の男が画板に素早くスケッチを描いているのが見えた。

絵描きが顔を上げると、クレーンと目が合った。相手は一瞬目を見開くと、紙を返して描きかけの鉛筆画を見せた。クレーンの形のよい眉と高い頬骨を捉えた素描だった。

「似顔絵は、サー?」西部訛りの声で言った。「半クラウン」

一シリングくれてやってもよかったが、バカげた行為に思えた。鼻を鳴らした。最初から断られるのがわかっていたかのように、画家は紙を戻して描き続けた。

最後にひと盛り上がりあって、奇術師の演し物は終わった。スティーヴンは路上作家の傍に寄り、スケッチを続ける肩越しからしばらく覗き込んだ。

「よく描けていたよ」再び歩き出してから、そう告げた。「肖像を描いてもらったことは?」

「ない。やるべきなのかもしれないが、どうにもバカバカしい」

「あんたのような立場の人にとっては、義務なのかと思っていた」スティーヴンは一拍間を置くと、小さくつけ加えた。「描いてもらったらいいと僕は思う」

「では、描かせよう。なぜだ?」

「いや、どうしてかな。あんたを見るのは好きだ」

「私は直に見てもらった方がいいがな――」毎日のように死と隣り合わせで、失うことが日常になっているスティーヴンは、誰よりもそれを望んでいるはず。クレーンは心の中で自分に蹴りを入れ、軽やかに続けた。「そうだな。君は正しい。私にはこの美しい姿を後世に残す義務がある」

「僕はそうは言っていない」

「調べてみよう。でも、その時は君も描いてもらうのが条件だ」

「あ。えっ――」

「それが条件だ、可愛い人《マイ・スウィート》。私だって君を見るのが好きだ。君のことをちゃんと描いてくれる画家を探すさ」

スティーヴンは目を細めた。「それ、ミニチュア画家に関する冗談なんだったら……」

クレーンの大笑いにカササギが数羽路上から飛び立ち、二人は協議会までの道を共に歩き続けた。

第二章

サルディニア通りに出るとスティーヴンは笑顔で軽く手と手を触れ合わせてクレーンと別れた。それ以上は怖くてできなかったし、それさえも危うさを感じる行為だった。上海では、街中でキスをすることだってできる、そうクレーンは言っていた。あまりに常識外れな話で、スティーヴンにはにわかに信じられなかったが、想像せずにいられなかった。そんなことができたら、どんな風に感じるだろう。もしそんな場所に行ったら、自分にそんなことができるんだろうか。

〈そこまでだ、スティーヴン〉意識を仕事に戻し、リンカーンズ・イン・フィールズの片隅にある赤煉瓦造りのこれといって特徴のない建物に向かった。英国の能力者《プラクティショナー》を統治し、スティーヴンの安月給の供給元でもある協議会《カウンシル》の本部のある場所だ。

到着するとパートナーのエスター・ゴールドが扉に向かっているところだった。挨拶に片手を上げると、疲れた様子の頷きが返ってきた。

「大丈夫、エス？　疲れているみたいだけど」実際ひどく顔色が悪かったが、相手をよく知っているスティーヴンはあえて正直に言うことはしなかった。肌は土気色で、疲労しきっており、髪の毛も弱々しくしなだれていた。「家で休んでいた方がよかったんじゃない？　また吐き気がしそう？」

エスターはギロリとにらむような視線を向けると、唇をきつく結んで、大きく息を吸い込んだ。「その話はしないで。いったい何で呼び出されたか、心当たりはある？」

「ない。そっちが知っているかと思っていた」

「知らない」

「素晴らしいね」スティーヴンはつぶやいた。

目立たないながらも厳重に守られた扉を抜け、歴代の偉大な能力者たちの肖像が飾られた狭い廊下を進んだ。スティーヴンは、いつもそうするように、カササギ王《マグパイ・ロード》を描いた彫版に目をやった。二百年前のスタイルの衣裳をまとったハンサムで高貴な男は、その貴族的な顔が明らかにクレーンに似ていた。エスターはからかうような一瞥を向けたが、何も言わなかった。

二人の審犯者《ジャスティシアー》はその後、前室でイライラと二十分間待たされることになった。ようやく入室を許されても、あまり気分は変わらなかった。出迎えた三人の協議会委員の姿を目にしてスティーヴンは気分が萎えるのを感じ、エスターは低いうなり声を漏らした。

テーブルの中央にいたジョン・スリーはスティーヴンが協議会、いやおそらく世界で最も嫌悪している人物だった。攻撃的で強気、口うるさく、言い争いが大好き、多様な意見は浮わついたナンセンスもしくは弱さの現れでしかなく、自分以外の専門知識を持つ者たちを残らず脅威とみなす男。審犯機構《ジャスティシアリー》が能力者の自由を侵食していると信じ、すべての事件は協議会の俎上に載せられるべきで、目撃証言の一つ一つを疑ってみるべきだと主張し、新しい審犯者の任命には常に反対だった。

ジョン・スリーを嫌悪しているとすれば、二人目の協議会委員ジョージ・フェアリーは軽蔑の対象だった。生まれ育ちのいい腑抜けで、青白い唇の、自分自身の価値に不正当な自信の持ち主だった。この春、スティーヴンがクレーンの事件を託す能力者を探した時、高貴な生まれの自分こそが貴族の事件を扱うにふさわしい、と申し出てきた。「同類相求むだ」、失脚した弁護士の息子であるスティーヴンを見下して言った。フェアリーは訓練を積んだ審犯者でもなければ、感覚や技術面でスティーヴンが尊敬できるような男でもなかった。そして結局のところスティーヴンは、頑固なまでの義務感に突き動かされて、事件を手放すのを拒否したのだった。この拒絶は男を公然と辱めることになり、フェアリーはそのことを許したわけでも忘れたわけでもなかった。しかしその決断はクレーンの命を救って二人を結びつけたので、スティーヴンはもっと高額の代償を支払っても惜しくはなかった。しかし、フェアリーの敵意は時として障壁となり得る。どうやら今回はそうなりそうな雲行きだ。

三人目の協議会委員もあまり期待できる相手ではなかった。唇をすぼめ、半月型の眼鏡で二人を見つめるバロン＝ショー夫人は、フェアリーと同じくらい家柄はよいが実務的にはよほど優秀で、完璧なる公平性を期待できる相手だったが、それは自分たちに非がない時の話で、その表情から、きょうはそうではないのが感じ取れた。

ここ数日の行動を思い起こし、どんな行為が協議会の注意を引いたのかと思案した。カササギ王の力、ではあり得ない。それなら一人で呼ばれたはずだ。とはいえ、少し体が凍えるように感じた。恐れに満ちたスティーヴンの人生の中で、クレーンとの恋愛関係をエスターとその夫に伝えた時ほど、怖いと思った瞬間はなかった。自分できちんと言葉にすることすらできず、臆病者の自分はルシアンの後ろに逃げ込んだ。協議会にそのことを説明するなんて……。絶対にありえない。

〈集中しろ、ステッフ。集まっているのはそのためではない〉

ジョン・スリーがわざとらしくペラペラとめくっていた書類から顔を上げた。「よろしい、遅くなった。はじめよう」遅れたのがスティーヴンのせいであるかのように煩わしそうな表情だった。「君たちの申し開きは？」

「何について？」エスターが訊ねた。「誰からも呼ばれた理由を聞いていませんが」

ジョージ・フェアリーがうなり声をあげた。「お前たちの浮浪児だ。コソ泥の小娘、何て名前だったか」

スティーヴンは硬くなり、エスターは怒りで息を吸ったが、二人が発言する前にバロン＝ショー夫人が遮った。「それを話し合うためにここに集まったはずです、ジョージ。証拠はない。それから、審犯者の名前はセイント。たった五文字が覚えられないのなら、書いてあげましょうか」夫人はフェアリーに作り笑いをして見せ、相手がもごもごと何か言いながら視線をそらすと、眼鏡越しにスティーヴンとエスターを見つめた。「一連の窃盗事件について、聞いていないようですね」

「窃盗事件？」

「幾つかの裕福な住宅からの、比較的少額の窃盗事件」バロン＝ショー夫人自身も大変な資産家で、最上流の階級に属していた。夫人は、クレーンがレオノーラ・ハートに引っ張られて参加した幾つかのパーティや政治家のサロンでクレーンと会ったことがあり、違法な魔法が使われた事件の最中、みすぼらしい教会で自分の隣にいる姿を目撃されたことも、スティーヴンは認識していた。二人のことをどう思っているのかが気になった。

夫人は目の前のデスクを指で叩いていた。「現金や宝石など小さな品が、四階や五階の部屋から消える。普通ならば入ることのできない窓からの侵入」

「二人の別々の目撃者が空を駆けて逃げる姿を見ている」フェアリーが湿った唇にいかにも満足げな笑みを浮かべて言った。「犯人は、空を歩いて行ったそうだ。そして、月曜の夜の目撃者は明るい色の髪の若い女を見たと言っている」

スティーヴンは相手をにらみつけた。「ジェニー・セイントが犯人だと言っているのか？」

「他に女性でブロンドの風駆け人《ウィンドウォーカー》を知っているか？」フェアリーは言い返した。

「いいえ」エスターは言った。「でも目撃者が間違えることがあるのはよく知っている。嘘つきもたくさんいる」

「なぜもっと早く知らせてもらえなかった？」スティーヴンが訊いた。「もしセイントが能力を濫用して罪を犯していると疑っていたのなら――」

「マクリディーのチームに知らせた」フェアリーが言った。

「マクリディー」スティーヴンは繰り返した。「審犯者チームに別のチームのメンバーを調べさせたというのか」こみ上げてくる怒りを感じて、両手を後ろ手に組んだ。「我々にひと言もなく、マクリディーにセイントを調べろと言ったのか？」

「だからいま、話している」フェアリーは当然とばかりの様子で応えた。

「これは完全におかしい。抗議します、サー」

「我々は協議会だ」スリーが重々しく告げた。

「私たちはセイントの指導官です！」エスターが言い返した。

「これまでのセイントの懲戒記録はよく知っているだろう？」フェアリーが遮った。「あの娘の規律違反を君たちは幾度となくかばって――」

「衝動的性格なだけだ」スティーヴンは言った。「泥棒ではない」

「泥棒だ。以前からそうだった。そもそも盗みを働いているところを見つけて、連れてきたんじゃないか。いったいどれほどの違反行為を――」

「それは過去のことだ。いまは審犯者だ」スティーヴンは歯を食いしばりながら話し、両手の指を固く絡ませた。協議会の建物の中での能力の使用は禁止されており、極めて厳格で、例外は許されなかった。フェアリーのような人間が壁の染みになってしまわないようにするためには必要な措置だ。「この件に関しては、僕かゴールド夫人以外が対応にあたることについて、断固として抗議する」

「決めるのは君ではない、デイ」ジョン・スリーは椅子に座り直した。「協議会だ。そうでなければ、公正な審犯《ジャスティス》とは言えない、そうだろう？」あざ笑うように言った。

「私とデイさんとでは、公正な対応できない、そうおっしゃる？」エスターの声は冷たい鉄のように響いた。

バロン＝ショー夫人はエスターに片眉をあげた。「教えて欲しい、ゴールド夫人。チームの一員が犯罪者と知ったら、他の誰に対してもするように対応できると私に保証できますか？」

スティーヴンは背筋を冷たいものが走るのを感じた。エスターは自分とクレーンとの関係が犯罪だと知っている。自分をかばって嘘をついてくれた回数は数え切れない。夜、自身の小さな部屋にいないことの言い訳、説明のできない能力の増幅。バロン＝ショー夫人は、スティーヴンが以前から自分に関して流れていると知っている噂や冗談を聞いたことがあるだろうか？　フェアリーのにやけた表情に意味はあるのか？

エスターの表情は驚くほど怒りに満ちていた。「もしセイントが盗みを働くために能力を使ったのだとしたら、審犯を受けさせる。でも、それは公平な捜査によって判断されるべきです」

「だから、それをやっているのだ」フェアリーが満足げに言った。

「いいえ、私が言っているのは〝公平〟な捜査であって、テーブルを囲んでくだらない噂話に耳を傾けることが仕事だと思っている人々による事前の決めつけ、ではない」

「エスター！」スティーヴンが叫んだ。

「何だと――」フェアリーが気色ばんで言った。

「ジェニー・セイントには任務で受けた傷跡がある、フェアリーさん」エスターは敵意をむき出しにして言った。「あの子はちゃんと働いている。あなたはいったいどれほどの仕事をしている？」

クレーンがワインを片手にカウチに寝そべってブラッドン夫人作の通俗小説を読んでいるところへ、疲れ切り、不安な表情のスティーヴンが帰ってきたのは、夜の八時頃だった。

「こんばんは」クレーンは顔を上げず、不満なのがわかるようにゆっくりとページをめくった。「早く帰ると言っていたんじゃなかったか？」

「もっと早く帰りたかったよ」スティーヴンはデスクからカササギ王の指輪を取り出すと首の周りのあるべき場所に留めた。「家に引きこもっていたいくらいだった。ほんっとにひどい一日だったよ、ルシアン」

スティーヴンが酒を注ぎに行くと、クレーンは本を閉じた。「何があった？」

最上のブルゴーニュをなみなみと注いだ。飲まないとやっていられない。「まず最初に、セイントが盗みの容疑をかけられた」

「あのセイントか？　セイント嬢が？」

「残念ながらそう。四階や五階の高い所にある部屋から宝石類が盗まれる事件が数件あって、風駆け人《ウィンドウォーカー》を見たという目撃者が数人いて――というか、明るい髪の女が空を逃げていくのを見た、という証言があって。僕らの知る限り、セイントはロンドンにいる唯一のウィンドウォーカーで、ブロンドの女ということで言えば英国に一人しかいないから……」

「ちょっと待て。そんなことができるのか？」驚いた顔で、クレーンは訊ねた。「えらく高く飛び上がるのを見たことはあるが、実際に空中を歩けるのか？」

応えようとしたスティーヴンは、クレーンがセイントの技を見たのは地下室にいる時だけで、外での様子を見たことがないことを思い起こした。「そうだ。ウィンドウォーカーは、えーと、一秒ほどであれば自重を支えるほどの強さでエーテルを一点に集めることができる。ずっと浮かんでいることはできず、動いていなければならないが、その通り、空中を歩くことができる」

「能力者か」クレーンはうなった。「君たちには驚かされてばかりだ」

「そうだね。それで、そうなんだ、セイントなら高い階の窓へ駆けあがって盗みを働き、逃げ去ることも可能だ。可能だし、協議会委員フェアリーは当然行動に移すと信じている。街中《ストリート》で生まれ育った浮浪児だったのだから、いつまでもそうだろうと思われている」

「フェアリー。春に会った、湿った唇とさらに湿った手の持ち主の、あれか？」

「そう。自分より上の者には媚びへつらう男だ」確かクレーンは、おべっか使いのバカ者と言っていたな、とスティーヴンは思い起こした。この的確な表現を今度エスターにも教えなくては、と心に留めた。「僕は嫌われている。セイントも。実はエスターも」

「ゴールド夫人は手強い相手だ」クレーンが指摘した。「で、そのウィンドウォークというのはかなり稀《まれ》なのか？　君も能力を隠していたりはしない？」

「まさか、そんなわけがない。極めて珍しい能力だ。僕が知っているのはセイント、いまやリュウマチを患っているばあさん、ヨークシャーにいる飲んだくれの男、それに南方の海岸で集中力を切らして断崖から落ちて両脚が粉々になった気の毒な男、そのくらいだ。他にもいるとは思うが、数は多くないし――――」

「それに、君の知る限り明るい髪の女性は他にはいない、ということか」クレーンが続けた。「セイント嬢にとっては不利な状況だな」

これがクレーンを愛している理由の一つだ、スティーヴンは思った。他の男だったら慰めの言葉を口にして、スティーヴンは元気が出たふりをしなければならなくなるだろう。クレーンは違った。

ソファの反対端に座り、両脚を上げてクレーンの膝に置いた。「そう、不利な状況だ。贅沢な子ではないし、僕らの給料はあまりにも安いが、それでも……そんなはずはない。確固たる証拠がない限り、有罪にはさせない。一度悪名を取ったら最後などとは言わせない。様子を見守るつもりだ」スティーヴンはため息をついた。「さらに状況を悪化させたのは、エスターが協議会と大げんかになったことだ。フェアリーは既に有罪を決め込んでいたが、ジョン・スリーまで敵に回した。話したよね、審犯機構に文句をつけているバカ男。状況はさらに悪化した。エスターは体調があまりよくなかったみたいなんだ」ワインを一口煽って、勇気を出した。「で、ルシアン……」

　クレーンは眉をひそめた。「何だ？」

「エスター。体調が悪い理由。きょう面談の後で教えてくれたんだ。デキちゃったんだ」

「デキたって何が？　ああ、そういう意味か。それ自体はいいニュースだろう、違うのか？」

　スティーヴンは渋い顔をした。「問題は、僕が知る限り、エスターはこれまで三度流産しているってことなんだ。どうやら、激しく能力を使うことと関係しているらしい。前は昨年の冬のアンダーヒルの事件の後だった。それでダンはエスターに、次回は即座に仕事をやめることを約束させたんだ」

「それがいま、なんだな」

「そう。ひどく辛そうだ」スティーヴンは今朝の面談の後、吐いているエスターの髪を押さえる羽目になったのだ。できればもうそういう状況に居合わせたくなかった。

「それで……？」

「それで、すべてがうまく行ったとしても、どうやら来年いっぱい、僕は一人で持ちこたえないといけない。気分が悪くなっても、エスターは能力が使えない。使って、赤ん坊を失うことになったら――その危険は冒すべきじゃない」

「もちろんそうだな。おめでとうと伝えてくれ。代わりに誰が来る？」クレーンは一拍間を置いた。「誰かに助けてもらえるのだろう？」

　スティーヴンは、話す必要のない問題点を指摘する鋭さを恋人が持っていなければよかったのにと思った。「誰に？　ロンドンには僕とエスを含めて審犯者は七人、四人はまだ格下《ジュニア》で、その内の一人がセイントだ。ここ数年、協議会は新たに審犯者を任命するのを拒否してきた。昨年の夏、アーバスノットを失っても、だ。エスターは自分の代わりに誰かを立てて欲しいと依頼していたが、それも時間切れだ。先週は一日四回、吐いていたそうだ」スティーヴンは力なく両手の平を開いて見せた。「僕が肩代わりする以外、方法がない」

「君一人でか？」クレーンは両眉を寄せた。「クリスマスはどうなる？　ロスウェルは？」

「えーと、それも、無理かもしれない」

「何だそれは――」クレーンはスティーヴンの脚を押しやると猛然と立ち上がり、ワインをもう一杯注ぎに立った。

「聞いて、僕だって行きたい」スティーヴンはその背中に話しかけた。「あんたと一緒にあそこにいる以外に僕がいたい場所なんてない。でもエスを助けないと」

「そのために自分の人生を犠牲にするのか。またしても」

「エスは僕のために懸命に努力してくれた、それはあんたも知っているはずだ」本当は謝るべきだとわかっていたが、気持ちが高まった。クレーンは上流社会での存在感が高まるにつれてロンドンでの生活の制約に明らかにイライラが嵩じているようだった。ロスウェルへの旅とそれに伴うプライバシー、肩越しに周りを気にしないでいられること、クレーンが過去二十年間楽しんできてスティーヴンが味わったことのない自由、それを切望していることはわかっていた。クレーンと同じくらいスティーヴンもそれを望んでいた。でも、エスターのためなのだ。

「僕にかけられた魔道士《ワーロック》の疑惑を振り払うため、大嘘をついて協議会を説得してくれたんだ。ここで過ごしているすべての夜について、僕をかばってくれて、セイントやジョスが、僕が自分のベッドにいないことへの疑問をそらしてくれている。僕には借りがある。何もしないで諦めるわけにはいかない」

「それはわかるが、人生すべてを犠牲にするほどの借りではない。それこそ私にはそんな借りはない。私にだって影響がある話なんだぞ、まったく」

「あんたをがっかりさせたくもない」スティーヴンは立ち上がり、なだめるように一歩間合いを詰めた。「二週間出かけることはできないが、仕事に没頭していなくなったりはしない。約束する。できる限り、ここに来る。どうかわかって欲しい。僕に選択肢はないんだ」

「あるね。君は審犯機構の血まみれの祭壇で殉教者になる道を選んでいる。自分の命を賭けて世界を守ることを選んで、そのせいで私まで巻き込まれている」

「そうだけど、僕がやらなかったら――」

「誰かがやる。代理のきかない仕事なんてないし、君がそう思っているのだとしたら、単なる傲慢だ」

スティーヴンは両手を上げた。「それじゃ、どうしたらいいんだ？　エスターに仕事に戻って赤ん坊を危険に晒せと言えと？　八時から五時の間だけ働いて、その時間以外に起きることはすべて無視しろと？　魔道士や能力の濫用者や泥棒をただ野放しにしろと？　どうして欲しいのさ？」

「私と船に乗って欲しい」クレーンは音を立ててグラスを置いた。「この惨めったらしい島から離れて、どこか暖かいところへ行こう。ギリシャとか。冬をそこで越して、コンスタンティノープルに渡って、そこからシルクロードを陸路で辿って中国に向かえばいい。あるいは君が望む別の場所でもいい。どこへでも。世界地図を開いて、どこか指さしてくれ。このクソったれの、ジメジメして独善的な海に浮かぶ岩の塊の外には、いくらでも広い世界があるんだ。一緒にそこへ行こう」

スティーヴンは自分の口があんぐりと開いていることに気づいた。口を閉じた。クレーンは苦笑いを浮かべた。「まぁ、質問に応えただけだ」

何てこと何てこと何てこと。スティーヴンは胃が締めつけられるのを感じた。「ルシアン……」クレーンが何か言ってくれることを願ったが、意地悪な相手は黙って待っていた。「僕は海外に行ったことがない」かろうじて出た言葉のあまりの情けなさに、動揺した。「そうじゃなくて――行ってみたいけど、本当に行ってみたいけど、でも……」でも何だ？　頭の中は物語本で読んだ漠然としたイメージでいっぱいだった。砂と絹、モザイクのタイルと尖った小塔《タレット》、海に照り返す太陽。スティーヴンは船に乗ったことさえなく、誘惑があまりにも大きかったので、クレーンの言葉に頷いて冒険の旅に出かけることのできない理由を思い出すのに時間がかかったほどだ。「いきなり仕事を投げ出すわけにはいかない。僕は求められている。あんたにだって、わかるだろう？」

クレーンは半眼を閉じた。「もちろん、わかるさ。ブレイクの詩にあったな。心が作った手錠、だ。私にはそう思える」

スティーヴンは応えることができなかった。ようやく言った。「そんな風に言うのは不公平だ」

「そうか？　君はクソ審犯機構に身を捧げ、そこで殺されなければ、用済みになるまでこき使われて捨てられるだけだ。仕事は君のことを心配などしてくれない。私はしている」クレーンは片手を頭にやると整った髪型が少し乱れた。「ゴールド夫人を助けたいのはわかる。それは理解する。でも、いつだって理由ができるんだ、スティーヴン。いつだって君が助けるべき誰か、あるいは自分の人生よりも大切な使命が出てくるんだ。私には同意できない」

スティーヴンがさらに一歩前進すると、恐ろしく長い一秒の後、クレーンの両腕がやさしく体に回された。「辞められないよ、ルシアン。エスターが僕を必要としている時には。でも

……元気になって戻ってきたら、また話をしてくれないか？　どこかへ行こうって。いまこの大変な時期を乗り切れば――」

「その頃にはまた別の問題が出てくるに決まっている。ま、いいさ。また話そう。そういうことにしておこう」

　スティーヴンはクレーンの腰に手を回してつかみ、恋人の声に内包された不満に対する深い恐怖を制御しようとした。いま言ったことを全部取り消して、一緒に船に乗る、勇気を出し縛られることなく大胆に、すべてから自由になって見せると言いたかった。クレーンを自分の臆病さで失望をさせたくなかったし、たび重なる不在で怒らせ、憎悪しているこの国に留まることでうんざりさせたくなかった。

　でも仕事がある。行くことはできない。クレーンがそう望むのは不公平だ。

　自分が行けないのは不公平だ。

「コンスタンティノープルが見てみたい」クレーンのシャツの前面に向かって言った。「たぶん。どんなところかまったく知らないし、地図で示せと言われてもできないけど、きれいな名前だ」

「それなら、シルクロードも気に入る。コンスタンティノープル、アンティオック、トレビゾンド、タイア。ダマスカス、バグダッドに、サマルカンド」クレーンは屈んで頭の上にキスを置いた。「いつかきっとだ、スティーヴン。そう遠くない未来に。いまのところは君をパリに連れて行こう」

クレーンの命令口調はスティーヴンにいまや馴染みとなった震えを呼び起こした。怒りと性的昂奮、その中間に位置する感覚。恋人の支配的傾向は原則としては気に入らなかったが、それを求める時もある。「連れて行ってくれる?」そう訊ねた。

「ああ」クレーンは事実を淡々と告げるように言った。「一日で行ける。三日の旅だ。来月のどこかで三日連続の休みを取ってくれ」

それはかなり疑わしいと思ったが、頷いた。「もちろんだ。できるだけ早くにね。助けも依頼する。協議会に人員増を要求する」

「本当に助けてもらえるのかな?」

その質問には応えたくなかった。十八ヵ月前にライムハウスで起きた事件で審犯者の一人アーバスノットが精神病院《マッドハウス》送りとなり、マクリディーはパートナーを失ったが、ジョン・スリー率いる協議会は財政難を理由に代理を雇うことを頑なまでに拒否していた。アーバスノットの入院費用と家族への手当が原因だと言い張った。エスターの休みの間、代理の審犯者を雇う費用が出るとはとても思えなかった。だが、いまそんな話はしたくない。

「もちろん、助けてもらえる」再び、力強く請け合った。「人員を補強するから、フランスに行こう」コンスタンティノープルと言っても同じことだったが、クレーンが満足げに小さく頷くのを見られたので嘘をついた甲斐があった。数週間経てば、おそらく何らかの打開策が見つかるだろう。

「約束だからな」クレーンは深呼吸して両肩を回した。「さあ、何か食べに出かけよう。君との時間を無駄にしたくない」

「確かにそうだね。コール・ホールに？」スティーヴンは値段が控えめな店の名前を出した。

「シンプソンズ・ディヴァンだ」クレーンは反対に高級店を提案した。

シンプソンズでの夕食はいつもながら料理もサービスも一流だった。スティーヴンはクレーンと二人でこの店でよく食事をしていることが気になっていたが、他にも二人で食事をしている紳士たちは数多くいて、完璧に普通な友人関係の裏に何かがあると想像する下衆な輩《やから》がいることなど、爪の先ほども思ってはいない人々なのだった。仕事の話はせず、レオノーラ・ハートの結婚式や政治関連の催事について話しながらクレーンの銀色の存在感をエーテルから吸収し、スティーヴンは体から緊張が解けるのを感じた。ほんの少しだけ。

やがてクレーンがコーヒーカップを横にやると言った。「では、帰るか？」端正な形の唇に物憂げな笑みが広がるのを見て、スティーヴンは勇気を奮い起こすことにした。何度もやってみたいと想像したことだし、長く、さんざんな一日の後だ。体が何か暴力的な解放を求めていた。そこで、何気なくテーブルに肘をついてエーテルの流れを捉え、クレーンの股間の周りの空気に触れ、手で握るような圧迫を加えた。

クレーンが目を見開いた。スティーヴンは表情を変えることなく相手の睾丸の周りに巻きついてやさしく握っては、みるみるうちに硬くなっていくクレーンのモノを上下するさざ波のような刺激を作り上げた。

「これは君か？」クレーンがかすれた声で訊いた。

「他に誰が？」

クレーンは必死で息を吸い込んだ。スティーヴンは両手の指先を合わせてエーテルの力を増幅し、クレーンの太ももの間を撫で、硬直した棹に血流が集まる脈動と、その震えるような昂奮を感じとった。

「わかった、もうやめろ」クレーンが歯の間から言った。「やりすぎだ」

スティーヴンは一瞬挑戦的な視線を送った。公の場であることは恐ろしかったが、自分が場を支配している感覚を、後で与えられることになる報復を愉しむのと同じくらい、愉しんでいた。

「や、やめろ」

「やめさせてみて」スティーヴンは囁いた。

「もしもこのスーツをダメにしたら、お前にどんなことをするか言ってやろうか――」給仕が近づいたので言葉を切り、小さく頷いた。「勘定を頼む。――冗談ではないぞ、スティーヴン、この部屋を歩いて通り抜ける必要があるんだ」

「お願い《プリーズ》だ、と言って」スティーヴンは安全圏をかなり逸脱するほど大胆になっていた。

瞳に危険な約束を宿してスティーヴンを見ながら、クレーンは誰かに聞かれる恐れのないよう体を前傾させた。「お願い《プリーズ》だなどとは言わない。このお返しにお前をバラバラにしてくれる、この売女が、そして十分以内に家に戻っていなかったら、街中でそうするぞ。さあ、もうやめるんだ」

スティーヴンは力を解いた。クレーンは何度か大きく呼吸をしてスーツを整えた。激しい昂りを抑えるのに相当な努力を要しただろう。会話をすることなくレストランを出て、部屋に向かった。冷たい空気が、期待でピリピリと感じられた。

ドアマンに会釈。最上階まで五階分の階段。扉の前でクレーンは今夜がメリックの休日であることを思い出し、扉を自分で開けなければならなかった。玄関ホールに入るとガスランプを灯すまで再度間があった。スティーヴンは思考でガス灯を点けると、少々ぎこちない動きで重いコートとスーツのジャケットを脱いだ。するとクレーンが振り向いて小柄な体を持ち上げて壁に叩きつけ、硬い体が強く押しつけられた。スティーヴンは両脚を恋人のすらりとした腰に回した。

「このクソったれの焦らし野郎が」クレーンは熱い息を耳に吐いて囁いた。「誰が主人なのかを思い知らせてやる」片手がスティーヴンの股間を探り、激しく、程よい痛みを伴う強さで握りしめた。「行って、裸になれ。ベッドで屈んで私を待っていろ」

「ずいぶんとお上品になったんじゃない？」スティーヴンが低い声で言った。「遠いベッドまで行くなんて。僕をファックできる立派な床がここにあるのに」

クレーンの目がスティーヴンのそれを捉えて意図を読み取ると、スティーヴンは一連の素早い動作で玄関ホールのカーペットに顔を押しつけられ、両手を後ろに引っ張られ、クレーンの片膝が背中に当てられた状態で動けなくなっていた。クレーンは前屈みになるとスティーヴンのシャツを乱暴に一気に引き剝がし、ボタンが飛んでいくのもお構いなしに布を腕の方向に引くと、両腕を動かせないようにした。袖を止めているのは誕生プレゼントだった金と琥珀のカフリンクだ。

クレーンはためらうことなくスティーヴンのズボンを引き下げ、テーブルの引き出しに手を伸ばした。と、スティーヴンはオイルに濡れた硬く細い指先が体に侵入してくるのを感じた。片手は慣れた手つきで尻の穴を指で犯し、もう片方の手はスティーヴンの硬直した器官がラグに擦れるよう尾てい骨を上から押した。テキパキとした動きで容赦なく受け入れ準備をさせたクレーンが突然手を離すと、スティーヴンは小さく声をあげた。

クレーンが立ち上がった。「待て」片足でスティーヴンの背中を押して起き上がられないようにしながら、クレーンは注意深くそして丁寧にホークス・アンド・チェイニーのスーツを脱いで、玄関ホールのテーブルに並べた。ジャケット、ウェストコート、ズボン。

「それで」ようやくクレーンが言った。「いま私のことを上品と呼んだか？」

足蹴にされ、昂り、期待感で緊張して、スティーヴンは横たわっていた。両脚を開かされ、間にクレーンが跪《ひざまず》いた。腰をつかまれて下半身を持ち上げられると、いよいよもって何一つ抵抗ができない、なすがままの体勢になり、スティーヴンはまた息を呑んだ。クレーンのオイルに濡れた屹立が入口に押しつけられると、スティーヴンは小さな悲鳴をあげた。

「いまのは何だ？」

「お願い《プリーズ》」スティーヴンは囁いた。「お願い《プリーズ》、閣下《マイロード》……」

「もう遅い。警告はしたはずだ」

そう言いながらクレーンは激しく押入り、侵入される感覚にスティーヴンは背中をくねらせた。無視されるとわかっていてわざとらしく悲鳴をあげると、床からさらに体を持ち上げられた。クレーンは自らの大きさと力を存分に使い、根元まで挿入していた。スティーヴンの感覚は極限まで研ぎ澄まされていた。挿入の擦れと燃えるような痛み、首で乱暴に揺れる鎖、周囲のエーテルの中に群れ集まってくるカササギの嵐。スティーヴンの魔法によって、クレーンの血の中に潜在する力が呼び覚まされているのだ。

「お前は居場所をわきまえるべきだ」クレーンが吐き出すように言った。「それがどこかはわかるな？」

「跪《ひざまず》いているべきです、閣下《マイロード》。あなたの前に。ああ！」クレーンの腰が強く当たり、大きく息を吸った。「神様、お願い《プリーズ》。もう十分だ」

「まだ足りない」クレーンはそう言うと、一切の遠慮を捨て、スティーヴンの体に激しく突き入れた。小柄な体は玩具のように床から跳ね上がった。同時にクレーンの片手が焦らされたスティーヴンの硬直を捉えると、それだけで限界を超えるのに十分だった。目眩がするほど激しい絶頂感に大きな悲鳴をあげると、床に倒れ、骨抜きになって震えた。クレーンは弱まっていくスティーヴンの悲鳴に合わせて幾度も突き入れ、自らも絶頂を迎えると、スティーヴンの体をその精が熱く満たし、カササギたちが羽ばたいた。

スティーヴンは熱い氷のように感じられる息を吸い込んだ。全身の毛が逆立ち、大きな流れとなって体を包む魔法を制御しようと努力しながら、一つ目と同じくらい素晴らしい二つ目の絶頂を味わった。胸と床の間に挟まった指輪は、スティーヴンの中と周りに渦巻くクレーンの血と精の力に反応して、熱く脈打っていた。その波動に体が震えた。

クレーンは満足しきったうなり声を上げてスティーヴンの背中に覆いかぶさり、その強力なエーテルの存在感でスティーヴンの視界は一瞬白と黒に染まり、相手の重さに文句を言おうにも息ができなかった。

「ふわぁ、よかった」クレーンはそう言うと、スティーヴンの巻き毛を片手でやさしく撫でた。

「息はできているか？」

「できない。どいて」

クレーンが肘をついて体を避けると、スティーヴンは肺に空気を吸い込んだ。体を動かすと、首からするりと細い鎖が落ちるのを感じた。

「なんと」小さくつぶやいた。「切れた」カササギ王の指輪は肌に熱く感じられた。体を横に動かすと、クレーンの手がそれを探り、指輪と鎖を床からつまみ上げた。

「明日直させよう――これは」

「何?」

クレーンは壊れた鎖をスティーヴンの顔の前に垂らした。何が……。鎖の端を見て、焦点を合わせるために目を細めた。「いったい何が起きた?」

「君の方が専門だが、客観的に見る限りは、溶けてしまったようだ」

その通りだった。鎖の両端の小さな留め金は液体化して小さな塊と化していた。「これは……奇妙だ」

「いま、気にしなくてはならないほど、奇妙なことか?」

スティーヴンはこれ以上思考ができるとは思わなかった。ラグに向かって否定的な音を出すとそこに横たわった。筋肉は動かすことができないほど弛緩しきっていた。クレーンは指輪を居間のデスクの引き出しに仕舞うと、玄関ホールに戻ってスティーヴンを立ち上がらせた。

「ベッドに来い」

よろめきながら寝室に入ると、スティーヴンはベッドに座った。クレーンが静かに悪態をつきながらカフリンクを取り外してシャツから恋人を解放すべく絡まりを解き始めた。

クレーンが作業をしている間、スティーヴンは鏡に映る自分の姿を眺めた。力の洪水を受けた瞳は黄金色に輝き、片頬はラグに擦れて赤く、全身火照っていて、青白い腰にはクレーンの力強い手の跡が残っていた。両手を後ろに回している姿はまるで売春宿の少年、それも安っぽい類のそれに思えた。その印象は後ろにいる刺青《タトゥー》の男の存在によって一層際立った。想像して思わずにやけた笑みが浮かび、クレーンが顔を上げると、二人の視線は鏡の中で絡まった。

「大丈夫か？」

「うん」

「恐ろしいほど男娼っぽいな」

「ありがとう」

「あと、少し奇妙だ」カササギの刺青がスティーヴンの肩から胸に移動するのを見て、クレーンはそうつけ加えた。「その一羽はこちらに戻ってくると思うか？」

「ぜひそうして欲しいけど」スティーヴンは本心からではないながら、そう言った。クレーンの体を彩っていた七羽のカササギのうちの一羽が自分の肩に住処を移した時は正直言ってぞっとしなかったし、この意図せぬ贈り物を受け取るかどうか選択の余地が与えられていたならば、きっと拒否したことだろう。しかし自分の寒い居室で一人の夜を過ごす時、少し体をひねると目に入るクレーンの刻印、白と黒で体に刻まれたインクは、安心感を与えてくれた。ルシアンのものであるという一生の印。

クレーンは二つ目のカフリンクを外すとスティーヴンのシャツを剝いだ。「今夜は残れるのか？」

「六時には出ないと」

「では五時四十五分まではいられるな」クレーンが耳にキスをすると、スティーヴンは後ろにもたれて体を預けた。「妙な時間まで仕事をしているのだから、君の自由な時間には私の言うことを聞いてもらうぞ」

スティーヴンは安堵し、鏡に向かって微笑みかけた。「はい《イエス》、閣下《マイロード》」

第三章

暗闇の中でクレーンの両目が開いた。

ほんの一瞬、死刑宣告を受けて過ごした恐ろしく長い二昼夜、周りの密やかな動き一つ一つが攻撃の前兆のように思えたあの暗く湿った中国の牢獄にいるかのように錯覚したが、すぐに眠りの淵から覚醒して、人が動く気配を感じた。近くで。

スティーヴンが出て行くところか？　いや違う。そもそもこれまで恋人が去る気配に気づいたことはなかった。それに珍しいことに、小柄な形は傍で丸くなり、静かに息をしていた。

それはメリックでもなかった。メリックとクレーンは二十年もの間、常に二十フィート（約六メートル）以上は離れない場所で寝起きしてきた。メリックの動きは自分の心臓の音と同じくらいよく知っている。

恋人でも従者でもない誰かが、居室《フラット》の中にいる。

クレーンは服をまとう手間もかけず、ベッドを離れた。寝室から暗い廊下に出ると、侵入者が応接間にいるのを確信するまで聞き耳を立てた。

いったいどうやって入った？　正面扉は自分で掛け金を閉めた。メリックがどんなに酔っ払っていたとしても、裏口を開けておくはずがない。

裸足でわずかに開いた扉に近づき、身構えると、大きく開いた。

窓が一つ開いており、ロンドンの薄明かりを室内に取り込むようにカーテンが開かれていた。クレーンのデスク近くに見える暗い人影が、予期せぬ入場に慌てて振り向いた。迷わず体を投げ出すように襲いかかると、侵入者は窓の方へ飛んだ。クレーンは犯人の片腕をつかむと、半分下敷きにするように床に倒れ込んだが、逃げようと必死の侵入者の激しい蹴りを腰に受けた。

クレーンが至近距離から乱暴な一撃《パンチ》を返すと苦痛の叫び声が聞こえたが、次の瞬間、両肩に信じがたいほどの圧力がかかるのを感じた。まるでロバに蹴られたかのように後ろに吹き飛ばされ、つかんでいた犯人の手首を離した。盗人は体勢を立て直し、クレーンが追いすがる眼前を、開いた窓に向かって――――

――――飛び降りた。

勢いがついていたクレーンは窓の腰掛けにぶつかり、危うく外へ飛び出そうになるのを、窓枠をつかんで体を押しとどめた。それは本能的な動きでしかなく、視線の方は、何もない空を早足で進みマンションの専用庭の白樺の木にたどり着いた人影に釘付けだった。

体操選手のように柔軟に枝の間に飛び込むと、人影は少し動きを止めた。明るい色の肩まで伸びた髪が光り、少女は図々しくもクレーンに向かって手を振ると、くるくる回りながら着地する玩具のように、素早く木の下まで滑り降りた。

背後から急ぎ近づく足音がした。振り向くと、クレーンの中国製の絹のパッド入り部屋着に埋もれるようにくるまって、スティーヴンが立っていた。「ルシアン？」

「盗みに入られた」

スティーヴンは意志の力でガス灯を点けると、引き出しが開いたままのデスクと床に散らばった書類の横を通り、五階からの景色と、届くはずのない庭の木々までの距離を見渡せる窓まで歩いた。

「何か見た――――」言いかけて、声がかすれた。

クレーンは顔を歪めた。「彼女だった。セイント嬢だ」

「絶対に確かか？」

「確かだ。顔を見た。明るい色の髪。残念だ」

スティーヴンの表情を見てクレーンは思わず拳を握りしめた。つかつかと二歩歩んで抱き寄せた。その肩に緊張を感じて、大声で裏切り者のクソこわっぱを罵《ののし》りたかった。

「あの子は僕とあんたが友人だということは知っているはずだ。メリックさんには武術を習っている——それなのにどうして？」スティーヴンの声はかすれていた。

「話し合わないとダメだ」形ばかりにクレーンは言った。「何か理由があるはずだ」

「どんな？」

クレーンは空虚な気休めに労力を費やすことはしなかった。散らかされたデスクの上に目をやった。「何を盗られたか確認する。大したものはなかったはず——」

「指輪」スティーヴンはクレーンの体を押して顔を見上げた。みるみるうちに青白くなっていく。「ルシアン、僕の指輪。まだそこにある——？」

「クソ」二人一緒にデスクに飛びついた。

カササギ王《マグパイ・ロード》の指輪を入れてあった引き出しは、その中身が丸ごとデスクの吸取紙の上にぶちまけられていた。クレーンは床の上を探し、スティーヴンは残っているものを虚しく検分した。

「見つかったか？」無駄とわかっていても訊ねた。

スティーヴンの目は傷ついた怒りに満ちていた。「何があったか、詳しく話して」

「音が聞こえて、ここに来た。人影が見えた。暗かった。男は窓に走って――」

「男？」

「いや、女だったんだろう。その時はわからなかった。そいつにつかみかかり、もみ合いになって、能力で投げ飛ばされた。女は窓から飛び降りて、木のところまで走って、振り向いて私に手を振った。その時に明るい髪色の女が見えたんだ」

スティーヴンの手が裸の腕をつかんだ。指先から肌に伝わってくる力は燃えるような熱さだった。「女、それともセイント？」

「セイントだった」確信を持ってそう思えた。「しかしこれを見ろ」クレーンは自分の札入れを手に取った。「これも同じ引き出しに入っていて、中に三十ポンドある。彼女の立場では、恐るべき大金だ。なぜ現金を盗らず、中程度の価値しかない、処分にも困るような指輪を持っていく？」

「指輪が目的だったんだ」スティーヴンは気分が悪そうだった。「僕がはめているのを目撃しているし、特別な力があると思ったんだろう。他の人間に使えないことは知らない」

「使えないのか？」

「あんたと寝ない限りはね」スティーヴンは辛辣な調子で言った。「たぶん。でもそれは……わからない。使えるのかも。眠っていた力は既に呼び覚まされた。力に満ちた品だ」

気が進まないまま、クレーンは言い添えた。「もし君のものである指輪を盗みに、ここに来たのであれば、その意味はつまり」

スティーヴンは頷いた。「僕たちのことを知っている」

「あの指輪だけを持って行ったのは単なる偶然かもしれない」クレーンは言った。「暗かったし、私が途中で邪魔をした」

「そうかもしれない」スティーヴンは部屋着を巻きなおすとクレーンの横を通って寝室に戻って歩き始めた。「直接訊いたら、わかる」

すぐに会いに行くつもりのようだった。「一緒に行こうか？」

「いや」

絶望的な怒りを浮かべた表情の恋人を一人にしたくはなかったが、これはスティーヴンが対処すべき問題だった。クレーンは一歩退いた。「ではまた後で会おう」

セイントはサフラン・ヒルの下宿屋の最上階に住んでいた。ロンドンの基準で考えても環境の芳しくない地域で、小さな家々が、酔っ払いが互いに寄りかかるかのように並び立ち、よれよれで静かに腐っていくような様相を呈していた。鉄道が通ったことで最悪の吹き溜まりは排除されたが、ウサギ小屋のような古い家並みは荒廃するに任せてそこに残されていた。

こんな所に住まわされるべきではないんだ、スティーヴンは思った。実際、その必要もなかったはずだ。ゴールド夫妻は部屋を提供しただろうが、長く路上生活をしてきたセイントは普通の家族的な家、それもエスターが取り仕切る家に収まることができなかった。スティーヴン自身と同じように、わずかな給与を一人だけの空間を得るために使うことを選んだのだ。

もちろん、スティーヴンにはプライバシーを求める特別な理由があった。セイントの場合はどうなのだろう、考えてみたことはいままでなかった。

家は通りの一番外れにあり、鎧戸が下りて、暗かった。夜の間、セイントは屋根から部屋に戻るだろうから、外で待つ意味はなかった。スティーヴンは裏に回ってべとつく塀を登り、半分凍った泥土に足首まで突っ込みながら、臭いを放つ小さな庭を幾つか越えた。小さな灯りを作って暗闇を照らし、二匹ほどの犬と恐れ慄《おのの》く鶏の群れを黙らせて進んだ。目的の家に着くと、内側で木製の留め具がかかった台所の窓を見つけた。少しの集中力で鍵を開け、体をねじ込むようにして中に入った。鍋釜を落としたりしないよう注意しつつ、この時ばかりは小柄な体格に感謝した。

静かに最上階まで上がった。セイントの部屋は覚えのあるわずかなエーテルの残り香からすぐにわかった。ここに住んでいることは確かだが、いまは留守だ。扉は中から鉄のかんぬきがかかっていたが、ためらうことなく安物のネジの回りの木に圧力を加えることで鍵全体を壊し、手で一押しして扉を開けた。

　セイントの部屋は屋根裏の狭い空間で、木製の安物のベッド台としわくちゃの粗い毛布が二枚置かれていた。暖炉はなく、部屋はひどく寒かった。スティーヴンは一人がけの木の椅子を窓から入ってくる者から見えない位置に移動し、自らの厚手の高級コートを体に巻きつけると、セイントをどうすべきか考えた。

　審犯機構《ジャスティシアリー》は給料が安く、仕事時間が長く、激しく嫌われている上に人数も少ない組織で、能力者《プラクティショナー》たちを制御し規範を厳格に守らせるために、何よりも道徳律を重んじていた。堕落し、罪を犯すような審犯者《ジャスティシアー》は存在を許されない。規範を厳しく守っているという優位性の傘無くしては、道を外した能力者と対峙する時、ただ能力だけでぶつかることになる。相手が数で勝っていることが多いので、そういった事態は避けるべきだった。つまり、今回セイントは厳罰に処されなければならない。同じ罪を犯した普通の能力者よりも、もっと厳格に。正しい審犯が下されたと見做されなければ、他の審犯者が皆苦しむことになる。

　そして苦しみ、と言えば……。

　セイントはかつてカササギ王のものだった指輪、生命の危険にさらされた時にクレーンからスティーヴンに贈られた指輪を盗んだ。クレーンが、自分は犠牲になってもスティーヴンを生かしたいと思った時。スティーヴンは人が恋に落ちる瞬間が明確に存在するのかどうかは知らなかったが、もしそんな輝かしい瞬間を一つ選ぶのであれば、それはまさにあの時だった。クレーンが偉大なる法政者の指輪をはめたスティーヴンの手を握って、あのゆるぎない自信でもって、〝彼の仕事を引き継いだのは君だ〟、そう言ったのだ。あの言葉を思い出すと未だに鳥肌が立つ。

指輪は恋人からの贈り物であり、英雄の遺品であり、ガスにマッチを近づけるように体と心に炎を灯す力の源、それをジェニー・セイントは盗んだのだ。指輪の持つ意味は知らなかったかもしれないが、クレーンの家を荒らし、メリックの信頼に背き、スティーヴンがこれまでに所有した最も大切な品を奪った。痛烈な裏切り行為は、スティーヴンの目の奥に突き刺さり、喉に詰まるように感じられた。

居心地のよくない部屋で長い間待つことになった。椅子は固く、クッションはなかったが、眠った後で放りっぱなしのベッドに座るつもりはなかった。他にはほとんど物のない部屋だった。水差しと室内用便器《チェンバーポット》。壁には安っぽい絵が何枚か飾られていた。芝居のチラシや木版画、からし色の砂漠に真っ青な空が描かれた宗教の小冊子など。ベッドの上には、くたびれた子供向けの読み書きの教科書が一冊。

もっと欲しくなって当然だ。

だってセイントは審犯者なのだ。秩序を守るために、命を賭けているのだ。それがこんな生活を強いられているのはおかしい。

もちろん、もっと悲惨な境遇の人間は大勢いた。このみすぼらしい部屋を宮殿と感じる人々がロンドンには何千人といたし、セイントの狭苦しく殺風景な部屋をストランド通りの部屋やクレーンの特権と比べることに意味はなかった。とはいえ、本当に裕福な者たちがどんな生活をしているかを目撃し、クレーンがあの新しいホークス・アンド・チェイニーのスーツにいくら支払ったかを考えると……。

もちろん、裕福な者から盗むのは犯罪だ。しかしロンドン全域で犯される他の悪事や傷害、残虐行為や裏切りに比べれば、スティーヴンにとっては多少優先順位の低い案件だ。セイントが審犯者でなければ。クレーンのところに盗みに入ったのでなければ。盗んだのがあの指輪でなければ。

セイントが戻るまで、暗闇の中でそのまま二時間待った。

半分眠りかけていたところを窓からの小さな物音で目が覚めた。窓は閉じられていたが、油をよく差してあり、外側にハンドルを付けてあるようだった。屋根のタイルの上に足を着く音、木の擦れる音、そして冷たい外気と共にセイントが這いつくばるように部屋に入ってきた。ウインドウォークをする時の常で、少年のような身なりをしていた。

スティーヴンはセイントが窓を閉めるのを待って言った。「おはよう」

セイントはひぃっと身を縮ませてその場でくるりと回った。「ジーザス・クライスト！　ミスターＤ？　いったい何、もう、びっくりした」安物の獣脂のロウソクが瞬時に灯った。「ここで何をしてるの？　何かあった？　まさかミセス・ゴールドじゃないよね？」

「何のことかはわかっているはずだ」

セイントの目がわずかに広がると、顎が少し上向いた。見まごうことなく挑戦的な態度だ。

「わからない。何か問題でも？」

「指輪を渡せ」

「どうしたのさ？　何の指輪？」困惑した様子は一見本当らしかった。いつでもそうだ。四年間指導してきたスティーヴンは、教え子のもっともらしく嘘をつく才能をよく知っていた。自分よりもうまく、堂々と嘘がつける。

いまは、それが我慢ならない。スティーヴンはグラグラしている椅子の肘掛けを、相手がビクッとするほど強く片手で叩いた。「指輪だ！　嘘をつくんじゃない、それから僕の時間を無駄にするな。目撃されたんだ。こちらに渡して、申し開きをしろ。余程の内容でないと納得しないぞ」

セイントはスティーヴンを遮ろうと盛んに言い返していた。「だから、指輪なんて知らない、何のことかわからないよ。見られたからって、何さ。あたしは何も悪いことなんかしちゃいない」

スティーヴンは早口で言い返した。「盗みは悪いことではないと?」

「盗みだって?」セイントは金切り声を上げた。

壁に向かってドスンと音がして、隣の部屋から「黙りやがれ!」と声がした。

「うっせーんだよ!」セイントは喚き返して、手をひと振りして隣室を黙らせた。「もう二年以上も何も盗んじゃいない、あんたにそんなことを言う権利はない――」

「クレーン卿がお前を見たんだ。二時間も経っていない」少女の青白い顔が色を帯び、それは罪を認めたに等しかった。「部屋で捕まえかけて、お前がウィンドウォークするのを見たんだ。何とお前は手を振ってみせたそうじゃないか。はっきりと見られたんだ。もう嘘をつくな、否定もするんじゃない。強盗に入って、指輪を盗んだんだ。僕の指輪を。さっさと返すんだ」

セイントは激しく頭を振っていた。「盗んでないし、やってないし、もしそんなことを言っているんだとしたら嘘つきのインチキ野郎だ!」

スティーヴンはセイントの言葉に怒りで拳を握った。警鐘が体中を駆け巡った。〈いったいどこまで知られている?〉「彼を嘘つき呼ばわりするんじゃない」

「デタラメふっこんでるなら、好きに言ってやらぁ」

下町言葉で正確な意味は取れなかったが、上品でないことは伝わった。歯を食いしばった。

「言いたいことがあるなら、英語で言ぇ」

セイントはスティーヴンをにらみつけると、明確に言った。「あたしは誰からも盗んでなんかいない。あんたん上品な友達には会ってないし、会いたくもないし、あんたん物なんて持っていないし、あたしんヤサに来て勝手に言いがかって――」

「英語で話せ！」

「あんたこそ英語で話しやがれ！」セイントは銀青色の目に涙を溜めて叫んだ。顔を真っ赤にした傷心の顔はとても幼く見えた。「あたしが上品じゃないんはしょうもないけど、だからって盗人呼ばわりされるんは――」

「クレーン卿はお前を見たんだ、セイント」スティーヴンはげんなりしながら言った。「現行犯で目撃した。顔を見たんだ」

「あいつは嘘つきでクソったれのカマ野郎で、あんたもそうだ！」

冷たい空気の中、二人の間で言葉が爆発したかのようだった。スティーヴンは息ができなかった。セイントは口に手をやり、両目が大きく広がった。「あたし――そんなつもりじゃ――」

「ここに来るんだ」これですべてが終わりになる。過去何度も教えかばってきた生徒、ジェニー・セイントを逮捕したら、仕返しにセイントはクレーンとスティーヴンを突き出すだろう。避けることのできない暴露、恥辱、クレーンが嬉々として準備している法からの逃避行、スティーヴンが使うことのないよう祈ってきた脱出経路がとうとう現実になる。声が震えていないのが妙に誇らしかった。「協議会《カウンシル》へ連れていく。いますぐにだ」

セイントは首を横に振りながら後退った。何かを説明しようとするかのように、両腕を広げた。すると窓が急にバタンと開き、スティーヴンが不意をつかれた隙に、既に横に跳んでいたセイントが外へ飛び出した。

「セイント！」スティーヴンは窓枠に飛びついて、エーテルに向けて思い切り力を放って少女の体をつかもうとしたが、相手は既に反対側の屋根の勾配を滑り降りていた。ブーツが地面に着く音がすると、静けさが訪れた。

少女は消えた。後を追うすべはなかった。

第四章

寝過ごしたクレーンは、不在を感じて目を覚ました。スティーヴンがいないことではない。それには慣れていたが、朝必ずなくてはならないものが欠けていた。コーヒーの香りがしないのだ。

冷たく音のしない台所を静かに見回った。メリックがおらず、寝室にもいなかった。クレーンの目には、帰宅をしなかったように見えた。

普通のことではなかったが、前例がないわけでもない。問題は、断固として不便なことだ。ストーヴが灯されていないので、熱い湯が出ないのだ。スティーヴンがいれば手を置くだけで水を温めることができるが、クレーンにはできない。新型のストーヴの使い方もわからずボイラーも扱えず、思えば最後に自分でコーヒーを淹れたのも随分昔のことだった。

「おめでとう、ヴォードリー、とうとう立派なお飾りになったな」声に出して言い、自らを罰するように時間をかけて冷たい水で体を洗った。暖炉の灯っていない寝室はかなり気温が低いため、職場放棄の使用人に対して心の中で様々な文句を垂れながら、急いで服を身につけた。

ブーツを履いていると、裏口の扉が開いてはバタンと閉じる音がした。メリックだ。

「女を追いかけてこんな時間か？　あるいは逮捕でもされたか？」クレーンが呼びかけた。

コートを着たまま、厳しい顔をしたメリックが玄関ホールに入ってくると、一直線に近づいてきた。「なっ――」クレーンはかろうじて身を交わしたが、すぐに扉に体を押しつけられた。

「貴様何をしやがった？」メリックの顔は怒りで暗かった。「何、何のつもりだ？」

「いったいどうしたんだ？」クレーンはメリックの手が拳に握られるのを見て自分の手で押さえた。この従者には奔放だった若い頃に散々殴られたので、いまさら一発食らうのはごめんだった。「何の話をしている？」

メリックは手を引き離した。「セイント嬢のことを何と言った？」

「どうしてそのことを知っている？」

「何と言ったんだ？」叫び声に近かった。

「昨夜盗みに入ったんだ」クレーンが言った。「窓から入ってきて、デスクをひっくり返して、スティーヴンの指輪を奪った。私が目撃した」

　メリックはじっとクレーンを見ていたが、何の予告もなく腹に一発拳を見舞った。クレーンは腹を抱えて前のめりになって喘ぎ、吐かないようにぐっと堪えた。

「目撃なんかしちゃいねぇ」メリックが淡々と言った。「なぜ見たと言った？」

　クレーンは肺に空気を入れるのに少し時間をくれと身振りで伝え、深呼吸をして話し始めると見せかけて、組んだ両拳をメリックの股間めがけて激しく突き上げた。動きに勘づいた従者はギリギリで直撃を避けたが、接触でバランスを崩して、その痛みの隙と長い腕とを利用してクレーンがアッパーカットを放ち、メリックはさらに数歩退いた。その間にクレーンはスタンドから歩行用の杖を手に取った。中国で短槍に熟練していることを知るメリックは一拍間を置いたが、クレーンは相手の手のほんのわずかな動きで、ナイフを手にする前兆を見て取った。

「おい、勘弁してくれ！」メリックを怒りから解き放とうと大声で言った。「これはいったい何事だ？　私はこの目で見たんだ。スティーヴンも信じようとしなかったが、顔を見た。もし見ていないのなら、どうしてそんな嘘をつく必要がある？」

「知らん」メリックは言った。「そっちが教えてくれ。彼女は昨夜ここにはいなかった、別の場所にいた、だから目撃なんざしちゃいない、わかったか？」

「どうしてお前がそんなことを——」クレーンは言葉を止めて、どういうことかよくよく考えた上で、再度少し落ち着いた声で、嫌な予感を押し隠しながら言った。「どうしてお前が昨夜の彼女の居場所を知っている？」

メリックが顎を引いた。「俺と一緒だったからだ」

「朝の二時に。別の場所にね」クレーンはそう言って、さらに心の底からつけ加えた。「クッ《ファッ》ソ《ク》」

「何だと？」メリックが訊いた。「問題があるか？」

「ああ、あるね。スティーヴンの生徒と寝ているとは！」

メリックの顔が曇り、一歩前進した。クレーンはさっと杖を持ち上げた。「だから？　あの人の子供じゃない」

「子供であってもおかしくない」クレーンは不正確とわかっていて応えた。「幾つなんだ、十六くらいか？」十三歳で合法、十六歳ならどうということはない。しかしクレーンは若さや未経験を魅力と感じたことはなく、メリックがそうだとは夢にも思っていなかった。

「十八だ」

「そうは見えないな。魔法は成長を妨げるのか？」

メリックはこれを無視した。「十八で、さんざん苦労してきたから、幼くなんかない。自分で自分のことがわかっていないなんてこともない。そう思っているとしたら、お前はシャーマンのことがわかっちゃいない。何より、お前が決めることじゃねぇ、ジェンが決めることだ」

「スティーヴンも同じ見方をすると思うか？」

「そんなこたぁ関係ねぇ」

「関係ある！」クレーンはスティーヴンがどれほど激怒するか、こんな雰囲気の中でメリックと衝突したらどんなことになるか、想像したくもなかった。「ジーザス。スティーヴンの下の者じゃない誰かいなかったのか？」

「あの人にもお前にも、クソ関係のねぇこった」メリックの声にはまったく譲る素振りはなかった。「誰と寝るかお前に意見したことはないし――」

「されてたまるか」

　メリックはひるまなかった。「俺は何も言わない、お前も口を出すな、それにお前の男友達《ボーイ・フレンド》の同意もいらない」

「男友達《ボーイ・フレンド》だと？　このクソゴミ溜め野郎、ス、テ、ィ、ー、ヴ、ン、のことだぞ」クレーンは怒って壁に手をついた。「あいつにはセイントの心配をする権利がある。お前は彼女の三倍の歳だし、十倍の経験があって――」

「お前は男をファックする」

　その言葉は鋭利に明確に、頬を打つように響いた。クレーンは、今度は本気で怒って大きく息を吸ったが、話し出す前にメリックが片手を上げた。「中国行きの船の上でお前はそう言った、覚えているか？　俺が、何で父親に追い出されたのかと訊くと、お前は言ったんだ、〝私は男をファックする〟、とね。それで俺が何と応えたか、覚えているか？」

クレーンは覚えていた。まだ十七歳、故郷から追放され、孤独と恐怖に怯え、召使いとしてつけられた男が父親から息子を二度と国に戻さないよう命を帯びていることも知っていた。掻き集められる限りの誇りと嘲りをこめてそう言ったのは、きっと殴られること、それを最後に殺されてしまうかもしれないと感じていた中、自分のものと言えたのは反抗的な態度だけだったからだ。メリックは、その言葉を永遠とも思える数秒で受け止めた後、肩をすくめてこう応えたのだ。「お前がやられるんでなければ、俺は構わん」

クレーンの人生はその瞬間に変わったのだ。

背後の扉に頭をもたれると杖を下げたが、手から離しはしなかった。「よろしい。わかったよ」

「ジェンは自分がどうしたいのかよくわかっている。自分で訊いてみるといい。子供なんかじゃない」

「そうかもしれない。だが私は十八の頃、自分がどうしたいのかなんて知らなかったぞ」

「知っていたさ。飢えたり体を売ったりしたくないと思っていた」

クレーンは相手をにらみつけた。「それはそうだが、しかし――」

「若すぎるのはわかっている。クソ、言われなくたって知ってるさ」メリックはポケットに両手を突っ込むと、壁に向かって退いた。「俺が彼女の父親ほどの年だってことを知らないと思っているのか?」

「お前が父親ということはないな」クレーンは請け負った。「可愛らしすぎる」

メリックにはその冗談が通じなかった。その一点からだけでもクレーンには状況が類推できた。「そう、そうだけど、でもそれだけじゃないんだ。可愛いだけの女ならいくらもいるが……。彼女は……特別なんだ。何か、何て言ったらいいか……わからん」栗色の瞳がクレーンのそれを捉えた。メリック流にだが、懇願がこもっていた。「俺にバカな真似をさせるな」

バカはしない男だった。十年以上前に妻を出産で亡くして以来、メリックの情事の相手は常に年長の、夫という存在に拘束されたくない経験豊かな女性たちで、後腐れのない相手ばかりだった。未亡人を好む傾向は、二人の間では使い古された冗談になっているくらいだ。若さや未経験、あるいは脆《もろ》さを好むことなど、クレーンと同様、いままでなかった。

「クッソ、まさか」クレーンは言った。「本気、なのか?」

「ああ」

「本気なのに、私に言おうとは思わなかった?」

「ああ、そうだけど、デイさんとか、色々」つまり、メリックがクレーンに話をしていたら、クレーンはスティーヴンに話さざるを得なくなるか、話さないことで嘘をつくことになった。

たぶん、気遣いに感謝すべきなのだろう。「ジェンが決心してくれたら話せばいいと思っていた。そうじゃなければ、騒ぎ立てても、な？　まだ返事はもらってないけど、今回のこの話があって、だから――」

「待て。セイント嬢が何を決心するんだ？」

メリックは短い髪の間に片手をやった。「ああ、クソったれ。年寄れば愚に帰るってやつだ。つまり、申し込んだんだよ、わかるだろう？」

クレーンは相手をじっと見つめた。メリックは肩をすくめた。顔が赤くなっていた。

「結婚を、申し込んだのか？」

メリックは顔をしかめた。「二ヵ月前に申し込んだ。彼女はまだ決心がついていないが」

クレーンはそんなことは小さなことだと言う風に言った。「なんと。なぜ話してくれなかった？　おめでとう、このバカ野郎。しかし一方で、とんでもない能力があるから、機嫌を損ねたら頭で考えただけで殺されかねないぞ。と言いつつ……高いところの物を取るのに便利、か？」

「デイさんとは違うな」

「さ、それはどうだか。なかなか決心ができない、男の趣味が悪い、しっかりとした対応が必要……」

「その辺でやめておけ」メリックが言った。「ちょっと待て。いまお前が俺に女のことでアドバイスをしたのか？」

「〝知る者は行い、理解する者は教える〟、だ」

メリックはこの発言にふさわしく、鼻を鳴らして応えた。クレーンは肝心なことを訊ねた。

「彼女は私とスティーヴンのことを知っているのか？」

「俺からは言っちゃいない。英国育ちだからな、わかるだろう？　色んなことに慣らしてからでないと」

「よろしい、ではそういう方向で」突然、恐ろしい考えがクレーンの胸を締めつけた。「お前は、あ、ここに残るんだよな。どこかで家を持とうとか、思っちゃいないと思うが。そのつもりはあるのか？」

メリックは一瞬、クレーンと同じくらいゾッとしたような顔をした。「バカなことを言うな。お前一週間で餓死するぞ」

「そう、それにどこからブランデーを盗むんだ？」クレーンは心からほっとして応えた。「ふむ。タウンハウスを借りないといけないいな。ここには四人が住めるスペースはないし、内二人がスティーヴンとセイント嬢ならなおさらだ。そうなるとさらに使用人が必要になるな、信頼がおけて――」

「待て。まだ返事をもらえていないんだ」

「ベッドまで連れて行けたんだ。祭壇まで行くのも問題はないさ」

「そうか？　お前はついさっき彼女を盗人呼ばわりして、大問題になっているんだよな？」

「クッソ」そんなこんなでクレーンの頭からはすっかり事件のことが抜け落ちていた。「それがきっかけだったな。よし、はっきりさせよう。お前は昨夜午前二時頃、彼女と一緒だった。起きていたか？」

「ああ」

「お前の体力が羨ましいよ。私は彼女をここで、二時頃に見た。あるいは、見たと思った」クレーンは杖をスタンドに戻した。「ということは、私がここで見たのが誰だったのかを突き止める必要がある」

「そういうことだ。彼女はデイさんに真っ向から追求されて、何か言ってしまったらしい。つまり、言ってはいけないようなことをだ」メリックはセイントに代わって少し申し訳なさそうな顔をした。クレーンはスティーヴンの代理で諦めたように肩をすくめた。「もし逮捕されたらとんでもない罰を受けるとも言っていた。協議会《カウンシル》を心の底から怖がっている」

「いま、彼女はどこに？」

「安全なところだ」

〈そして、私に居場所は言わないんだな〉クレーンは思った。間違いなくその方がいいだろう。スティーヴンに訊かれた時〝知らない〟と言えた方がいい。「よろしい。考えるからコーヒーを頼む。大至急だ」

メリックは相手をジロッと見た。「ストーヴを点けられなかったんだな、そうだろ？」

「私は八代目クレーン伯爵で、十二代目フォーチュンゲート子爵だ。ストーヴを動かす必要などない」

「たった二つ名前が増えたくらいで腕も上げられねぇとはね。さらに公爵にでもなったら自分の歯も磨けなくなっちまうんじゃないか」

「さっさとコーヒーを作れ、このスケベじじいが」クレーンはメリックの後について台所に入ると、声に出して考えながら、テーブルに座った。「私が見たのは何だったのか……最初は女だとは思わなかった。スティーヴンに話した時も、最初は男だと言っていた。振り向いて手を振った時に初めて、顔がわかった。少なくとも、そう思った」

「何を見た？」

「室内で人影を見た。外に出て振り向いた時、月の光に明るい色の髪が見えて、顔がわかった」

「月明かりで顔が見えた？」メリックが繰り返した。

「そうだ」銀色がかった鈍い光は記憶に鮮やかだった。「髪の毛と顔が明るく照らされていた。クソ。お前がそういうのなら私が間違っているはずだが、確かに——見たんだ」

メリックはゆっくり頷いた。「いや、たぶんお前は見たんだ」

クレーンは怪訝な顔をした。「でも——」

ック」

「いま、月齢は？」

「晦日《フルダーク》」クレーンはためらいなく応えた。月の満ち欠けを意識することは、長年闇夜に隠れて違法貨物を取引していた者にとって第二の本能のようなものだった。「もう新月に――ファック」

「そうだ」

「ファック、ファック」クレーンは感情をこめて繰り返した。「月明かりなどなかった、そういうことか？　部屋の中は真っ暗だったし、外も暗かった。それなのに私は彼女の顔を、木のところまで月明かりに照らされているのを、見たんだ。男は――部屋にいたのは男だった、そいつは私に触って、それから……チクショウ、何かを言ったのも覚えている。確かだ。あの下衆野郎は私に感渉《フリューエンス》をかけたんだ」

「そのようだな」メリックは渋い顔をしていた。「どんな奴だった？」

「考えさせてくれ」クレーンは目を閉じると記憶を自力で呼び起こした。感渉への耐性がある、そうスティーヴンに言われていたし、以前にも経験があった。本当の記憶が呼び覚まされるにつれて、覚えていると思っていた現実が変化し再構成され、偽りの記憶が消えていく。酔っ払っている時に集中しようとするような、気分の悪い、眩暈《めまい》がするような経験だった。一度経験しているからといって楽になるようなことはなかったが、次第に真実の輪郭が見えてきた。

月明かりはなかった。暗かったが、かなり接近はしたので、何かしら見たはずだ。細身のセイントよりもはるかに体格がよく、髪の色は明るくはなく、命令をつぶやく声は低く……。

「男だ」そう告げた。「髪の色は濃い、と思う。さほど上背はない。お前より少し低いくらいだ。若い、少なくとも敏捷だ。そしてウィンドウォーカーだ。そうだと思う」

「ウィンドウォーカーで、そいつはお前に自分をジェンだと思わせようとした」メリックはよくできた生徒を褒めるように、コーヒーカップを差し出した。クレーンは感謝しながら香りを吸い込んだ。

「間違いない。そいつは他には目もくれずに指輪だけを盗んでいった。ここにあるのを知っていた。スティーヴンの指輪を盗みにここにやってきて、スティーヴンの生徒が奪ったように見せかけた」

「そうだな」感慨深げにメリックは言った。「大至急デイさんと話す必要があるな」

「同感だ。彼奴がどこにいるのかがわかりさえすればだが」

＊＊＊＊＊

スティーヴンは小さな寝室に立っていた。冷たい外気の後では、閉めきった部屋の熱が息苦しく感じられた。心臓は早鐘を打ち、呼気は荒く、ベッドに横たわる裸の男を見ていた。

男の体はベッドカバーの上で見世物のように晒されていた。両脚を広げ、両目を見開き、天井を見つめている。スティーヴンは目を離すことができずにいた。

部屋の中にいたもう一人の手が促すように重く肩に置かれると、ビクッと飛び上がった。

「気分が悪くなったりはしないな、デイさん？」

「大丈夫」スティーヴンはリッカビー刑事の手から身を引いた。「この人とは違って。僕はなぜ呼ばれた？」

「あんたにはこれがどう見える？」リッカビーの口調には抑えた怒りが含まれていた。

スティーヴンはベッドの上の手足を広げた男を見て顔を歪めた。遺体は、顔も体の表面も傷だらけだった――幾つもの長く乱暴な切り傷の中には、肉が剝がれて骨まで見えるものもあり、人体模型のようだった。黒赤い筋肉と黄色い脂肪の層が見え、スティーヴンは調理されていないベーコンを思い浮かべた。広げた両脚の間で、性器はほぼ切り落とされた状態だった。寝具を浸した血は、下の床に溜まっていた。

「惨殺」スティーヴンは言った。「誰かがナイフでメッタ刺しにした。一人ではなかったかもしれない。何時間もかかっただろう。近隣の住人は悲鳴を聞かなかったのか？　しかし」リッカビーが何か言おうとしたので、慌ててつけ足した。「これは僕の専門分野とは思えない。これが普通の殺人でないとどうして思う？」

「近隣の住人たちは悲鳴を聞いていた。声が聞こえて、ここへ見に来て、扉をこじ開けて……。何を見たか、当ててみるか？」

「遠慮する」

「何も。誰もいなかったんだ。彼がベッドの上で悲鳴をあげているだけで、見る見るうちに傷が増えていった。まるで透明な人間が透明なナイフで攻撃しているみたいだった、とのことだ」

スティーヴンはうなり声をあげそうになるのを抑えた。「その目撃証言は正しいと?」

「警官も一人目撃している。どの証言にも矛盾はない。そして、この男性が誰か知っているか、デイさん?」

その声の様子からは知っていて当然という響きがしたが、顔は血まみれの筋肉と白い骨の塊で、スティーヴンは注視したくはなかった。「想像もつかない」

「まったく?　見覚えはない?」

遺体の母親でさえもわからないかもしれない。「ない」

「それは妙だな。以前よく知っていたはずだが」

スティーヴンは気の進まないまま再度死体に目をやった。髪の毛は少なく、血の下に薄い赤毛の房が覗いていた。苦悶を浮かべた目は変わった色合いの薄い青で、少しの間見ていると、記憶の欠片がはまっていった。

「まさか、フレッド・ビーミッシュ?」信じられない思いで口にした。「神よ、そうなんだな?」

「フレッド・ビーミッシュ」リッカビーは繰り返した。「ビーミッシュ刑事。協議会と警察の連絡担当《リエゾン》――だった男だ、お前たちが廃人にするまでは。そしてとうとう、魔法によって殺された」

「地獄の牙よ《ヘルズ・ティース》」スティーヴンは手袋を剝ぎ取りながら、この惨劇の全貌を捉えようと意識を広げた。「しかしいったい誰がビーミッシュを狙う？　引退しているのに」

「辞職したんだ」リッカビーはスティーヴンの言葉を正した。「神経がおかしくなって。神なき世界で腐った物を多く見すぎた」

スティーヴンはよく覚えていた。ビーミッシュはごくまっとうな男だったが、ロンドン警視庁の警官として当然のごとく、超自然の悪に対処するために職に就いたわけではなかった。昨年は特に、魔道士《ワーロック》トーマス・アンダーヒルがすべての装いを捨て去り、能力に溺れ、白昼堂々と魔法を濫用した年だった。体を割かれ心臓を取り出された後も生き続け、泣きながら母親を求めてエンバンクメント地区を彷徨っている子供が発見された時、最初に現場に駆けつけたのがビーミッシュだった。翌日警察を辞職し、それからは酒浸りとなった。スティーヴンは、何とか記憶から毒を抜き去る方法を探そうと、ビーミッシュを訪ねるつもりにしていたが、まずはアンダーヒルを捕らえなくてはならず、その過程で命を落としそうになった。その後、数ヵ月かけて体力を回復させている最中、クレーンが流星のように人生に落ちてきた。それからは時間の余裕はまったくなかった。実際、ビーミッシュのことを考えたことは一度もなかった。

リッカビーはスティーヴンの顔に浮かぶ罪の意識を見て取った。「そうだ、お前たちがフレッド・ビーミッシュの神経を壊した。神経を壊し、心を潰し、そして殺した」

「待て」スティーヴンは言った。「去年の事件の犯人アンダーヒルはもう死んでいる。僕がこの手で殺した。共犯者たちもだ」少なくとも、ピーター・ブルートン卿は死んだ。三人目の魔道士、レイディ・ブルートンは逃亡した。後を追おうとしたものの、手がかりはなく、何も見つからないまま捜索は再開されていなかった。羞恥の気持ちがチクリと胸を刺した。それはまた一つ、置き去りにしていた事案だった。滝のように襲う仕事の波に埋もれ、日を追うごとに忘れて行き、行動を起こさないでいたら、そのこと自体によって重要性が薄れたかのように感じていた。

ブルートン夫人は何とかしなくてはならない。そもそも、クレーンに必ず捕まえると約束している。

リッカビーに対しては何も説明するつもりはなかった。スティーヴンは罪の意識を心に仕舞って、きっぱりと言った。「あの事件と関わりがあるとは思えない」

リッカビーは頷いた。「その通りだ。また別の殺人狂の能力者《プラクティショナー》集団かもしれん。ラファエル警視も能力者に殺されたから、三つ目の集団があるのかもな。教えて欲しい、デイさん、お前たち能力者の中にはいったいどれほどの数の殺人犯がいるんだ？　何人の警官が死ぬまで我慢せねばならんのだ？」話しながら前のめりになり、スティーヴンの顔に向かって指を一本突き出した。スティーヴンは歯を食いしばると、ベッドの頭の方へ動いた。エーテルの流れが体にまとわりついた。血と苦痛に満ちた空間。

「今年の夏はラトクリフ・ハイウェイで五人が死んだ！」リッカビーは怒鳴った。その顔は怒りで暗赤色になっていた。「ライムハウスで二人、タワー通りで一人、ホルボーンの地下室でさらに死体が二つ――十人もがお前たちの殺人集団の手にかかったというのに、いったい何人が裁判にかけられた？」

「犯人は死んだ」声を平静に保ってスティーヴンは指摘した。「死体は裁判にかけられない」空気からは、指先に何の手がかりも伝わって来なかった。遺体に触るのは気が進まなかった。

「あんたはそう言うがな」リッカビーは声を和らげたが、納得した様子ではなかった。「実に奇妙だ。犯人は必ず死体になっているか、既に国を出てしまっているか。あるいは捜査が打ち切られることになり、二週間後には容疑者が堂々と大通りを歩いている。誰も有罪にならない。罰を受けることがない」

スティーヴンは遺体から注意をそらした。「あんたは本気でこういう事件を裁判官や陪審員の前に持って行きたいのか？　〝透明人間が刺したんです、裁判長閣下〟とでも言うのか？」

「何が起きているのか、知りたいんだ」リッカビーは言った。「罰が下って欲しい。この八ヵ月、お前たちと仕事をしているが、一度たりとも裁判になったことがない。もう我慢ならない。警察官が二人、魔法の犠牲になって死んだ。誰かが絞首刑になるべきなんだ、わかるか？」

「わかるよ。本当に。理解するし、同情もする、だから僕が――僕たちが必ず犯人を捕まえる。あんたにもわかっている理由から、裁判は約束できない。しかし誓ってもいい、これをやった奴にはきっと罪を償わせる」

リッカビーは首を振った。「あんたの言い分をずっと聞いてきた。言葉を信じて、傍観して、さらに人が死ぬのを見てきた」

スティーヴンは深呼吸をして怒りを抑えた。リッカビーは言い争いを望んでいるが、叫び合ったところで意味はなく、実際相手の言っていることは正しかった。「規則を作るのは僕ではない。正義がなされるように、全力を尽くすだけだ。あんたと同じように」

「一人の人間の審判は正義とは言えない。法律の中にこそ正義があり、そこでこそ成立する。私がフレッド・ビーミッシュとラファエル警視に求めるのはそういうものだ。デイさん、お前さんのしていることは私に言わせれば復讐だ」

「バカバカしい」面食らって、スティーヴンは言った。「僕は自分の義務を果たしているだけだ、刑事さん。それ以外何物でもない」

「そうかもしれんが」リッカビーは苦々しそうに言った。「私にとってはお前たちの義務も、正義も、協議会も意味を持たない。フレッド・ビーミッシュは私が出会ったどんな能力者より、十倍の価値があった。お前たちの秘密を守るために、絨毯の下に葬り去られるような謂れはない。丁重に扱われるべきだ」

非難の視線に、顔が赤くなった。「わかった」硬い声で言った。「いったい誰がこんなことをしたのか、調べさせてくれ。その上で考えよう」

二時間の実りない惨めな時間を過ごし、スティーヴンは死者とリッカビーを残して部屋を後にした。用心深く幾つか通りを越えてから、壁にもたれて何度か大きく呼吸し、鼻腔に溜まった血と排泄物の臭いを追い出そうとした。

いやだった。心の底からいやだった。自分の仕事だし、やらねばならないことだったし、ビーミッシュを切り刻んだ何者かは罰せられるべきだが、それにしても、もう二度とゾッとするような惨殺遺体を見なくて済むのであれば、どんなに幸せだろう。

死体に触れた指先は汚染されているように感じられた。ズボンに押しつけて拭い去ろうとしたが、きょうはいいスーツを着ていることに気づき、ポケットからハンカチを引っ張り出した。指先を一本一本拭った後、全体を拭き取る。白い布には何の痕も残らなかったが、指先にはまだ死んだ男の血と苦悶が残っているように感じられた。

いまここに止まっている限りは何もしなくてもいいとばかりに、冷たく湿ったレンガ壁にもたれた。この先やるべきことのすべてが耐えられなかった。リッカビーは怒り狂って非難していたが、クソ、その怒りは正しい。二人の警官、死んだまっとうな男たちは、スティーヴンには与えることのできない正義を求めていた。セイントは盗人。クレーンは束縛され、不満を抱え、目に見えてイライラしていた。それに、決して表には出さないものの心配していることを、スティーヴンは確信していた。

クレーンの部屋に戻りたくなかった。

戻りたくないと思うなど、バカげたことだった。あの部屋を愛していた。心地よくて暖かくて、メリックの乾いた皮肉と無理なく完璧なまで細部に注意が行き届いた部屋。そして、本人がそこにいなくてもエーテルの中に痕跡を感じられるほど力強いクレーンの存在感。この数ヵ月、スティーヴンは人生で一番幸せな時間をそこで過ごしていた。その部屋を家だと思うたび、ルシアンのベッドを自分の居場所だと感じるたびに、その特権に眩暈がするほどだ。傲慢で美しくて支配的なクレーン卿。こちらの心が痛むほど気にかけてくれ、時折見せる危険な一面に膝を屈せずにはいられない男が、ロンドン中の男たちの中から自分を選び、忠実で寛大で苦しいほどの正直さで向き合ってくれている。それなのに、スティーヴンが差し出せるのは、クレーンが嫌悪する国での、ほんの限られた時間だけだった。

その時間をいまスティーヴンは無駄にしているのだ。体を起こし、無理やり歩き始めた。吹きつける冬の風の冷たさに両手をポケットに突っ込み、こんな関係が後どのくらい続けられるだろうかと考えた。

四ヵ月前、地球の反対側にいたいと願っている男と絶望的かつ決定的に恋に落ちてしまったと自覚した時、何としてもクレーンを英国につなぎとめられるように願った。やがてクレーンが、スティーヴンこそが自分が英国に残っている理由なのだと告げ、一緒でなくては国を出ることはないと言った時、願い事には気をつけるべきだと思い知った。

クレーンと出会う前、人生は何とかうまくいっていた。友人はいたし、時間のほとんどは職務遂行のために取られて忙しかったが、時として裏通りで束の間の快楽を愉しむことさえあった。夢のような生活とは言えなかったが、元々夢など見たことがなかったし、あったとしてもクレーンのような人間が登場することはなかっただろう。何とか生き延びて、日々をやり過ごし、生活と仕事の上で大きな問題を起こさずにいること。自分なりにうまくやっていると思ってきた。

いまやまるでおとぎ話のような恋人と新しい生活が訪れ、集中力が途切れてばかりだった。ルシアンと過ごす一分一分が仕事を犠牲にしていると感じる一方で、仕事で過ごすすべてが恋人との時間から奪われているようで、何をしても重要な何かをやり残しているように感じた。〈もっと一緒にいられる時間を作れたらいいのに〉惨めな気分で思った。〈もしも……〉仕事を辞めたいと願うことはできなかった。やらねばならないことであり、助けを求めている人がいることを考えると、それはできなかった。自分の職務。〈ああ、でももし、そうできたならば……〉

スティーヴンは凍てつく風の中、重いコートに包まって角を曲がった。一日の時間をもっと長くできないかと考えながらストランド通りに入ると、目に飛び込んできたのは、魅力的な若い男とにこやかに談笑するクレーンの姿だった。

第五章

クレーンの一日はひたすら報われないものだった。スティーヴンに送ったメッセージは一通も返事が来ることはなく、それには慣れていたが、自分の従者が保護下の少女に手をつけたと知った時のエスター・ゴールドの半径五十マイル圏内にはいたくなかったので、セイントのアリバイを持ち込める先がなかった。スティーヴンにだって伝えるのは気が進まない。

レオノーラを訪問した後、ジムに行き、その後時間を潰すべく事務所で数時間キリのない書類仕事をこなし、そろそろスティーヴンが帰る頃だろうとストランド通りを家に向かって歩きながら、適切な説明の言葉を考えているところを、背後から呼び止められた。

「すみません、サー」

ガス灯の下で立ち止まって振り向いたクレーンの許に、手に何かを持った青年が近づいてきた。「ハンカチを落としましたよ」

クレーンは小さな四角いリネンを見やった。隅にカササギの刺繍が施された、パイパーから持ち帰った大量のハンカチの内の一枚に間違いなかった。どうやってこれを落としたのか、見当もつかなかった。「ああ、私のものだ。ありがとう」手に取ったが、若者はハンカチを離さず、驚いたクレーンは相手の顔を見つめた。

見る価値のある顔だった。二十代半ば、だろうか、風で少し乱れた黒い髪に、片側だけに銀色の若白髪が一筋。その不均衡が不思議と魅力的だった。背は高くはない、でもスティーヴンよりはだいぶ体格がよく――――そうでない男の方が少ないが――――、筋肉質の体つきだった。茶目っ気のある表情で、笑うような深い青の瞳と、抑えきれない笑みを浮かべた大きな口。〈なんとなんと〉クレーンは目を楽しませながら思った。〈この国もなかなか捨てたものじゃないな〉

再度ハンカチを引いた。男は暗い睫毛の下からいたずらな目を見せ、少し端を引っ張っては、やがて手を離した。

「ありがとう」クレーンは微笑みながらポケットにハンカチを仕舞った。

「大したことじゃない」美青年は微笑みと共に、意味ありげな視線を送ってきた。「代わりに、マッチを貸してもらえる？」

「残念ながら持っていない。タバコは吸わない」

「そう、でも吸うべきだな。この呪われた霧から肺を守る唯一の方法だ。それに、楽しい悪徳だ」青年の笑みが広がった。「でも一番楽しいものじゃないかもしれない」

「その通り」クレーンは応じた。「酒がある限り」

ガス灯の明かりにいたずらな笑いが照らされた。「もちろん。一緒に一杯いきませんか、サー？　俺の部屋で？」

「あ……いや」少し残念に思いながらクレーンは言った。「遠慮しておく」

「本当に？」美青年の深青色の瞳が一瞬クレーンのそれを捉えたが、すぐに長い睫毛の下に隠れた。「俺は一緒に過ごすと結構楽しいよ」

「もちろん、そうだろうとも。予定があるんだ」

「予定は変えられるんじゃないかな、サー」若い男はクレーンの前腕に軽く手を置いた。「五分くらい、話し合える時間はあるんじゃないかな。どこか近くで」その視線はストランド通りの幾つもの路地の一つを彷徨っていた。間違いなく危険だが、暗かったし、少しの時間口を使って、ならば……。

別の人生での出来事だ。クレーンは手を振り切った。露骨なアプローチに、積極的に参画することができたなら感じることのなかったであろうわずかな困惑を感じた。実際、裏通りでバカをするには、ストランド通りには人が多すぎた。警官、花売り――このところ常に通りにいるように思われる似顔絵描きも、ガス灯の丸い明かりの下、六フィートも離れてないところでスケッチをしていた。

「いや、でも幸運を祈るよ」クレーンは青年に笑いかけて会釈をすると、返事を待つことなく、ポケットにハンカチを押し込みながら歩き去った。

　色恋において誰かに忠実であることはクレーンのいままでの人生にはなかったことだ。ありえないと思っていたわけではなく、単にそんな機会がなかったのだ。かつての恋人たちのほとんどは、クレーンが青年の誘いに乗ったとしても眉ひとつ動かさなかっただろうし、クレーンの側も、相手に自分以外と関係を持つなと求めることはなかった。本当のところ、気にしたことがなかった。

　スティーヴンは気にするだろう。こちらの心が痛むほどに、スティーヴンは気にするだろう。クレーンはこういうことをスティーヴンと話し合ったことはなかった。なぜなら――クレーンは驚きながら自覚した――この八ヵ月、他の誰かと寝ることなど、一度も考えたことがなかったからだ。しかし、スティーヴンに誰か別の男と一緒にいるところを見られたら、身が裂かれるほどの痛みを与えるであろうことは間違いなかった。

〈なんと、まさか一生他の誰とも寝ないでいることを期待されているのか？〉そう思ったクレーンはすぐに悟った。〈いや、その反対だ。まさに他の誰かに目移りするだろうと思われているんだ。スティーヴンはそう思っている。恐れながら、いつかそうなると思っている〉

　また一つ、スティーヴンにもれなく付いてくる義務だな、クレーンは建物に入ると五階の部屋に上がりながらそう思った。秘密を守らなくてはならない英国での暮らしと、審犯機構《ジャスティシアリー》の無茶な要求に加えての、さらなる制限の一つだ。さらなる足枷。

　過去のクレーンには、普通の男が望みうるありとあらゆる愛人がいたし、もはやイチモツを突っ込もうという衝動を覚えることなく美男子の口元を愛でられるほどには年を取っていた。あの青い目の笑顔の青年がスティーヴン以上に与えてくれるものなど、何一つなかった。おそらく、性病を除いては。何よりも、スティーヴンを傷つけるであろう行為に悦びを得られるとはまったく思えなかった。そんな価値があるものなど、何一つない。しかしそう自覚することで、中国と故郷はますます遠のくように感じられた。英国と、そこにいることに伴う義務。スティーヴンを、引いてはクレーンを束縛しているすべてのことに、よりきつく縛られることを意味した。

〈義務でがんじがらめの人生が望みなら、最初から英国を離れるようなことはしなかった〉

〈とはいうものの、スティーヴンなしの人生に納得していたら、とっくの昔に上海に戻っている〉

　部屋の玄関に到着すると、後ろから早足で階段を上ってくる音がした。振り向くとスティーヴンがむっとした顔で追いついてきた。

「いまのは誰？」スティーヴンは訊いた。

「やぁ、こちらこそこんばんは。まったく知らない。ハンカチを返してもらっていた」

「へえ。それだけ？」

クレーンはスティーヴンの表情に片眉を上げた。「見た通りだ」

「ハンカチを返しているようには見えなかった」

クレーンは玄関扉を開けるとスティーヴンを招き入れ、二人の後ろでしっかりと閉じた。

「実は、私のモノを咥えたいと言ってきたが、ハンカチを受け取るだけにした。嫉妬しているのか？」

スティーヴンは真っ赤になった。「違う」

「しているな」クレーンはニヤリと笑いかけ、相手がそのバカバカしさを悟り、いつものように瞳を面白そうに輝かせて片側の犬歯を覗かせる魅力的な笑顔を見せるのを待った。

それはやってこなかった。スティーヴンはフックにコートをかけた。「僕の目の前で他の男を口説いている姿を見せないくらいの気遣いをしてくれないなら、嫉妬とも呼べない」

「おいおい。そんなことはしていないぞ。何があった？」

「何があったか、だって？」スティーヴンは怒りをこめて繰り返し、乱暴に壁を背にしてもたれた。「ああ、ルシアン、嫌なことだらけだ」

「こっちへおいで」クレーンは相手を応接間に引っ張るように連れて行き、ソファに座らせると、二人分のウィスキーをたっぷり注いだ。「さあ、話して」

スティーヴンは最初の一口でウィスキーの半分を飲み干し、グラスを置くと、両手に顔を埋めて前屈みになった。「セイントが僕の指輪を盗んだ。どこかの能力者《プラクティショナー》が引退した警官を二人殺した。警察は信じがたいほど怒っているから全員で捜査にかかるべきだが、いったい何人が当てられていると思う？　僕だ。この事件に関わっている審犯者《ジャスティシアー》は僕一人だけ、なぜなら本来八人いるべきロンドンの審犯者がセイントとエスターもなしでは五人しかいなくて、代替人員を招いたり雇ったりする金を出してもらえず、僕はきっとあんたとパリへもどこへも行けないから、あんたがあのハンカチの青年を見つけに行ったとしても仕方がない。僕よりはあんたの傍にいられるだろうから」一気に話した後大きく息をして、少し静かにしかし同じくらい絶望的な様子で続けた。「眠る時間を全部削ったとしても、一日の時間が足りないくらいだ。もうどうしたらいいかわからない」

やはりパリのことは嘘だったか。クレーンは特段驚きはしなかったが、自尊心が傷つくことに違いはなかった。「なるほど。君が進んで本当のことを話すくらいだから、事態は相当悪いようだな」

「やめて。お願い。あと、僕が仕事を減らすべきだとも言わないで。もう十八ヵ月も人手不足だった。審犯者七人でも足りなかった。五人になったらどんなことになるか――」

「その答えなら知っている」クレーンは言った。「君たちは全員で必死にすり減るように働いて、一人また一人、諦めて去って行くか、壊れるか、君の場合は、殺されてしまう。すると君たちの上司は審犯機構そのものを解散させる。生き残った者たちはそこでようやくそれが奴らの狙いだったことを知り、やっていたことが穴に向かって小便をするのに等しかったと悟る」

　スティーヴンは怒りで目を見開いて顔を上げ、ゾッとしたような表情をしていた。「バカな。そんなはずあるわけがない。彼らにも審犯機構は必要だ」

「まったく、無邪気なもんだな。もし本当に必要なら、あるいは存続させたいのであれば、金は出す。反対に、金を出さないと言っているのなら、どの程度重要だと思っているんだ？」

「そういうことじゃないんだ」スティーヴンは青白かった。「協議会《カウンシル》には資金が足りていない――内部で意見が割れていて――」

「君たちが潰されようとしている方に百ポンド賭ける。いま辞職すれば、少なくともすぐに終わる」

「そう」スティーヴンは硬い表情をしていた。「わかったよ。言ってくれ、いまのは、希望的観測？　それとも僕が仕事を辞めるよう説得する新しい方法？」

　クレーンは怒りのまま応じるのを抑えた。「信じても信じなくてもいい。いまから一年ほどして、君がまだ仕事をしているかかろうじて生きているかによって、どちらかが〝ほら言っただろ〟と言うことになる。ところで、喧嘩をふっかけるのを少しの間止めてくれれば、君に話すことがある」

「何？」

　どうにもうまく行きそうにはない、クレーンは思った。この会話は、いまの怒りに満ちた状態ではなく、できればベッド中で、満足して素直なスティーヴンとしたかった。しかしもう避けては通れなかった。

「セイントについて、私が間違っていた。昨夜見たのは、彼女ではなかった」

「何だって、い、何だって？」

スティーヴンの顔に驚愕の憤りが浮かぶのを見て、クレーンは両手を上げた。「聞いてくれ。私は見た通りに話したが、実際に見たわけではなかった。感渉《フリューエンス》をかけられたんだ」急ぎでわかったことを説明したが、スティーヴンは首を振って、やがて話を遮った。

「やめて。会いに行ったんだ、昨夜──今朝、というべきか。四時頃帰ってきて、明らかに後ろめたい顔をしていた。アリバイがあったのなら、僕に話したはずだ。あんたが間違っていたと証明することはできない、あんたの記憶が曖昧だというだけでは──」

「月のない夜に月明かりを見たんだ」

スティーヴンは眉をひそめてひと呼吸した。「そうだ、でも昨夜は月明かりについてなんてあんたは何も言わなかった。記憶は変わるものだ。冷静に考えて。指輪の盗難をあの子のせいにするために誰かに感渉されたということは──僕や僕らに対して誰かが計画的に動いたということになる、そうだろう？　最初の目撃が間違っていて、誰かに陥れられたと、本当に思うの？」

「思う。アリバイがあるんだ、スティーヴン。人と一緒にいた」

「午前二時に？　誰と？」スティーヴンは問いただした。そしてすぐに「ちょっと待て。どこにいたかどうして知っている？」となり、その後怒りを爆発させるように「メ、メリック、さん？」と言った。

「大げさになるな」クレーンは期待せずに言った。

「大げさになるなって？　三倍も年上だぞ！」

「二・五倍」

「ふざけるな！」スティーヴンは叫んだ。クレーンがいままで見たことないほど真っ赤になって危険な険しい目をして怒っていた。「だから言ったじゃないか――あんたは保証した――」

「今朝まで私も知らなかった。スティーヴン、聞いてくれ――」

「お断りだ！」スティーヴンは飛ぶように立ち上がった。「とんでもない、あの子は天涯孤独で、まだ恐ろしく若いんだ。獲物にされたんだ」

「それは違う。結婚を申し込んでいる」

「結婚？　受けたのか？」

つくづく痛いところを突く。「それは、まだだが――」

「言い方を変えると、あの子の方は結婚したくないが、申し込むことで罪が消えるってことか？　ああ、そうでした、すみませんでした。あんたの目にはメリックさんのすることはすべて正しいんだった」

「そうだ」いまやクレーンも立ち上がり、スティーヴンとにらみ合っていた。「セイント嬢が奴のベッドに入ったのは、自分の意志でだ。合意できる年だし、奴はバカ者でもならず者でもない、何よりスティーヴン、君は他のことでもそうだが、自分の範疇ではないことの責任を取ろうとしている。誰とファックしようが、彼女の自由だ」

スティーヴンは怒りで言葉が不明瞭になっていた。「も、もしもあの子が困った状態になったら?」

「妊娠したら、か? その時は申し込みを受けるのが賢明だな」

「じゃ、たったの十八歳で、一生縛りつけられたくないと思ったら? 殺人者と」

クレーンは歯を食いしばった。「それはちが――」

「違う? 本当に? メリックさんの手はどのくらい血で濡れている? いったい何人を殺した?」

「わからない」クレーンは言った。「君より多いか少ないか、どっちだろう?」

スティーヴンは腹を打たれたかのように息を呑んだ。「僕のは仕事だ!」

「メリックも同じだ。スティーヴン、メリックは私のために働いている。私の命令で動く。メリックがセイント嬢にふさわしくないというのなら、私が君にふさわしいのかも疑わしくなる」

「僕を脅かすのか」スティーヴンの息が荒くなった。「よくもそんなこと」

「脅かしてなどいない」クレーンは言った。「いや、そうなのかも、わからん。私にわかるのはこれだけだ。妻を亡くしてからこの方、奴が女に入れあげることはなかった。もう十年経つ。本気じゃなかったら、セイント嬢に指一本触れることはしなかっただろう。少なくとも奴の方は。バカらしくて、無分別で、道理にかなわないおかしな場所に心を寄せてしまった男は、奴が最初ではないことも知っている」スティーヴンがわかってくれることを祈り、無理をして片頬を上げて笑みを作った。「私もそうだった。君もだ」

　スティーヴンは両目を閉じて深呼吸をした。やがて、少し落ち着いた声で言った。「僕は怒っている」

「わかっている」

「正しいこととは思えない。あまりに年が違いすぎる――」

「彼女はシャーマンだ。空を飛べる」

「ウィンドウォークだ。それに、能力者であることは個人の生活の安定とはまるで無縁だ。保証する」

「レオノーラ・ハートは能力者ではなかったが、何とかしたぞ」クレーンは指摘した。「トムが彼女と結婚した時四十二歳だった。彼女は十八歳で――」

「その二人の残した血の痕をこの夏数日がかりで片付けたんだっけね」

「その言い方は不公平だ」クレーンは抗議したが、全面的に不公平でもなかった。「私はトムを愛していたが、彼はならず者だった」

「それに比べてメリックさんは立派な市民だと?」

「一方、セイント嬢も名前通りの高貴な生き方を?」クレーンは応じた。「私に言わせれば、二人は似た者同士だよ」

「いままであんたが言った中で一番ひどい言葉だ」スティーヴンは椅子に座り、両脚を胸に抱えた。クレーンは傍に寄ったが、触りはしなかった。「あんたの言う通りなんだろう。僕には止められない、本当にあの子の意志なら仕方ない。いまのに、他意はない」クレーンが気分を害して息を吸ったのに気づいてつけ加えた。「そういう意味ではないんだ。当然、僕は気に入っていない。でも……あの子と話すよ。居場所を見つけられたらだが」

「メリックがどこかに匿っている。困った彼女はメリックのところに駆け込んだんだ、スティーヴン」

「僕が誤解して、非難した後に。そうか。よかったらメリックさんに頼んで僕からの謝罪を伝えて欲しい。そして話をしに来て欲しい、と。来てくれるのであれば」スティーヴンが常に教師そして指導者としてある種静かなる矜持を持っていることをクレーンは知っていた。だから、恋人の屈辱を感じ取ることができた。「その間、もう一人のウィンドウォーカーが誰なのかを調べる必要があるな。ああ、神様」絶望的な声音だった。

　スティーヴンが膝を抱えた自己嫌悪の体勢を解く気配がなかったので、クレーンは相対する椅子を引いた。「考えてみようじゃないか。誰が指輪のことを――盗む価値のあるもので、ここに盗みに入るべきだということを、知っていたか？」

「誰も思いつかない。知っている人間がいるとはどうしても思えない。指輪を見せびらかしているわけではないし、軽々しく使ったりしない。僕があれを使っているのを見たことがあるのは、セイントとジョス、そしてゴールド夫妻だ」

「それから、ブルートン夫人がいるな」

　スティーヴンの動きがすべて止まった。「何て言った？」

「レイディ・ブルートンさ」クレーンは繰り返した。「彼女は君が指輪を使うのをしっかり見ていた。カササギを呼び寄せて魔女の集会をぶち壊しにした時に。まだ捕まえていないんだろう？」

　カササギ王《マグパイ・ロード》の力を乗っ取ろうとした企みをスティーヴンが打ち砕いた時、ブルートン夫人は死んだ夫を残して逃亡した。後を追うことはできていなかったが、再び現れたら必ず捕まえることをクレーンに約束していた。もう恐れることはない、と。まだ二人が知り合った初期の頃の話で、その頃のクレーンはスティーヴンがいかに簡単に嘘をつくかを知らず、言葉を字義通りに受け取ったのだ。いま頃になって背筋を嫌な予感が上ってきて、クレーンはもっと食い下がるべきだったと後悔した。

「彼女は指輪のことを知っている。君が恐るべきほどの力を呼び起こすところを目撃している」クレーンはスティーヴンの顔から目を離さなかった。「私たちが恋人同士だということもよく知っている。計画を台無しにし、友達を殺した君を恨んでいることは明白だ。例の狂人だ――」

「アンダーヒル」スティーヴンが補った。

「そしてもちろん夫を殺した。彼女はウィンドウォーカーではないが、一緒に動いていることが考えられる」

「ああ」スティーヴンの声は細かった。

「しかし逮捕状というか、それと同じ効力のあるものが出ているんだろう？　ロンドンに戻ってくるのは危険ではないのか？」

「わからない。僕は、ああ……」

「何？　スティーヴン、何だ？」

スティーヴンの佇まいには罪悪感が漂っていた。膝を抱えている両手を凝視している。「春にパイパーで起きたことについて、協議会にすべてを報告したわけではないんだ。すべてを話したら、あんたが力の源であることを言わなくてはならない。言わない方があんたにとって安全だと思った。皆死んで、他に目撃者はいなかったから、僕は……」

「舌をコルクの栓抜きに使えるくらい、捻って嘘をついた」クレーンは続けた。

「まぁ。大なり小なり。その通り」

「それで？　いったい何を隠している？」密輸業で研ぎ澄まされたクレーンの本能が、いまや燃え上がっていた。冷たく静かな感覚が体を覆い、意識で理解するよりも早く、危機の予感を覚えた。裏切りの予感。

スティーヴンはぎこちなく体を動かした。「エスターと僕と、ブルートン夫妻との間に以前から確執があったことを覚えている？」

「ああ、おぼろげながら覚えている」その敵意から、ピーター・ブルートン卿とその夫人は、クレーンとスティーヴン二人の死の訪れをなるべく長く不快なものにしようとしたのだ。

「実は、僕らの敵対関係はよく知られていた。だから、僕が報告を上げた時、すべての人が信じたわけではなかった。協議会の中でもだ。何人かは、ブルートン夫妻がアンダーヒルの気違い沙汰の一味だと最後まで信じていなかった。覚えているだろう、僕とエスターの証言以外の決定的証拠はなかった。彼らは家柄もよく、有力者を知っていたし、パイパーで起きたことの詳細は誰にもわからなかった。それに……」スティーヴンは深呼吸した。「何人かの年長者──フェアリー、ジョン・スリー、他に数人は、最後まで彼女が魔道士《ワーロック》だとは信じなかった。それはいまでも同じだ。つまり、ないんだ。逮捕状は出ていない」

「ちょっと待て」クレーンの顎は怒りでこわばっていた。「私は君が春に言ったことをはっきり覚えているぞ。彼女が戻ってきたら、必ず殺されることになる、君は私にそう言った。あの女について、私のか弱い頭を思い悩ます必要なんてないと。いま頃になって、あの女が両腕を広げて歓迎される立場にあったと言っているのか？」

「僕はそういう風には言ってない――」

「言ったも同じだ。クソ食らえ、スティーヴン」クレーンは勢いよく立ち上がったので、椅子が後ろに倒れた。「いつになったら私に嘘をつくのをやめる？」

「あれはもう何ヵ月も前のことだ」スティーヴンは抗弁した。「捕まえるつもりだった。審犯機構の仲間には呼びかけていたし――」

「それがいったい何の役に立った？」

「じゃ、僕に何ができたって言うんだ？」自分も飛び上がるように立つと、スティーヴンは訊ねた。「協議会にあんたが力の源だとは絶対に言えない。信用がおけない。能力者を信じちゃいけない、あんたもそうした方がいい」

「この会話の内容通りなら、まさにそうだな」

スティーヴンの頬が赤くなった。「ひどいよ。僕はあんたを守ろうとした」

「嘘をつくことによってな。またしても」

「話したところで何かいいことはあった？」スティーヴンの声が大きくなった。「あんたが思い悩むだけだろう？　僕は追いかけるつもりだったし――」

「でも行かなかった」クレーンは冷たく言った。「忙しかったからな、仕事で」

これに対してスティーヴンは何も返せないようだった。クレーンは体の中を怒りが駆け巡るのを感じつつ、抑える努力をしなかった。ここまでクソ辛抱強く、ひたすら我慢して、ひねくれた小悪魔の思うがままに翻弄されてきたが、これ以上の仕打ちには耐えられない。「君が二人のためにほとんど時間が作れず、会うこともままならず、一緒に目を覚ましたり、クリスマスに数日過ごすこともできないことは理解する。私を殺そうとしている犯人と対決して一日を忙しく過ごすことも理解する。しかしながら、継続的に命の危険がそこにあるということをひと言も告げず、すべて問題ないと信じ込ませたことは、どんなに忙しかろうと理解できない！」

「じゃ、話していたら何かが変わった？」スティーヴンは訊いた。「いったい何ができた？あんたの金や専属の殺し屋が、あんたを殺そうとしている能力者に立ち向かえたと思う？」

「それはわからん。やってみたことがないからだ。背が低いとは、こういう風に感じるのかな？」

「何？」

「愛する者たちが自分をバカな子供のように扱うことだ」

「やめてくれ」スティーヴンは乱暴に言った。「僕はやるべきことを何とかすべてやろうとしていて――」

「それでは不十分だ。君にすべてはできない。他の誰にもだ」

「それは違う――」

「指輪は戻っていない」クレーンは構わず続けた。「セイント嬢を助けるために何もできていない。捕まえるべき殺人犯がいて、ブルートン夫人も何とかしなくてはならず、その上君の忙しいスケジュールで私のための時間を作るなど――」

「やめろ！」

「いや、やめるのは君だ。私に嘘をつくのをやめろ、それから君に投げられる仕事を、世界で他にできる者がいないとでも言うように受け止めるのはやめるんだ」

「ふん、あんたのモノを咥える人間は簡単に見つかりそうだけどね」スティーヴンは刺々しく言った。惨めな怒りで顔が赤と白のまだらになっていた。「さっきはすごくうまくやっていたようだけど」

「何だって？　クソ、勘弁してくれ。断ったと言ったじゃないか」

「あんたの抑制力は素晴らしいね。おめでとう。メリックさんも同じくらい自制が効いたらよかったのに」

　話題を変えようとする見え透いた努力はクレーンを何よりも怒らせた。怒りのあまり、その餌に飛びついた。「その話は無しだ。もう話し合ったはずだ」

「違う、話したのはあんただけだ。あんたが、あんたの従者が僕の生徒を獲物にするのは問題ないと言ったんだ。それを僕は聞いて――」

「獲物？」クレーンは激昂して繰り返した。

「何という言い方をしても構わない。事実は、あの子が貧しくて、未経験で、孤独だってことだ。そう言う時に誘惑に屈するのはとっても簡単だ」

「それはどういう意味だ？」その言葉は身がすくむほどクレーンの心を傷つけた。「私たちのことを言っているのか？　いまのはクソどういう意味だ？」

　スティーヴンは自分の言葉に驚いた様子だった。一秒ほどためらって、激しく頭を振ると、怒りの中に避難した。「こんなことをしている時間はない」

「二人の話をする時間がないだと？」

「僕にはメリックさんがやることであんたが弁護できないことが何なのかについて議論している暇もなければ、僕に何かをして欲しい大勢の人の中で誰を満足させるかについても、話している時間はない。もう行く」クレーンの横を扉まで歩いた。「僕の努力が足りなくて、まだできていないことをやってくる」

「まったく、もう――それこそまさに私が指摘しようとしていたことの正反対だ」

「ご意見をありがとう」スティーヴンは部屋を玄関に向かって出て行った。

　クレーンは憤慨のあまり拳を壁に叩きつけた。これほど誰かを殴りたいと思ったことは少なかった。嘘つきのクソったれの頑固なチビ野郎。スティーヴンの頑なな両肩から立ちのぼるせつなさが、事態を十倍悪化させた。

スティーヴンはブーツに足を突っ込んでいるところだった。クレーンは後を追ってホールに出た。「頼むからやめてくれ。落ち着いて考えてくれ」

「うるさい、僕に命令するな！」スティーヴンは正面扉を力いっぱい開けた。

「わかった！」クレーンはこれ以上ないほど憤激して叫んだ。「行けばいい。クソったれ、くたばるがいい、お前もお前の先祖もな」

「そっちこそ！」スティーヴンは叫び返すと、扉を背後で叩きつけるように閉じた。

第六章

スティーヴンは自分の部屋までの凍える寂しい道のりを、激しく考えをめぐらせながら歩いた。引き返して謝り、許しを乞えという声が頭の中で叫んでいたが、惨めな鬱憤にかき消された。協議会《カウンシル》にあれこれ指図されるのはギリギリのところで我慢できた。でも恋人までもが要求や脅かしや罪悪感を突きつけるような唱和に加わるのは、それもメリックとセイントの忌まわしい関係をさもどういうことのないように扱った後で……。帰るものか。うまくいくと考えた自分がバカだったのだ。そもそもなぜヴォードリーなんかと関わった？

〈恋に落ちたからだ〉　黙ることを拒否する理性的な声が頭の中で響き、他の何よりも最悪に感じた。

　スティーヴンの孤独で半分見捨てられた部屋は凍てついていた。使われていない場所の冷たい空気だった。早く火を熾《おこ》さなくては。エーテルの中に、乱暴に力を放った。普通の人間ならば扉をバタンと閉めたり家具を蹴ったりするように。すぐに炭に火が点いたが、煙突を破壊しそうな勢いで大きくボンという音がした。

　自分を罵りながら、決定的な被害を出す前に熱を部屋に引き込んだ。制御《コントロール》しなければ。いつだってうまく制御してきた。ルシアンと一緒の時を除いては。

　両手に顔を埋めてベッドに座ると、怒りが治まり、惨めさが募るにつれて、どちらにしても人生で最大の間違いを犯したのではないかという恐ろしい思いがこみ上げてきた。

　人生の多くの時間を、感情を表に出さないようにすることに使ってきた——小柄な少年は静かにしていた方が身のためだったし、能力が発現したのはまだ十三歳の頃だったから、ひたすら自己制御の鍛錬を積んできた。男性に惹かれることを自覚したのはその少し後で、さらに隠すべきことが増えた。両手からピリピリと力が伝わるため、ずっと手袋をはめていない限り能力者《プラクティショナー》ではない男を恋人に持つことは不可能で、あまり現実的ではなかった。同じ指向の能力者は自分の他に三人しか知らず、三人とも好きではなかったので、時おり裏路地で見知らぬ相手との短い逢瀬を愉しむだけで満足し、そこに感情は介在しなかった。

長くつき合った恋人はいない。妥協をしたり、犠牲を強いられたりすることはいままでなかった。孤独な人生だった。そこへ、ルシアンが降ってきた。自分の正体を知っているルシアン、この両手を奇妙だと思わず楽しいと言うルシアン、驚くほど親身でやさしく、でもその本性に震えるような残酷性を秘めている、大いなる欠点のある恋人……。

スティーヴンはどうしようもなく絶望的なほど恋に落ちてしまったのだが、いまやどう対処していいのかまったくわからなくなっていた。

ルシアンはわかっている。ルシアンはスティーヴンのために嫌悪するこの国に住み続けている。スティーヴンの仕事とその予測不能を受け入れている。ルシアンは与える。衣類やその他贈り物、食事や贅沢だけではなく、その力強さや、信念、危険に感じるほど頑固な決断力、そのすべてを。メリックやスティーヴンが望むと望まざるとにかかわらず、二人は守られている。それこそがルシアンの本質だからだ。

ルシアンはひたすら与え続けているのに、スティーヴンは何も返せていなかった。何一つ犠牲にせず、妥協もせず、理解もしていなかった。どうしようもない、無力なバカ者。

狭いベッドで丸くなり、ゴワゴワした毛布の下で一人横になると、目を大きく開いて暗闇を見つめた。午前一時頃ようやく眠りにつくと、借り物の魔法のカササギが皮膚を切り裂いて主人の許へ飛んで戻って行く夢を見たため、起き上がって体を鏡の前でねじり、刺青《タトゥー》の鳥がまだ背中にいることを確認してほっと安心した。

何かやるべきことを求めて、五時には協議会の事務所にいた。書類仕事を片付けようと思ったのだが、デスクの上は引っ掛け鉤でも使わないことには積み上げた書類に手が届かないほどの有様だった。埃がたまり、方々に散らかった役立たずの書類の束を見つめているうちに、クレーンの言っていたことは正しいという結論に達した。

ごく簡単な話だった。マクリディーの三人のチームは人員不足のまま数ヵ月間放置されていた。スティーヴンのチームの四人はエスターやセイントなしでは二人になる。ファエリーとスリーの協議会の一派は審犯者《ジャスティシアー》を増員することに激しく反対していた——〝個人の自由への侵犯で、審犯機構《ジャスティシアリー》の影響が増大する〟——そう主張して、なぜか皆がそれに同調し、八人でさえも足りない仕事量に五人の審犯者しかいない状況になっている。

「僕らは解散を強制されているんだ」スティーヴンは声に出して言った。

クレーンとどういうことなのかを話し合う必要があった。今度こそきちんと耳を傾けて。果たしてクレーンの気持ちは収まっただろうか、いつ会って話せるのか、いや、そもそも話してくれるのか、自身にその価値はあるのかを自問した。

〈望んでも望みきれない相手を、大嫌いな仕事のために追いやってしまった〉

〈でももしクレーンを失ったら、もう仕事しか無くなる〉

スティーヴンは協議会のマクリディーの事務室にいた。スティーヴンとエスターのものと同じくほとんど使われていない書類だらけの小さな四角い部屋にいると、部屋の主が入ってきた。

「いい日《グッデイ》だな、デイ」それはマクリディーが七年間言い続けている洒落で、言わなくなるのはきっとどちらかが死ぬ時だろうと思ってきたが、スティーヴンの現在の心境にはその選択肢もなかなか魅力的に思えた。マクリディーはスタンドに外套を掛けた。「私のデスクを探っているのか？」

「そう」

「セイントのファイルだな」マクリディーには気にした様子もなければ驚いたようにも見えなかった。立場が逆だったら、マクリディーが自分の書類をあさっていることは十分に予想できた。

「ウィンドウォーカーによる盗難事件だ。手がかりは？」

「冗談を言うな。こっちには他にゴマンと仕事があるんだ。椅子を返してもらおうか」

スティーヴンは横に退いたが、書類の束を持ったまま、パラパラとめくって調べた。「解決しないといけない。これ以上審犯者を失うことはできない」

「そう、いまやゴールド夫人が興味深い状況だからな」マクリディーはため息をついた。「女審犯者か。正直言って、そもそもどうして存在を許したのか俺にはわからんよ、デイ」

「エスターに聞いてみたらどうだ。きっと答えてくれる」

マクリディーはニヤリと笑った。がっしりとした体格で、人の良さそうな赤ら顔の上にくるりと巻いた立派な口髭《ムスターシュ》をたくわえていた。日曜の晴れ着をまとった精肉店主のように見え、その仕事スタイルも見た目と同様だった。「この件、どう思っているんだ?」

スティーヴンは物が散乱しているデスクに両手をついた。「思っているかではなくて、知っていることがある。犯人は男のウィンドウォーカー。背の高さは中くらい、若く、敏捷で、髪は黒」

マクリディーは居住まいを正した。「何だと?　誰だ?　どこから聞いた?」

「これ以上は言えない。信じてくれ、マック」

マクリディーは座り直すと両手の指先を合わせ、しかめっ面をした。「疑ってはいない。でもちゃんとした証拠が必要だ」

「入手したら渡す。でも犯人はその男で間違いない。審犯機構の他の支部にウィンドウォーカーについて問い合わせたか?」

「送ったさ。信じられないことにそのうち一人が返事までくれた。どうやらハートフォードシャーで二ヵ月ほど前、ウィンドウォーカーがらみのトラブルがあったらしい」

「詳細は?」

「何もないが、あそこのチーフ――またしても女だ――が話をしに訪ねてくることになっている。あと……」マクリディーはわざとらしく懐中時計を取り出して見やった。「二分半ほどしたらな。このままここに残っていくか？」

スティーヴンはほっとして何とか感謝の笑顔を作った。「ここの書類の片付けを手伝わないとね」

「ただし、担当はまだ私だ」マクリディーは警告した。「言ったことをそのまま信用したわけでもないからな」

「わかっている。ありがとう」

訪問者は十五分後に現れ、その間マクリディーに時計を読めない女について苦言を呈する機会を与えた。スティーヴンが邪魔をしないよう片隅に身を置くと、上品な服装の、流行とは言えないそばかすの散った顔の三十代の女がしっかりとした足取りで入室した。

「おはよう」遅刻を詫びることもなく、勧められるのを待たずにマクリディーのデスクの前の椅子に座った。「ハートフォードシャー審犯機構のノッダーです。ウィンドウォーカーによる事件があったと？」

「連続盗難事件だ」マクリディーは言った。「手口はかなり大胆、在宅の住宅も被害にあった。外側から四階五階の窓をこじ開けて入っている。少なくとも二つの事件で空を走って逃げる姿が目撃されている」少し間を置いた。「犯人かもしれない男の風体は、黒髪で中背、ただしこの情報はどの程度信じていいものかわからない」

「わかったわ」ノッダー女史は明快に言った。「不運ね、マクリディーさん。それはジョナ・パスターンよ」女史の口調はエスターの夫ダニエル・ゴールド医師のそれと驚くほどよく似ていた。患者に〝不運なこったな、梅毒だよ〟と告げる時に使う口調とそっくりだった。

「そいつは何者だね、君たちの地区では？」マクリディーが訊ねた。

ノッダー女史は頷いて前傾すると、スティーヴンの方に体を回した。「あなたも会話に参加しているのかしら、それともそこでこそこそしているわけ？」

「こそこそしている」スティーヴンは自分の存在を消し去るのが得意だった。気づかれたこと自体に少々感心した。「こそこそする許可証《ライセンス》を持っているんでね」

審犯者の緑の瞳がおかしそうに光った。「じゃいいわ、こそこそしていて。パスターンはケンブリッジ近郊のトランピントン出身。常識的で信心深い農家に生まれたから、十二歳頃に能力が目覚めた時、当然のごとく追い出された。一年ほど窃盗で生き延びた後、審犯機構に拾われてケンブリッジシャーの能力者の庇護下に置かれた。話によれば、まったく言うことを聞かず、矯正不能だったということで、十六歳になる前に追い出された。そうしたら、復讐に家に火を放ったそうよ」

マクリディーがうなるように何か言った。ノッダー女史は続けた。「その後はバーミンガム、そしてマンチェスターに現れた。マンチェスターで追われるとリバプールに移った。それから――まぁ、後はこれを読んでちょうだい」バッグの中から厚い書類入れを取り出してマクリディーの前に置いた。「一匹狼よ。他の能力者と組んだり、誰かの下で動いたりしない。熟練の窃盗犯。気遣いなど何もなく、公の場でウィンドウォークすることも躊躇しない。つまり、困った男ということね」

「人相風体は?」

「五フィート八インチ(約一七二センチ)、黒髪、目は深い青、二十六歳。考えなしで、つかみ所がなく……なかなかチャーミングな男よ。そういうタイプが好みならば」ノッダー女史のわずかな動きによって、本人も同感であることがわかった。「とても巧妙よ。地元の警察と協力して逮捕するまで数ヵ月かかった。トリング美術館に盗難に入った時、ようやく捕まえた。鉄の手錠でつないで、鍵のかかった警察馬車に見張りの警官をつけて、二十分ほど席を外したの」自分を戒めるように両眉を上げた。「それが間違いだった」

「警官を殺したのか?」マクリディーは訊いた。

ノッダー女史は吹き出して笑った。「いいえ、違うの。かわいそうに、警官本人はその方が良かったと思っているだろうけど。パスターンは――言ってしまうと、その警官を誘惑したの。愚かな男の注意力が、その、散漫になっているところで、ポケットを探って鍵を外したわけ」

訳ありげに片眉を上げた。「そのまま馬車を出て空へ逃げ、それが目撃された最後」

マクリディーの顔は普段よりも赤かった。スティーヴンが訊いた。「二十分で? 本当に?」

「訊かないで。お粗末な話よ。というわけで、それがパスターン。一度は捕まえたけど、取り逃がしてしまった。それがいまやロンドンにいるようね」デスクの上に前傾して、書類入れをさらにマクリディーの方へ押しやった。「だから、もうお宅の問題」

「何だって?」マクリディーが言った。「奴はあんたたちの囚人だ、ノッダーさん。連れて帰るために来たんだろう?　違うのか?」マクリディーは極めて威圧的に言った。

「連れ帰りたいわけがあると思う?」ノッダー女史は椅子から立ち上がった。「楽しんでね」

「しかし――パスターンのためでなければ、なぜロンドンまで来た?」

「買い物よ、もちろん。きょうは休暇なの。ハートフォードシャーは好きだけど、素敵な帽子はないのよ」挨拶に片手を上げた。「ご機嫌よう、マクリディーさん。そちらも、陰からお疲れ様」スティーヴンに向かってつけ加えると、マクリディーの抗議が聞こえないかのように立ち去った。

「僕も仕事を他の人間に譲るべきだと言われたばかりなんだけど」スティーヴンが言った。

「いまのがやり方なんだね、きっと」

「これだから女は。だからいやなんだ。このままにはしないぞ――」マクリディーはすっくと立ち上がり、外套と帽子を取ると、ノッダー女史の後を追って走り出た。スティーヴンは扉を閉めると再び部屋の主の椅子に陣取り、ジョナ・パスターンの調書を眺めた。

　本気でセイントの事件と指輪の件に集中するつもりだった。クレーンのところに行って、二人のことを第一に思っていることを説明して何とか必要な謝罪まで辿り着けることを願っていた。今度こそ仕事に人生を邪魔させない。

しかし三十分ほどすると、警官によって建物から連れ出されていた。

「殺人なんです、サー」若い男はスティーヴンの腕をつかんで繰り返した。顔色が悪かった。

「あなたの分野の殺人だとリッカビー刑事が言っていました。すぐに来てください」

「いつ起きた?」

警官は大きく息を呑み込んだ。「現在進行中です」

馬車が待機していた。御者は馬たちを急がせ、まもなくラムズ・コンドュート通りの家に着いた。

小間使いが階段をウロウロしており、取り乱して案内もできない様子だったので、スティーヴンはただ悲鳴の聞こえてくる方へ進んだ。

毒々しい緑色の壁紙が貼られた広い部屋に出た。室内にはリッカビー刑事と医者と思われる男が為す術もなく立っており、恐怖に顔を歪めた女が一人と、ベッドでは男が一人もがき苦しんでいた。その顔は……。

「全員外へ出ろ」スティーヴンはそう言ってから、エーテルの中へ命令を放った。「出ていけ」

「私は残る」リッカビーが苦々しげに言った。

「いいだろう。他の者を外へ出せ。あなたもだ、ご婦人、ここにいてはダメだ。ダン・ゴールドはどこだ?」スティーヴンは外套を脱ぐと一番近くの椅子に放り投げた。

リッカビーは最後の警官が出て行った後ろで部屋の扉を閉めた。「来ない」

「何？　伝えたのか――」

「来ないそうだ」

〈ああ〉スティーヴンは思った。〈エスターに何かあったんだ〉ダンが義務を放棄するのにはその理由しか考えられなかった。〈神様お願いだ、どうかエスターが子供を亡くしませんように……〉袖をめくって無理やり意志を集中させると、ベッドの頭に移動し、男の顔の近くに手をやった。

「触るのか？」ぎょっとしてリッカビーが言った。

触りたくなどないさ。「名前はなんという？」

「アラン・ハント。ハント巡査部長《サージャント》。キャノン通り署だ」

リッカビーが以前勤務していた分署だとスティーヴンは思い至った。地獄の業火と天罰《ヘルファイア・アンド・ダムネーション》よ。

「サージャント、僕の名前はスティーヴンだ。どうか落ち着いて。助けることができるかやらせて欲しい」深くひと呼吸をすると、両手の指で男の顔に触れた。それが顔と呼べるのならば。

ハントの顔は粘土のように捻れ、こねられていた。鼻は豚のように巨大に飛び出ていた。舌は根元で血を流すことなく裂け、二つにわかれてスポンジのように膨らみ、ぷらぷらと揺れながら口から垂れ下がっていた。片方の目の穴は数インチの長さに延ばされ、頬に覗き穴が空いているようだった。もう片方の目は怯えきった懇願をこめてスティーヴンを見つめていた。

スティーヴンは指先がその顔に触れることで恐ろしい何かを感じるのではないかと思い切り身構えていた。しかし待っていた感覚はまったく予想外の物だった。

「何もない」

「は？」リッカビーが言った。

「原因が見つからない」スティーヴンは素早く両手を動かし、顔のパロディの上をなぞった。

「入ってくる力は何もない。僕の範疇ではない。何もない」

「お前はこれが自然だと言っているのか？」リッカビーの口調は懐疑的怒りに満ちていた。

「いや、どうやってやっているのかまるでわからないと言っている。静かに」

スティーヴンは両目を閉じて、持てる力のすべてを両手に集中した。エーテルはハントの痛みと苦しみで満ち、その他にも少し弱かったが恐れ慄《おのの》く人々の感情の波が感じとれ、すべてが被害者の顔の周りで激しく渦を巻いている。だがしかし……。

「どこにも行き着かない。どこにも繋がらない」

どこかから来ているはずだった。しかし部屋の中で起きてはおらず、二つの地点のエーテルを通じさせる同等化《エクイヴァレンシー》でもなかった。どちらかであればスティーヴンの能力を持ってして察知できないはずがなかった。ハント自身の中から発しているのか？　懸命に捜索の力を強めた。男は手の下でうなり声をあげて痙攣し、リッカビーが息を呑むような音を立てた。スティーヴンは目を開けて、見下ろした。「ああ、神よ」再び目を閉じた。

「止めてやってくれ」リッカビーの声はかすれていた。

「できるものならやっている」スティーヴンは歯の間から応えた。

「どういう意味だ？」

スティーヴンは手で合図してリッカビーを近くへ呼んだ。左耳が皮膚の下に消えてつるりとした表面となり、見ているそばから右耳も消えつつあるハントに聞こえるとは思えなかったが、大声で言いたくはなかった。

リッカビーはスティーヴンの口元に耳を寄せた。スティーヴンは静かに言った。「何が起きているのかわからない。僕には止められない。これをやっている犯人が彼を殺そうとしているのならば、彼は死ぬ。訊きたいことがあったらいまのうちに聞け」

「しかしもうないじゃないか、耳が」リッカビーの最後の言葉は恐怖に震えていた。

「書きつけて」

リッカビーは少しの間能力者をにらみつけていたが、デスクに向かった。スティーヴンはひたすら、男をモンスターに変えているのは何なのかを必死で探し、力を放射し続けた。〈どうしてわからない？　いったいこれは何なんだ？〉

リッカビーがハントの見えている方の目の前に紙片を掲げた。はっきりした文字で書いてあった。〈誰が君を殺したがっている？〉

ハントは目を見開き、応えようとしたが、二股になった舌は言うことをきかず、必死のうめき声にしかならなかった。リッカビーはイラついたうなり声を発したが、次の瞬間、ハントの鼻の穴に皮膚が覆いかぶさるのを見て警告の叫びをあげた。

スティーヴンは思った。このまま鼻が塞がれ、次に口が覆われ、呼吸ができなくなり、そして死ぬ。

ハントの口の中に指を突っ込んだ。男は狼狽してもがいた。スティーヴンの指先から電気ショックが伝わったのだ。もう気にしてなどいられない。「気道を確保しておかなければならない」リッカビーに向かって叫んだ。「何かのチューブを。そこから空気が吸えるようなものを」

「うまくいくのか？」

「僕にわかると思うか？」

リッカビーは小走りで扉へ走り、命令を出しているのがスティーヴンに聞こえた。ハントの顔から目を離さなかった。鼻の穴は塞がれ、豚のような鼻はのっぺりとした肉塊となり、見ているうちに皮膚が延ばされた方の目が更に歪み、周りが赤くなっていった。

ゆっくりとしかし同じ調子にではなく、一箇所ずつの変化だった。一筆一筆が加わるように。同じようなものを見た覚えがあった。

リッカビーが傍に戻ってきた。手に粘土チューブを持ち、何か言っている。スティーヴンは無視して考え続け、あやふやな記憶を辿ることに集中した……。

絵だ。そうだ。街角の似顔絵描き、クレーンの顔を、頬骨の高い美しい顔を紙に引き写し、一筆一筆重ねていた。

最初の被害者に発生した粘る物体からは、ムッとするテレビン油のような臭いがしなかったか。そして物質が乾いていくにつれてテカリを帯びて固まって行かなかったか。まるでニスのように……。

「彼は誰かに肖像を描いてもらわなかったか？」大声で訊ねた。

「は？」

「絵描きだ！」スティーヴンは叫んだ。「誰かに肖像を描いてもらわなかったか？　確かめてくれ！」

リッカビーは再び姿を消した。スティーヴンは苦しむ口から手を外し、チューブを差し込んだ。うまくいく可能性は非常に低かったが、せめて試してみなければ。

もし自分の考えが正しかったら、誰かがハントの顔を怪物のように描き換えているのだとしたら……。そうなると、たぶん原理は人形《モペット》と同じだ。モペットならば仕組みはわかる。誰かの人形を作り、ピンを刺したりバラバラに切ったり、池に落としたりすると、被害者の体に同じことが起きるのだ。

不出来なモペットは人形の体と被害者の体とをエーテルを伝って繋ぐもので、同等化を使って対処すればいいので、スティーヴンにとっては子供にでもできる簡単な技だった。しかし高度な技を使ったモペットは被害者の本質《エッセンス》を人形に吸収させたもので、人形を見つけて解除するしか対応策がなかった。

　残念ながらこれが誰の仕業かは見当もつかなかった。もしかすると国の最果ての地、ジョン・オ・グローツとかランズエンドのスタジオで絵を描いたり彫刻を彫ったりしているかもしれないのだ。

　ハントの片目が膨張し周りの皮膚に巻き込まれていった。チューブを通しておぞましいヒューヒューという音がして、スティーヴンは皮膚が口元を覆おうとしていることを悟った。

　ハントの手をつかむと、瀕死の男は必死に握り返してきた。

「きっと捕まえる」無力さに震える声で話しかけた。ハントに聞こえているかはわからなかったが、言うべきだったので、気にせずに続けた。「誓うよ、巡査部長《サージャント》。アラン。きっと見つけ出して、罪を償わせる。報いは受けさせると約束する」

　男の口がすっかり覆われ空気がまったく入らなくなり、チューブが切断されて断片が落ちるまで、手を握り続けた。鼻も口も無くなり、アラン・ハントは激しく痙攣をし始めた。窒息死する人間を見たことがあるスティーヴンはどのくらい時間がかかるのかを知っていたので、ハントの苦悶する両眼から目を離すことなく、もう片方の手を伸ばして首の付け根に触れ、ひと思いに命を絶った。

　死んだ男の手を握ったまま、リッカビーが背後に立っていることに気づいた。

「肖像画を頼んだことはない。警察ではそんなに余裕のある給料は出ない。だがキャノン通り分署の近くに陣取っていた画家がいた。ニューハウスという男だ。本の挿絵を描いていると言っていたが、他にもたくさん描いていて、中には警官の絵もあった。ハントもだ。関係あると思うか？」

「もしかすると」スティーヴンはリッカビーの言葉を反芻しながら、取り乱しそうになるのを抑えた。「ええと、その画家だが。他に何人の警官の絵を描いた？」

　リッカビーはぽかんと口を開けたまま数秒にらみつけた後、歯を食いしばるように言った。

「これはいったい何なんだ？　その男は何者だ？　どうしてわかる？」

「わかってなどいない。推測だ。でも今回の事件はスケッチか油絵を通して起きていることが考えられ、ラファエルとビーミッシュも同じ方法で殺された可能性がある」スティーヴンは言葉で言い表せないほど疲労しきって、心底惨めな気持ちだった。未だかつてないほど切に願ったのは、ここにクレーンが現れてくれることだ。傍にいてくれればどんなにいいか。頑丈で筋肉質な刺青の胸に顔を埋め、長い指先が髪を撫でるのを感じ、ほんの数分、ルシアンの意志と力が何もかもを可能にしてくれる世界に身を浸すことができれば。安心と幸せと心地よさ、二人だけで籠った部屋の扉を固く閉じ、すべての痛みと惨めさを締め出せれば。

　スティーヴンは数秒間その感覚をつなぎとめた。想像力で引き寄せたクレーンの、肌の味まで感じられそうだった。力を借りて気力を奮い起こした。まだここでやるべきことがあった。

「ラファエルとビーミッシュが肖像を描かれたかを調べて欲しい。スケッチでも、誰かがモデルに使ったという話でもいい。特にそのニューハウスという男が描いたかどうか。調べられるか?」

「一人の男が三人の警官を殺したと思うのか? なぜだ?」

「わからない」スティーヴンは感じているよりも行儀よく応えた。「男の素性を突き止めれば、本人に聞けるだろう」

リッカビーの表情が硬くなった。「お前の知っていることを知りたい。全部教えるんだ」

「知っていることはすべて話した、ほぼ何もないに等しいが。他の被害者の絵があるのかどうかを調べて、僕は仲間にそのニューハウスについて知っていることがないか訊いてみる――」

リッカビーは首を横に振っていた。「お前には私の目の届くところにいてもらう」

「何だと?」スティーヴンはハントの手を離して立ち上がった。

刑事は挑戦的に前屈みになり、見下ろしながら言った。「デイさん、お前さんには私の監視下にいてもらう。どこかへ消え去って、誰が犯人かわかったとしても我々が行く頃には消えて二度と捕まえられなくなるようなことにはさせない。犯人にはきちんと裁判を受けてもらう」

「バカなことを言うな。どうやって裁判にかける――」

「この事件の犯人として裁きを受け、吊るされるんだ。警官を三人も殺しておいて、結局野放しになどしてたまるか。クソったれ、絶対に許さん!」

「僕だって許さない」スティーヴンは相手の怒りに満ちた視線を受け止めた。「あんたと同じくらい犯人には死んで欲しいと思っている。僕が奴を助けるとすれば、速やかな死への橋渡しをする時だけだ」

「その前に正義の審判を受けさせる」

「ふさわしい審犯《ジャスティス》を受けることになる」

「ちゃんと裁判にかけることを約束出来るのか？」リッカビーは詰問した。「どうなんだ？」

いつものスティーヴンなら、ここで嘘をつくところだ。倫理的な抵抗感は元からなく、自分が人から最悪と思われようと気にしていなかったし、やるべき仕事があるからだ。しかしいまは疲れ切って惨めで怒っていたので、いつもの滑らかな嘘が出て来なかった。

「いいや」そう言った。「約束できない。これ以上人を傷つけることのないよう、自分の手で殺すことになると思う。絶対にしないと言えるのは、無力な警官にそいつを託しておく危険を冒したり、誰も奴の能力のことを知らない監獄に放り込んで出てくるまでにどのくらい被害が出るかを試したりすることだ」

「この国の法を遵守するんだ、そうでなければ報いを受けさせるぞ！」

スティーヴンの怒りはガスのように発火した。「法などクソ食らえだ、あんたもついでにな。くだらないことに時間を無駄にさせるな。殺人犯を捕まえないといけないんだ」

「なるほど、そういうことか。モトリー！　ジェラード！」リッカビーはスティーヴンの腕をつかむと扉まで引っ張って行った。「公務執行妨害で逮捕する」

「何だって？　バカなことをするな！」

リッカビーはスティーヴンをにらみつけた。「数時間、監房で待っていてもらうぞ、デイさん。私にお前さんがどこにいるかわかるようにな。準備が整ったら、この国の法律に則って働いてもらう。わかったか？　お前たち二人、この男をキャノン通り分署に連行して留置しろ。保釈は許すな。くれぐれも目を離すなよ」

「承知しました《イェッサー》」モトリー巡査が少々びくびくしながら応えた。「あの、手錠はしますか、サー？」

「いや」スティーヴンが苦々しく言った。逮捕される不名誉は我慢できたが、手首に鉄をかけられて両手へのエーテルの流れを遮断されて能力が使えず、無防備になるのは御免だった。もしそうなったら、その前に三人共床に押し倒してやる。実際、手錠をされなくともそうしたい誘惑がギリギリまで高まっていた。〈全員を気絶させ、傷つけることもなくただ眠らせて、ここを去る。仕事も何もかも、どうとでもなれ……〉「おとなしく行くよ」

第七章

　キャノン通り分署に連行された。担当の巡査部長《サージャント》に名前と住所を訊かれてから、留置待合所に入れられた。外気にさらされた柵に囲まれた場所で、ひどく寒く、男たちの口から白い息が立ち上っていた。二十人かそこらの男たちが罪状認否を待っているか、あるいはスティーヴンのように、とりあえず厄介者を目の前から遠ざけるために放り込まれているようだった。男たちの内の誰一人、閉鎖空間で一緒にいたい類の人間ではなかった。かなり多くの目がこちらを見ていた。高価な外套を着た小柄な男……。スティーヴンはこれまで逮捕された経験はなかったが、その後に続く展開は容易に予想できた。

　協議会《カウンシル》の定めるルールでは、非能力者に対して力を使っても許されるのは、身の危険が迫った時だけとされていた。字義通りに取ると、強盗に遭ったとしても、体を傷つけられない限りは耐えなければならない。ポケットには数シリングしか入っていなかったし、別に惜しくはなかった。しかしながら……。

〈絶対にいやだ〉スティーヴンは思った。大柄な男の後ろを通り、ヨレヨレの男二人が脂っぽいカードで遊んでいるテーブルの横を抜けると、歩きながら気配を消し、体の周りのエーテルを歪ませて視線の行き場をそらせた。透明になれるわけではなかったし、欲深な目をこちらに向けていた同房の囚人たちの一人が近づいてきたならば、姿を見ることができるだろう。

〈その時は望んで近づいて来た方に非がある〉 スティーヴンは断固として思った。〈結果どうなるかも、自己責任だ〉

ベンチに腰かけ、膝が顎に当たるように両腕で脚を抱き、できる限り目立たないように小さくなって、どうしようかと思案した。

保釈のためにゴールド夫妻に連絡を取りたくはなかった。ダンが瀕死のハントの許へ来なかったのには、相応な理由があるはずだ。エスターがどんな受難を耐えているのか想像するのも恐ろしく、顔を歪めた。いずれにせよ、無理やり思考をそらして思った。リッカビーは保釈を簡単には許すまい。

クレーンの弁護士たちならば、リッカビーが何を言おうと保釈してくれるだろう。ハナフォード・アンド・グリーンはロンドンで最も非道な弁護士チームで、スティーヴンはクレーンから、鋼のペンを牙に持つその猟犬たちを好きな時に使っていいと言われていた。メッセージを一つ送るだけで釈放されるだろう。

もちろん、恋人のところをあんな風に飛び出した自分に使う資格があるとすれば、だが。

いいや。クレーンはスティーヴンが弁護士たちを使うことに異議を唱えないだろう。今回、やりすぎてしまったのだとしても――きっとそんなことはない、大丈夫、謝ったらルシアンはきっと許してくれる――、ルシアンがもう二度と会いたくないと思っているとしても、弁護士を使っていいと言うだろう。そのことには疑いの余地はなかった。しかし、もし弁護士を使ったら、リッカビーの知るところとなる。保釈金はクレーンの名前ではなくハナフォード・アンド・グリーンの名義で支払われるだろうが、間接的であろうとも、自分の名前を公的に恋人のそれと結びつけることには抵抗があった。同じ理由から、クレーンにどこにいるのかを知らせるメモを送ることもためらわれた。なぜまだ部屋《フラット》に戻っていないのか、すまないと思っていることも伝えたかったが、リッカビーが誰かにメモを読むよう言いつけている可能性の高さを考えると、できなかった。

クレーンはきっとスティーヴンがどこにいるのかを考えているだろう。それとも、気にしていないかもしれない。もうスティーヴンに愛想をつかしてしまったかもしれない。

その考えも頭から追い払った。数時間ここに座って時間を無駄にすることになるが、リッカビーにこれ以上スティーヴンを攻撃する武器を与えるつもりはなかった。画家が簡単に見つかるとはまったく思っていなかったし、もし見つかったならば――リッカビーには警告した、どうなっても向こうの責任だ。バカな真似を改めるのは刑事の側で、スティーヴンはただ待っているしかなかった。

他に考えたいこともなかったので、スティーヴンは三人の死んだ男と絵描きに思いを馳せた。

寒く退屈で疲れる二時間ほどが過ぎた頃、待合所の扉が開いた。これで五度目くらいだった。リッカビーが気を変えた場合に備え、スティーヴンは顔を上げたが、囚人が一人増えただけだった。少しの間物思いに戻ったが、新たに到着した男がこちらに近づいてくることに気がついた。

顔を上げると、中背で筋肉質の男が目に入った。二十代、深青の瞳、乱れた黒髪の片側には劇的に若白髪が一筋入っている。最後の一点のみがノッダー女史の不良ウィンドウォーカーの描写に当てはまらなかった。そして、街灯の下でクレーンを誘っていた時にも、見えなかった部分だ。

「殺してやる」徐々に状況が見えてくると、スティーヴンは声に出して言った。足を着いて立ち上がり、つかつかと歩むにつれ、怒りのあまり両手からピリピリと放電した。「お前。ジョナ・パスターン。ここに来い。いますぐにだ」

スティーヴンが近づくとパスターンはぎょっとして一歩退いた。「ちょっと待った、デイさん――――」

「何を待てと?」スティーヴンは叩きつけるようにエーテルでパスターンの周囲を封じたが、

男は驚くべき力で押し返した。その場から逃さないようさらに強く締めつけると、ウィンドウォーカーを見上げた。「一緒に協議会に来るんだ、引きずってでも連れて行く。バカな真似をしたら痛めつける。挑発するんじゃないぞ」

「へぇ、俺を逮捕するんだ」パスターンは言った。「素敵だ。あんたこそ逮捕されているんじゃないの？」

「そうだ、お前は二重の意味でそうだ」スティーヴンは待合所を示した。

「じゃ、してみろよ、逮捕」パスターンは軽くあしらうように手を振った。「くだらないなぁ、本当に。いつもだったらこんな面倒なことはしないんだけど、あんたと話す必要があったんだ」

「何？　なぜ？」

　パスターンは媚びとも取れる笑みを浮かべた。「あんたの指輪を預かっている」

　スティーヴンはそんなことはわかっていると叫ぼうとして息を吸ったが、パスターンの言わんとしていることを悟って言葉に詰まった。「僕の指輪？」時間稼ぎに繰り返した。

「カササギ王《マグパイ・ロード》の指輪だ。恋人のクレーン卿からの贈り物。そのことから類推すると……」パスターンは片側に頭を傾けるとスティーヴンを上から下まで睨《ね》めつけた。「ケチをつけるつもりはないけど、あんたってベッドではさぞ爆竹みたいなんだろうね」

　スティーヴンは締めつけるエーテルに悪意をこめた一撃を送り、パスターンが苦しげに息を呑むのを楽しんだ。「黙れ」

「痛いなぁ」パスターンはさも傷ついたように言った。「俺が言いたかったのは——」

「やめろ」

「あんたの指輪だ、デイさん。俺が持っている」

「では返せ」

「是非そうしたい」パスターンは心底そう思っているように聞こえた。「あんなもの欲しくない。これを見ろよ！」黒髪に白く走る白髪の一房を指した。「たった一度はめただけでこうなった。いまもどんどんひどくなっている。おかげで十歳は年取って見える」

「これ以上持っていると死ぬぞ」スティーヴンは言った。「がんになるかも。それとも結核か。お前のものじゃないから、傷つくだけだ」

　パスターンはビクッとして、その出まかせを信じたように見えた。「手放す理由が増えたよ。座って話さないか、デイさん？　話を聞いて欲しい」

　スティーヴンは両手の指を曲げ伸ばした。「お前に指輪のありかを白状させて、協議会まで連行して窃盗で留置するのはどうだ？」

「俺はブルートン夫人のために動いている」早口で発せられた言葉だったが、スティーヴンは動きを止めた。パスターンは続けた。「詳しく知りたかったら、話を聞いてくれ」

　スティーヴンは相手をにらみつけた。パスターンはにらみ返した。深青の瞳は一見嘘偽りないように見えた。

トリックか？　罠か？

何でもよかった。知る必要があった。

パスターンを抑える力を解き、他の囚人の好奇の目を無視しながら待合所の片隅まで歩いた。パスターンはベンチに腰を下ろすと誘うように隣の場所を叩いた。スティーヴンは立ったままでいた。

「話せ。ふざけるなよ」

パスターンは頭の後ろで両手を組み、体を後ろに傾けた。「つまり、単純な話なんだ。ブルートン夫人から――恐ろしい性悪女だ、そう思わないか？――、ロンドンで何件か盗みを働くように言われた。セイント嬢の仕業に見せかけて。特に、あんたの指輪を盗んで、セイント嬢がやったように見せかけること。できればクレーン卿の部屋から盗むこと。様子を探るのにだいぶ時間がかかったよ。ブルートン夫人はあんたと閣下のことをもちろん全部知っている」パスターンは少し遠くを見つめてため息をついた。「いい男だよねぇ。あの頬骨と、刺青《タトゥー》」

「どうして刺青のことを知っている？」

「本当に命令するのが好きだよねぇ？　体はあんたの倍はあるし、スリルいっぱいだろう。大きくて独善的な男は好みだ。まぁ、あんたもそうなわけで。悲鳴をあげても仕方ないよ」

一般的に言って、五階のクレーンの居室でカーテンを開けていても何ら脅威はないと思っていたが、空を駆ける人間にとっては意味がないことに、改めて強烈に思い当たった。「黙れ」荒々しく言った。「要件を言え。なぜブルートン夫人のために動く?」

「なぜだと思う? 弱みを握られているからさ、もちろん」パスターンの声は突然苦々しい響きを帯びた。「尻尾をつかまれているし、能力は遥かに格上だ。対決したら俺に一分の勝ち目もない。だからと言ってあの女の言いなりになりたいわけじゃない」

「だから?」

「だから、俺とあんたの間の話し合いで何とかできないかと思うんだ。まだ指輪は渡してはない。この髪のことがあるからさっさと渡したいし、あっちも早くよこせと思っていて、少なくともそう言ってはきているが、まだ実際には渡していない。指輪のことを少し怖がっているんじゃないかと思う」

「当然だ。一度あれに殺されかけたからな」

「あの女は俺が自分の言いなりだと思っている。そして、俺が指輪を持っている間は自分の身は安全だ。だから、指輪は俺が持ったままで、あんたに返すこともできる」誘うように両眉を上げて、言った。「ただではいやだけどね」

「条件は?」この目的のためなら、躊躇なくクレーンの金を使えた。もちろん、指輪が戻ったらゆくゆくはパスターンを捉えて返却してもらうつもりだった。

「あの女から自由にしてくれ」パスターンの微笑みには真の笑いはなく、歯だけが覗いた。

「狙われているのはあんただ。あんたとクレーン卿。あんたたち二人が、あの女を醜い未亡人にした。あの女はカササギ王の力を欲しがっていて、あんたに貸しがあると思っていて、復讐に燃えている。殺さないとダメだ。いますぐ。やってくれたら、指輪は返す」

「僕は審犯者《ジャスティシアー》だ。殺人はしない」

「魔道士《ワーロック》は殺すじゃないか。あの女は魔道士だ」

「ちなみに、いまここでお前から強制的に指輪のありかを聞き出して協議会に突き出しちゃいけない理由を、まだ聞いていない」スティーヴンは指摘した。

「それは、俺が協議会に盗みはセイント嬢ではなく自分の仕業だと話す時には、あんたとあんたの高貴な方の愛の巣についても話をするからだ。愛の巣、クレーン《鶴》。いいねぇ。鶴って巣を作るのかな?」

「鳥だから、もちろん巣はつく——黙れ。協議会には好きに話せばいい。勝手にしろ。僕は脅迫などされない」

　パスターンは目を細め、小さく口笛を吹いた。「本気かもしれないと信じるよ。なんと気高い自己犠牲。問題は、あんたが協議会で責められ、あるいは別の留置所に連行されたら、誰がクレーン卿を守るのかな?」

「何だと?」

「ブルートン夫人はクレーン卿を狙っている。あんたのことを始末したいのと同じくらい。あんたがいなくなったら、さぞかし自由にできるんじゃないの？」

スティーヴンは頬から血の気が引くのを感じた。「あの女は何を企んでいる？」そう訊いた。「まだ完全に動く準備はできていない。でもあと少しだ。準備万端。俺があんただったら、これ以上時間を無駄にしないね。あいつの後を追って、いますぐに殺す。そうするべきだ」

「何、を、知、っ、て、い、る？」スティーヴンは指を丸めて前のめりになった。

「あんたに言えることは何も」パスターンは片手を上げた。「俺の身にもなってくれ。理想的なのは、あんたが俺をブルートン夫人から解放してくれることだ。だから助けようとしている。でも俺があんたを助けて、あの女がそれを知ったら――それはダメだ。次の選択肢はあんたやあんたの仲間たちを殺して上機嫌になったあの女が俺を解放する、というものだ」一瞬にこやかな笑顔を見せた。「あんたたちは好きなだけ殺し合えばいい。俺が巻き添えにならない限りは。クレーン卿はもったいないけど、綺麗な男はいくらでもいる。俺の知ったこっちゃない」

スティーヴンは憤怒で眩暈がした。この卑劣な男をぶちのめしてやる。どうとでもなれ。「言、う、こ、と、を、聞、け――」そう言いながら手を伸ばすと、空中で何か固い壁のようなものに触れた。

「ははぁん」パスターンは言った。「そうは行かないよ。俺だってバカじゃない。あんたが無理やり感渉《フリューエンス》で指輪のありかを訊き出すことができるのはわかっている。それができないように用心はしてきた。どうやったかは説明しないけど、強制的に情報を引き出そうとしたら、二度と指輪は拝めなくなる。それは保証する。返して欲しいのなら、ブルートンを殺《や》るんだ」

「クソったれ」スティーヴンはうなってさらに力を強めたが、パスターンのエーテルの障壁《バリア》はほんの数インチ位置をずらしていた。バランスを失って、スティーヴンは焦点の対象を改めたが、一瞬集中を弱めた隙にパスターンは座った姿勢から上へ飛び上がり、トカゲか何かのように後ろ向きに壁を登って行った。

　スティーヴンは低い警告と怒りの声をあげ、相手に飛びかかった。その結果、周囲のエーテルが意図した以上に激しく揺れた。藁屑やゴミや埃が地面から雲のように舞い上がり、叫び声のコーラスと共に男たちの頭から帽子が飛び、近くのギャンブラーたちのカードがパラパラと空に散らばった。

　力を強く出しすぎた。強すぎたし、遅すぎた。ウィンドウォーカーは既に鉄条網の壁の上に到達して、信じがたい後転で壁を飛び越えていた。

「いったい全体何事だ」誰かの呻くような声がしてスティーヴンが見回すと、五、六名の囚人が壁を注視しながら指さし、不可能な脱出劇にあっけにとられていた。既に一人が壁に触れて、どうやって登って行ったのかを確かめようとしていた。他の者たちは舞い上がった埃を振り払っていた。

「僕は何も見なかった」スティーヴンは小さくと言うと、弁護士を要請しに出入り口に向かった。大至急ハナフォード・アンド・グリーンの助力《サービス》が必要だった。

＊＊＊＊

スティーヴンが待合所で座っていた頃、クレーンはジムに来ていた。

所属するのを期待されているスポーツ協会には一つも顔を出したことがなかった。クレーンとメリックのスパーリングはクイーンズベリ侯爵の貴族的なボクシングとはまったく質が異なり、何年もの間生き残るため鍛錬を重ねた成果で、同じことを上品なスポーツジムでやったならば追放されたことだろう。別に恥ずかしく思っているわけではなかったが、上流階級のメンバーたちにその喧嘩腰の格闘スタイルについて特段説明をしたいわけではなかった。そして何より、クレーンとメリックは同じくらいの割合で刺青を入れている男たちがいるところの方が、上半身裸になっても目立たなかった。

ライムハウスの事務所とストランド通りの中間に位置するハウンズディッチの労働者向けの施設を好んで利用していた。運営している牧師は健全なる魂は健全なる肉体とその鍛錬に宿ると信じる肉体派キリスト教者で、わずかな給料をジムの運営とそこに精神生活を高める雑誌類を揃えることにつぎ込んでいた。クレーンはヴォードリー氏として登録し、通常の会費の他に余計な質問をはねつけるのに充分な額の寄付を行い、短期間のうちに施設の常連となって、好奇の視線を集めることもなくなっていた。ごくたまに「おはようさん、カササギの！」と声をかけるおどけ者もいたが、どうということはなかった。

クレーンはパンチバッグの前にいた。どちらかといえばスパーリングがしたかったが——まさにきょうはメリックとスパーリングをしたい気分だったが、同じ理由でそれを避けていた。本物の喧嘩になってしまった場合、追い出された後で別のジムを探さなければならず、実際、本当に喧嘩をしたい気分だったからだ。部屋の反対側でトレーニングをしているメリックに視線をやった。首にかけた革紐から小さな袋をかけている以外、上半身裸だった。袋の中は何年も前から持っているシャーマンのお守りで、身を守るためというより、もはや身につけるのが習慣になっているようだ。クレーンはその革紐を使って相手の首を絞めてやりたい気持ちになった。もしもセイントとのゴタゴタさえなかったならば……。

思考を遮り、無理やり自分の訓練に注意を戻した。パンチバッグに向かって渾身の力をこめて正確にパンチを繰り出し続けていると、裸の背中を汗が伝わり落ちた。スティーヴンと自分自身とメリックと英国、すべてに対する怒りをこめて右の拳を叩きつけた。肩の筋肉がジンジンと鳴り、昨夜から絶えることのない怒りで頭痛がした。

クソったれシャーマンども。嘘つき野郎たちめ。忌々しいスティーヴン。二人の間には、スティーヴンが時々でいいから真実を話す程度の愛と忠誠、さらにギリギリのところで助かってきた命があったのではなかったか？　たまには言うことを聞いてくれてもいいのではないか？

世界全体の責任を自分で取ろうとすることなく、クレーンに委ねることがあってもいいのでは？

フラストレーションを繰り出すように、今度は左でのジャブに切り替えた。スティーヴンは常に神経を張りつめさせて断崖を歩くように生きていた。議論になることなく会話をすることさえあまりできなかった。腹立たしいにも程がある。

おまけに心配だった。スティーヴンは緊張しすぎており、働きすぎで過敏になっていた。そこに自己憐憫や甘えはない。いつものスティーヴンは、クレーンがいままで会った中で最も公平な心を持つ男の一人だった。しかし、弱点はあった――それはクレーンであり、審犯者チームの仲間たちであり、過剰なほどの責任感だった――そして、それらすべての弱点がいま一斉攻撃を受けているようだった。いまこそ一緒に戦うべきなのに、スティーヴンにのしかかっている重圧が二人の仲を引き裂いているのだ。

クレーンは少し間を置き、バッグを数回行きつ戻りつさせた後、一定のリズムでパンチを再開した。左、右、左、右。

四ヵ月もの長い間、自分を抑えてきた。スティーヴンの自立を尊重し、自分に関わるあらゆる状況において、主導権を握ろうとする生まれつきの習性を表に出さないようにしてきた。もはやそんな遊びにつき合ってなんぞいられない。スティーヴンは問題に巻き込まれていて、徐々に沈んで行きつつある。頑固な天の邪鬼の誇りなど気にせずに問題を解決すべき頃合いだ。

本人がどう思うかは二の次だ。スティーヴンに言うことを聞かせ、どんなに金や人手がかかっても状況を改善し、こうなったら誘拐してイギリス海峡を越えさせてでも仕事を辞めさせる。スティーヴンの忌まわしい審犯機構《ジャスティシアリー》には、心底イラついていた――拳が皮のパンチバッグを激しく打った――協議会などクソ食らえだ――嫌がらせも隠し事もつきまとう恐れも――。

クレーンが激しい右フックを打ち込むと、パンチバッグが爆発した。

中身の馬の毛が辺りに振りまかれる中、驚いて後退した。破れた皮のバッグが鎖から垂れ下がって揺れていた。気がつくと、ジムは完全に静まり返っていた。誰もがこちらを見つめていた。

メリックが横に立ち、腕をつかむと低い声で脅かすように言った。「外に。出ろ。すぐに」

「弁償しないと――」

「いいから、外《い》だ」メリックが乱暴に腕を引き、肝臓を拳で突いた。「動け」

クレーンは動いた。上半身裸のメリックは、最近好んでいる黒ずくめのすました従者ではなく、上海の格闘ケージで生き延びていた頃のように、刺青と攻撃的な態度、硬い筋肉と傷だらけの体で、過去に戻ったかのように見えた。何年も前、若いルシアン・ヴォードリーが無茶をしていた頃、名目だけの主人をさんざん殴りつけたものだった。クレーンは相手にその頃と同じ表情を見て取り、素直に従った。

「いったい何をそんなに急ぐ？」更衣室に急ぎながら訊ねた。すれ違う誰もが、こちらを見ていた。何人かはあっけにとられて口を開けていた。「たかがパンチバッグだ。たぶん壊れかけだったんだろう――」

「パンチバッグは普通はパ、パンチをするだけだ。こ、殺したりはしない」メリックが応えた。「それで何を急いだかというと、お前があれを殴っている間、カササギたちが見世物小屋みたいにお前の体を飛び回ったからで――」

「な、何だって？」

「ほら、見ろ」メリックは更衣室の鏡の前にクレーンを押しやった。自分の姿を見て、クレーンは後退りした。

まるでいつもそこにいたかのように、カササギの刺青が一羽、顔にかかっていた。左目と左頬は黒と白で覆われ、尻尾が口にかけて顔の反対側に抜けていた。

「ジーザス・クライスト。いやだ」

「刺青がそこに棲みついちまったら――」

クレーンは自分のシャツを探した。「まさか。そんなことはありえない。いつだって元の場所に戻る――」

「デイさんの以外はね」

「スティーヴンを探せ。呼んでくるんだ」

「他の誰かに見られる前に家に戻ろう。まったくひでぇ有様だ」メリックは素早く衣類を身につけていた。若い男が一人、更衣室に顔を出したが、従者の犬のようなうなり声に急いで扉を閉じた。「それからつけ加えると、パンチバッグは壊れかけなんかじゃなかった。力が強すぎたんだ。まるでジェンが蹴りを入れる時みたいに。シャーマンみたいに」

「あれは魔法だ。私に魔法などない」

「そうか？　牧師にそう説明するんだな。ただし、いまはダメだ。いまお前は人食い族の酋長みたいな顔をしているし、ここに来た時、顔にカササギは付いていなかった。ついて来い、ここを出ないと」

第八章

メリックが急ぎ辻馬車を捕まえると二人で乗り込んだ。クレーンは特に肉体的変化を感じてはいなかったが、顔に刻まれた恐ろしい印を思うと震える思いがした。

スティーヴンが何とかしてくれる。きっと。

いったい全体何が起きたのだ？

自分には魔法などない。その思いだけが望みの綱だった。血の内に力があるのは間違いない、しかしその力を引き出せるのはスティーヴンだけだった。

カササギが飛ぶのはスティーヴンと一体になった時だけだ。クレーンの血か精がスティーヴンの体に入った時だけだ。それは安全で、我慢できた。しかし呪わしい鳥たちが肌や顔の上を公衆の面前で自分の気づかないまま動くのは――。

クレーンは自らを自惚れ屋だとは思っていなかったが、見目かたちが良いことは自覚していたし、実際、それを楽しんでもいた。スティーヴンが自分を見つめるように、人々を振り向かせるのは好きだった。自分の顔が傷つくだけではなく、カーニバルの見世物のようになるのはひどく気分が悪かった。

「スティーヴンが何とかする」メリックと自分自身に言い聞かせた。

「もちろんだ。家に帰って、そこを離れるな。あの人を見つけてきて、解決しよう」メリックは一拍置いた。「どこを探せばいい？」

「神のみぞ知る。下宿にメッセージを残せ。協議会《カウンシル》とゴールド診療所に使いを出せ」

「なんせ、いつもどこにいるのか皆目《かいもく》わからないから――」

「わかっている」スティーヴンが時折するように、三日ないし四日間いなくなっているのだったらどんなことになるのか、いまは考えたくはなかった。特にあのバカバカしい口喧嘩の後だ。

「スティーヴンの部屋と診療所にメッセージを送ったら、幾つ約束をキャンセルしないといけないか検討するとしよう」

　メリックは馬車をクレーンの建物の裏口へ誘導した。その場で様子を少し見てから急ぎ主人を建物に入れた。早足で階段を降りてくる使用人とすれ違った。女はちらりとクレーンを見ると、あんぐりと口を開けて立ち止まった。

「いいから行け」メリックがうなって女を通り越した。

「もう嫌気がさしてきたぞ」クレーンはメリックが裏口を開けている最中に言った。

「まぁ、お前は自分が見えないからまだいい方だ」

　メリックは使いの少年を呼んでスティーヴンに急ぎ来るようにという伝言を届けさせた。クレーンはひどい顔のまま一人で部屋に残されないで済んだことに感謝した。

「自分で何とかできないのか？」メリックが訊いた。神経が昂って座ることすらできず、二人で暖炉の傍に立っていた。

「どんなことを？」

「わからんが、お前の刺青《タトゥー》だ。魔法を持っているのもお前だ。動くように命じるとか」

「いったいどうやったらそんなことができるのか、見当もつかないよ」クレーンは言った。実は何度か密かにその努力をしていたのだが、何も起こる気配はなかった。「それから、もう三十回以上説明したと思うが――」

「ああ、力は持っているが使えないって、言ったな。とはいえ、さっきパンチバッグに穴を開けるのを俺はこの目で見た。それも右手を使ってだ。お前の右手が気絶しそうな尼さん程度のパンチ力だってことは、俺たち二人ともよく知っているから、自然の出来事だったとは言わせない」

クレーンはメリックをにらみつけた。「いま、右手を試してみたいか?」

「シャーマン風にやるのならまっぴらご免だ」メリックは顔をしかめた。「やれるのか?」

「いいや」クレーンは自分で感じる以上の確信をこめて言った。「これは――いったい何なのかはわからないが、私はシャーマンではない。何も変わったところを感じない」

「見た目は大いに違うぞ」

「黙れ」

「まぁ、あれだな――」メリックは言葉を止めた。裏口の扉が開くかすかな音がして、振り返った。二人揃って廊下に走り出た。メリックが先に台所に着いて扉を開けると、衣類を乱して息を弾ませたスティーヴンがその体を押しのけるようにクレーンの許へ走り寄った。顔を上げると、口を開き、唐突に立ち止まって危うくつまずきそうになった。

「ル、シ、ア、ン、ルシアン? 何が起きた?」

「ジムにいた。突然刺青が体の上を動き回り始めた。これを顔から退けてくれ」

「座って。触らせて」

クレーンは応接間に向かうとソファに座った。スティーヴンが追いつき、頬に電気的刺激のする指先が触れ、肌を探った。「そこで何があった？　喧嘩か……あるいは何か感情的になるようなことは？」

「誰かにモノを咥えてもらっていたかと訊いているのなら、違うぞ」クレーンはぴしゃりと言った。そういう意味ではないと否定しようとしていたスティーヴンの上にかぶせて続けた。「訊かれたことに応えると、私はパンチバッグを打っていて、そこに穴を開けた。普通、そんなことはできない」スポーツ経験のないシャーマンのために解説した。「パンチバッグは打たれるために作られたものだ」

「それは……何時頃のこと？」

「二時間ほど前」

スティーヴンは打ちひしがれたような目でクレーンを見つめた。「ああ神様」息を呑み込んだ。「僕のせいだと思う」

「本当に君のせいなのか、それとも全世界すべてのことに君に責任があるのか？」クレーンは皮肉をこめて言った。

「いや、本当に僕のせいだ。僕は怒っていた。能力を使っていて……。こんなことは起こるべきじゃない」

「ああ、起こるべきじゃない。ジーザス。事務所にいる時に起きていたかもしれない。あるいはブレイドンの家か。クソ貴族院か。私の刺青を勝手に飛ばすんじゃない」

「そんなつもりはなかった。こんなことになるなんて。本当にごめん」

白い顔で目を見開いて、完膚なきまでに打ちのめされた様子だった。クレーンは大きく呼吸した。「このクソったれを顔から追い払ってくれ。自己批判は私がベネチアの仮面のような顔でなくなってからにしてくれ」

スティーヴンは頷くとソファによじ登ってクレーンの横に跪《ひざまず》いた。顔に手が触れ、肌に走る安心する温かい刺激に、クレーンはごく自然で本能的な反応として、スティーヴンの巻き毛を手で包んだ。消耗し疲れきり、切望するようなスティーヴンと目が合うと、クレーンは相手を引き寄せ、二人はまるで飢えた者同士のようにキスをしていた。最初に体を離す方になるまいと、二人は互いにしがみつくように抱き合った。クレーンはスティーヴンを膝の上に引き上げると後ろにもたれ、スティーヴンの体が自らに重なり、体温を共有し、早鐘のように打つ心臓の鼓動を受け止め、求めるあまりに不器用になった唇と舌に苦しいほどの欲望を感じた。

「本当にごめん」やがて息を吸うために口を離すと、スティーヴンはクレーンの耳につぶやいた。「本当に。あんたにひどいことをして、すべてめちゃくちゃにした。その上あんたの言っていたことは全部正しかった。激怒して当然だ」

「その通り」クレーンは相手の首に向かって囁いた。「腸《はらわた》が煮え返っている。君を見るのもいやだ。こっちへ来い」再び熱く敏感になったスティーヴンの口を求め、今度はより激しく、主導権を取り、唇を傷つけようとするかのごとく強く押しつけると、恋人が口の中で呻き声をあげるまで続けた。

「痛っ」

クレーンは少し身を引くとスティーヴンの赤くなった唇を歯で挟んで強く甘嚙みした。

「もうやるなよ」再度、スティーヴンにキスをした。今度はやさしく。「大丈夫か？」

「ううん。最悪の一日だった……。四月以来の」

「そんなに？」クレーンはスティーヴンの髪を指で梳きながら囁いた。

「人を殺した。逮捕された。ブルートン夫人は間違いなくあんたを狙っている。きのうあんたに近づいた男は僕の指輪を盗んだウィンドウォーカーで、夫人の下で働いている。警官がもう一人死んで、それから……あ、消えた」

「何？　何がだ？」

「顔の刺青。動いたよ」

「刺青なんて放っておけ。もう一度最初から話してくれ。いや、待った」クレーンはスティーヴンの体を引き寄せて口を開いた深いキスに引き込み、恋人がすっかり息を切らすまで続けると、敏感な首に鼻をすり寄せた。

「話さないと」スティーヴンは何とか言葉を発した。「ルシアン、大事なことなんだ」

「これだって大事だ」クレーンは体を起こすと、黄金色の瞳を見つめた。「聞け。何が起きていようと、ブルートンのクソ女《ビッチ》も含めてだが、二人で向き合うんだ。君と私とで、だ。もうバカな真似はなしだ、スティーヴン、何でも自分一人でやろうとするな、一人だけで世界を動かそうとするな。助けを求めて、受け入れて、私たち二人を優先させるんだ。これは交渉不可だ、わかったか？」

「ああ」スティーヴンの目は信頼を嘆願するように大きく見開かれていた。「ルシアン、誓うよ。まさにそれが、僕がここに言いに来たことの一つだ。もう二度とあんたに嘘をつかないし、今回の警察官の事件については応援を要請する、そして――もしきちんと仕事をさせてもらえないのなら、無制限に荷物を背負い込む代わりに、仕事を辞める」

「本気か？」

「ああ。あんたをブルートン夫人なんかのせいで失いたくはない。協議会《カウンシル》に予算がないせいであんたが僕に疲れてしまうなんてごめんだ。あんたが選んだ道じゃないのに、不公平だ。気がつくまでこんなに時間がかかってしまってごめん」

クレーンは恋人を引き寄せた。「私を失うことはないよ、おバカさん《アダイ》。どこにもいかない。君なしではね」

スティーヴンは唇をクレーンの耳に触れ、舌で昔のピアスの跡を舐めた。「そう願うよ。もしいなくなったら、あんたを探しに行く」

互いの額を合わせ、少しの間深呼吸していると、徐々に緊張が解けていった。クレーンが渋々切り出した。「君の一日についての話を聞くべきだな」

「そうしよう。メリックさんもいた方がいい」

「その前に一つ。君にさらに助けがいるという部分だ」

「わかってる。協議会に話すよ――――」

「協議会のことじゃない。私のことだ」

スティーヴンはぽかんと視線を向けた。「あんたは審犯者《ジャスティシアー》じゃない」

「その通り。一方で、私は非常に裕福で、それは私のやさしく親切な性格のおかげではない」クレーンは前傾してわざと体を近づけた。「私は物事を自分の思うようにしてきた。そういう才能があるんだ。私の素晴らしく優秀かつ道義心のない弁護士たちは、素晴らしく優秀かつ道義心のない調査員を使っている。現在、その調査員たちは、ブルートン夫人が英国にいるのかどうかを調べている――」クレーンはスティーヴンの表情に笑みを浮かべた。「今朝一番で狩りに出した。そうするのが自然だろう？　それに君からウィンドウォーカーについての情報をもらったら、そっちも調べるように言う」

スティーヴンは目を見開いた。「いや、ちょっと待って。ブルートン夫人は危険だ――――」

「ナイフを持った強盗も同じく危険だ。私は彼らに大金を払って、危険な輩を見つけて報告するように頼んだ。これが助けを受け入れるということだ、スティーヴン。他の人間がリスクを負うことも認めろ。わかったか?」クレーンはスティーヴンが小さく頷くのを待った。「よろしい。既に何人も調査に当たってもらっているが、必要とあればさらに投入する。それにメリックもいる。奴にとっても他人事ではない。だから今回の事件に関してわかっていること、そして例のウィンドウォーカーの情報をもらったら、私に一番得意なことをやらせて欲しい。二番目に得意なこと、か」そう修正した。「わかったか?」

　スティーヴンは言葉を失ったように見えたが、ようやく絞り出した。「あんたに頼むわけには――」

「頼まれたわけではない。その必要はない」

「でも――」

「何者かが私の家に侵入して、君の指輪を盗み、その上君や、未来のメリック夫人との関係をぶち壊しかけた。だからクソ野郎を探し出し、素手で背骨を引き抜いてやるつもりだ。君の見当違いな責任感にこれは変えられない。わかったか、スティーヴン?」

　スティーヴンは抗議をしようとしたが、クレーンの視線を受け止めると、降参するように両手を上げた。「ああ、ルシアン」

「よろしい」クレーンは恋人の唇にしっかりとキスをすると膝から降ろし、台所の方へ押し出した。「メリックと話そう。行くぞ、アダイ」

「それ、バカって意味だってわかっているよ」スティーヴンは鋭い口調を作ろうとしていたが、瞳にはいつもの黄金色の光が戻っており、それを見たクレーンは深い緊張がようやく解けていくのを感じた。

「親愛の表現だ」そう恋人に言いながら、台所へ付いて入った。「もちろん君はバカだ。でも、親愛をこめた呼び方さ」


三人は台所のテーブルに座って、スティーヴンがパスターンの身元について、拘置所に現れた時のこと、脅迫のことを話すのを聞いた。

「忌々しいレイディ・ブルートンか」話が終わるとクレーンが言った。「パスターンはその点で真実を言っていると思うか？」

「わからない。奴は一匹狼で進んで人に従うような人間ではないと言われているから、話していることにある程度信ぴょう性はあるかもしれない。ウィンドウォーカー自体が非常に稀だから、強要なしでは協力させられなかったことは容易に考えられる」

クレーンは頷いた。「それで、殺すのか？」

「あの女は何度か死んでもいいほどの罪を犯してきた」スティーヴンは言った。「でも……僕は審犯を下すべきなんだ。これでは復讐のように感じる」

「高貴な感情を持つゆとりはあまりないように思うがな」クレーンが示唆した。

「僕は殺し屋ではないよ、ルシアン。ジョナ・パスターンに言われたからといって、人殺しはしない。あの女があんたを狙ってきたら打ち倒すけど、空飛ぶイカサマ師の言いなりにはならない。わかるだろう？」

「そのパスターンさんとやらには、この事態が片付く前に俺からひと言二言、言いたい」メリックが横から言った。

「どうぞ、歓迎するよ」スティーヴンは初めてメリックと目を合わせた。「メリックさん、セイントをここに連れて来て欲しい」

「何のために？」メリックの声は無感情だった。

「謝りたいからだ」スティーヴンが言った。「無実の罪で責めた。謝って償いたい。それから、大丈夫かどうか知りたい」

「大丈夫だ」メリックは明快な事実を述べるように言った。

「そうだろうね」スティーヴンは言った。「彼女は意志の強いしっかりした若い女性だ。誰かを子供の頃から知っていると、そのことを忘れてしまいがちだ」魔法遣いはメリックの顔を観察していた。従者は放たれた言葉を吟味し、小さく頷いた。

「わかりました、サー」

「実用面から言っても、パスターンに追いつける者が他にはいないし」スティーヴンはつけ加えた。「顔に蹴りを入れる訓練はどんな具合?」

　メリックの表情が和らいだ。「上々です、サー」

「では、さっさと実用に移そう」クレーンが言った。「隠し場所からさっさと彼女を連れて来い、小利口な奴め。急げ急げ《クァイクァイ》、紳士諸君、さっさと行くぞ」

　スティーヴンは台所の時計を見た。「もう三時だ。僕はまず協議会に行かないと――」

「何だって?」クレーンは憮然と返した。

　スティーヴンは片手を上げた。「行かないといけないんだ、ルシアン。能力者《プラクティショナー》が警官を殺して回っている。ただの殺人ではなく、僕らにとって政治的な大打撃になる。いまだって警察は審犯機構《ジャスティシアリー》を嫌っているんだ。この事実を隠しておけないし、誰も対処していないと思われて警視庁を怒らせたら、他にたくさんの人々に迷惑がかかることになる。審犯機構がきちんと機能していないと思われたら――何が起きるかわからないけど、良い方向にはいかない。だからこの事件を誰かの手に託してちゃんと対応してもらわないといけない。それをやってくる。そうしたら、ブルートン夫人とパスターン、そして僕たちのことだけに全力を傾けるよ、ルシアン。それでいい?」

　クレーンは前屈みになって恋人に激しくキスをした。テーブルの向こうのメリックのわざとらしいため息は無視した。「よし」

「よかった。メリックさん、セイントに僕と協議会で落ち合うように言ってくれますか？　パスターンの事件の詳細を見てもらいたいので。その後一緒にここに戻ってくる」

＊＊＊＊

部屋の外で騒ぎが起きた時、スティーヴンは協議会でジョン・スリーと激しく口論をしている最中だった。室内での議論も加熱していた。

「私が言っているのは、お前がちゃんと自分の仕事をすればいい、ってことだ！」スリーは机を強く叩きながら怒鳴った。「まったく前代未聞だ。私は自分の仕事を人に押しつけたり――」

「それはあまり公平な見方とは言えないわね、ジョン」バロン＝ショー夫人が言った。「これは非常に重要な事案で――」

「それに対処するのがデイの仕事だ。ジョンの言っていることは正しい」フェアリーが遮った。外で誰かの叫び声が聞こえ、何かが打ちつけられるような大きな音に続いて、ざわめきが響いてきた。「そんなに重要ならば、デイ、この件に集中して他の事件を放棄すればいいんじゃないか？　もっと効率的な時間の使い方を覚えるべきだな」

「どうしろって言うんだ、時間の長さを倍にしろとでも？」スティーヴンは詰問した。「申し上げたように、サー、既にやれることの限界が来ていて――」

「ならば、他の審犯者がやればいいだけの話だ。大勢に給料を払っているのはいったい何のためなんだ！　外はいったいなんの騒ぎだ？」スリーが訊ねた。

「議論の余地はありません、サー」スティーヴンは歯を嚙みしめながら言った。「僕一人では無理です」

「私を脅かすんじゃない、デイ」

「静かに」バロン＝ショー夫人が皆に黙るように動作した。「いったい何が起きているの？」絹のドレスのサラサラ音をさせて、夫人が扉へ向かった。白熱した議論から我に返ったスティーヴンは、聞こえてくる音が狭い場所に能力者が三人以上集まった時に起こる口喧嘩の類とは違う性質のものだと気づいた。何か重大事が起きているようだった。

扉を開けるバロン＝ショー夫人に追いついたが、フェアリーに肩甲骨の間を押されて脇に追いやられた。

廊下には若い能力者たちの一団がいた。青ざめた顔のジャノッシと、頰を赤くして怯えた表情のセイントが見えた。ジャノッシが少女を抱えていたが、守っているというよりは取り押さえているという様子だった。六フィート（約180センチ）ほどの高さの壁に血と髪の毛が付着した赤い染みがついており、そこから下に引っ張られるように続いていた。下の床に見える塊は、ぐったりと横たわる人間の体だった。

「ウォーターフォード！」フェアリーが叫びながら歩き出した。

男はフェアリーの教え子で、小太りでどちらかというと意地が悪く、才能はあまりなかったが抜きん出た家柄の出身だった。常にセイントを目の敵にしてことあるごとに嘲りの言葉を投げつけていた。

スティーヴンは壁の染みから床のウォーターフォードに目をやった。頭蓋からはまだ血が流れており、セイントは見るからに有罪という体《てい》で真っ赤な顔をしていた。

「何があった？」絶望的な気分で訊ねた。

あちこちで話し声が起きた。ジャノッシはウォーターフォードがそそのかしたと主張した。セイントはただ唇を嚙みしめて首を振るだけだった。五、六人の目撃者たちが衝撃と恐怖と好奇心を織り交ぜながら主張したのは、協議会の絶対的規則に逆らい、セイントが能力を使って空中に飛び上がり、ウォーターフォードの顔に頭蓋骨が割れるほどの激しい蹴りを入れたということだった。

「明らかに、割れてはいないわね」横たわっている男の傍に膝をついた姿勢でバロン＝ショー夫人が言ったが、誰もその声を聞いていなかった。

「思った通りだ」スリーは大いに満足した表情で言った。「審犯機構は制御が効かなくなっており――」

フェアリーもまた、指を震わせ、目をギラギラさせながら叫んでいた。「断固として容認できない。協議会の絶対の規則だぞ。審犯者など名ばかりだ。この女を直ちに捕えよ。盗人で殺人者で――」

「死んではいない」バロン＝ショー夫人が指摘した。

「死んでいるべきだった！」フェアリーは昂奮して声を張りあげた。「つまり、死んでもおかしくはなかった。しゃんとしてくれマダム、こんなことを許すべきではない」

「そのつもりはない。これは由々しき事態です。デイさん、残念ながら他に選択肢はない。この場にいる最上位の審犯者として――」

「わかっています」セイントの顔から血の気が引いていくのを見ながらスティーヴンは言った。これが正確に何を意味するのかを痛感していた。目撃者がいて、誰も味方はしてくれまい……。

「僕が閉じ込める。さぁ、ジェン。クァイクァイだ、わかるか？」

セイントの銀青色の目がわずかに開くと、スティーヴンはメリックとクレーンの上海語を英語に混ぜる気に障る習慣に感謝した。セイントも当然何度も耳にしているはずだ。〝クァイクァイ〟は〝さっさと動け〟という意味だとクレーンから聞いていた。

クレーンとメリックが話しているように言うことで、セイントがその通りにすることを祈った。

「サー……」セイントの声が震え、答えを探すように目を合わせた。

「クァイクァイ、ジェン」スティーヴンは繰り返した。「手を離せ、ジョス。僕がやる。大丈夫だ」

「まったく大丈夫などではない」フェアリーが話し始めたが、すぐにうなり声をあげた。ジャノッシの手を離れたセイントが後転しながら飛び上がったからだ。群れ集まった能力者が唖然と見つめる中、セイントはその上をひらりと飛んで一瞬壁に足をついては再度飛び上がり、集団を越え、スティーヴンが意志の力で開け放った扉の外へと逃げ去った。フェアリーが叫び、後を追うように通りに向けて力を放った。スティーヴンはこの後の展開に暗澹たる思いを浮かべながらも、それ以上に大いなる解放感をもって、握り拳で相手の股間に一撃を加えた。

＊＊＊＊＊

クレーンが弁護士事務所への急ぎの往復から戻るとセイントが部屋《フラット》にいた。事務所ではブルートン夫人の捜索に時間の猶予がないことをさらに強調してきた。ハナフォード・アンド・グリーン法律事務所はロンドンで最も悪辣な法律家たちを探し始めた際、推薦されてきたのだった。徹底的に無感情に一つ一つの案件を成し遂げる様はクレーンにプロの拷問者はかくあろうと思わせ、唯一の倫理的な規範は約束を必ず守る、というものだった。翌朝までに獲物の情報を必ず届けると約束させ、クレーンは多少の自己満足を味わいながらストランド通りに戻る道すがら、有名なポーツマス公爵かグラッドストーン氏ではないかと話しかけてきた生意気な電報配達の少年《テレグラフ・ボーイ》とちょっとした会話を楽しんだ程だ。いつもスケッチブックを抱えて壁の傍に座って何やら描き込んでいる画家にも一ペニーを投げ与え、いい気分で家に戻ったが、女の絶望的な嗚咽とメリックの「問題が起きた」のひと言で、すべては蒸発した。

スティーヴンがようやく使用人口からクレーンのフラットに現れたのは長い長い三時間の後だった。

クレーンとメリック、セイントの三人は台所のテーブルを囲んで座っていた。扉が軋んで開くと、クレーンとセイントの二人が跳ねるように立ち上がった。セイントが「ミスターD！」と悲鳴のような声をあげながら、入ってきたスティーヴンにしがみついた。小さく声をあげて後退りし、少女の体を受け止めたスティーヴンはしっかりと抱きしめた。クレーンは丸々三十秒ほど我慢したが、やがて忍耐が途切れると恋人と向かい合うために少女を押し退けた。「ジーザス・クライスト、スティーヴン」スティーヴンの姿を見て声が震えた。「誰にやられた？」

スティーヴンの頬は赤く腫れていた。片方の目には黒い隈の前兆が見られ、上唇の切り傷からの血が特徴的な犬歯を赤く染めていた。スティーヴンはクレーンに痛みをこらえるような素早い笑顔を向けた。「大丈夫」

「んなわけないだろう」メリックとクレーンが斉唱するように言った。拳を握ったクレーンが続けた。「何が起きた？　セイント嬢から聞いたのは――」

「そう、そのことなんだが」スティーヴンは後退してメリックの椅子の横に立つ教え子の方を見た。「いったい何を考えていた？　協議会の中で、能力を使って攻撃するなんて？　神の名に誓って、いったいどういうことだ？」

セイントはその細い両肩を怒らせた。「本当にすみません、ミスターD。本当に。でもあのクソ男が、汚い言葉を使ってすみません、あのクソったれウォーターフォードのせいなんだ。あたしが外で待っていると、あいつがやってきて性懲りもなく話しかけてきたんだ。あたしが盗人だとかいつもひどいことを言われるのは慣れているから何も言わないでいたら、今度はゴールドさんについて言い始めて、ミスターD、神に誓って――」

「ゴールドさん？」

セイントは小さな顎を震わせた。「赤ん坊を流産してしまえばいいって言ったんだ。ロンドンにはもう十分ユダヤ野郎がいるから、これ以上はいらないって。何度も流産しているのはゴールド先生がその、ちゃんとやれないからだとか、先生とゴールドさんについてひどいことをたくさん言ったから、だから――」

少女は言葉を詰まらせた。メリックがその腕に手を置き、スティーヴンがもう黙ってというように手で合図した。「それで十分だ。よろしい、わかった。そして、頭に蹴りを入れた、と？」

セイントは誇らしげに顎を突き出した。「そう」

「いつも言っているだろう、セイント。行動する前にちゃんと考えろ」スティーヴンは言った。

「まず股間に膝で一撃を加えていたら、倒れるところを顔にパンチできたはずだ」

「まさに俺からもそう言ったんです、サー」メリックが挟んだ。「言っただろう、ジェン？　まずは玉を狙え」

「セイント嬢、君の人生は今後ひどく耐え難いものになると覚悟した方がいいな」クレーンが言った。「私はこの二人をそろって数ヵ月も抱えているから、よく知っている。座れ、スティーヴン。その後何があったか話してくれ」

　スティーヴンは差し出された椅子に座り、顔を歪めながら外套を脱いだ。メリックがコーヒーを注いだ。「ウォーターフォードは盛大に鼻の骨が折れて、頭皮が裂けて出血して脳しんとうを起こしたが、それくらいで済んだ。頭の傷は大げさに出血する」それを聞いたセイントは安堵でほんの少し肩を落とした。「セイントが逃げた時、フェアリーが通りに向かって能力を使って力を放った。僕はプロとして、その一撃には制御が足りておらず、一般市民を危険にさらす行為だと判断したので、えーと、先ほど話に上がったやり方で奴を強打した。うん、ありがとう、ジェニー」セイントの歓声に応えて言った。「お返しに顔を殴られた。まぁ、当然といえば当然だ。その後はちょっとした乱闘になった。ジョスがセイントを追いかけようとする連中の邪魔をしたと思う」

　セイントはいつものニヤリという笑顔を見せた。クレーンは眉をひそめた。「つまり、物理的な暴力は協議会でも許されているということか?」

「そりゃ、もちろん推奨はされていないけど、能力を使わなければ問題にはならない。大変なことになるのは能力を使った時だ。だから、いまセイントは誰からも見られてはならない――審犯機構に限らず、通報をしそうな誰からもだ――なぜなら広く捜索の指令が出ているからで、捕まったら厳罰に処される」

「そう聞いた」メリックが苦々しい口調で言った。「サー、どの程度の処罰が――」

「僕自身の起こした騒ぎのせいで、まだそこまで話がいっていない」スティーヴンは言った。「協議会で能力を使って喧嘩をしたというだけの話ではない。協議委員の、それも審犯機構に反対している委員の教え子を叩きのめしたんだ。問題は深刻だ、安心している場合ではないぞ、セイント」

「そんな悪名高い犯罪者の逃亡を幇助《ほうじょ》した罪はどうなんだ?」クレーンは訊ねた。「君はどうなった?」

「僕は詳しい調査が終わるまで停職処分になった。セイント、いまのような言い方はクレーン卿にしか許されない、お前はするな。処分を決めるのに時間がかかった。全員から怒鳴られた上で臨時の軍法会議のようなものにかけられた。お前を捕まえるのに失敗したという罪にしか問われなかったが、本当のところ、皆わかっていた。あまり心地のいい午後とは言えなかったよ」

「ああ、神様、ミスターD」セイントは衝撃を受けたように見えた。「そんな必要はなかったのに――――」

「何を言うんだ。関係ないよ、ジェニー。お前の処分を決めることになっていたらそれはそれで対処した。問題ごとは十分すぎるほど抱えている」スティーヴンは伸びをして両肩を回した。「まぁ停職になったからこれ以上例の連続殺人事件に関わる必要がなくなった。むしろいいことかもしれない」

「本当に？」クレーンは皮肉げに言った。

「もうこうなってしまったからには、嘆いても仕方がないさ」スティーヴンは腫れた片目を軽く触って顔をしかめた。「それで、セイントにはどこまで話した？」

「一部は」クレーンが応えた。「君たち二人で話した方がいいと思って、全部話してはいない。もし君とセイント嬢とで応接間で話したいなら……」

「そうだな、そうしよう。いや――――」スティーヴンは椅子に腰かけたまま背筋を伸ばし、クレーンと目を合わせると顎を引き上げた。「その必要はない。バカバカしい」ひと呼吸して勇気を出した。「ジェニー、ええと、このことをお前が知っておくべきなのは、いま起きていることと関連しているからだ。いずれにせよお前にもわかったことだ、今後もメリックさんとその――――あー、つまり、僕とクレーン卿はだな――――」

「やってるんでしょ」セイントは言った。「知ってる」

クレーンはテーブルに肘をついて片手を口元に持って行き、スティーヴンの表情を面白そうに見ているのを隠した。テーブルの反対側ではメリックが同じことをしていた。従者と目が合うと歯で唇を噛みしめなければならなくなった。

「そうか」スティーヴンは何とか答えを絞り出した。「えーと、どうして？」

「あたしもバカじゃないから？」セイントが言った。「このところ家には全然いないし、フランクの話を聞いていると、いつもここにいるっていうから。それに最近いい服を着ているのは閣下がお金を出しているからだろうって思ったし。大体それだけお金持ちで物を買ってくれるような人が他にどこにいる？　当然の結論ってヤツですよ」少々気取ってそうつけ加えた。

「君の論理に隙はないよ、セイント嬢」クレーンが言った。「ただ、お前は確か何も言っていないと言っていたように思っていたがな、フランク」

メリックは恥じ入った様子で短く刈った髪に片手をやった。「ああ。そのつもりだった」

「なんとまぁ」クレーンは椅子に背をもたせかけるとテーブルの下に脚を伸ばした。「つまりは、小賢しさの度合いでもお前に匹敵する相手に出会った、ということか？」

「ちょっと！」セイントは言うと、慌ててつけ加えた。「閣下《マイロード》」

「そんな呼び方はするな」スティーヴンは言った。

「ああ」クレーンが同意した。「友達同士では必要ない。メリックが時々そう言うのは、私には計り知れない理由で面白がっているからだ。クレーン卿でも、クレーンでも、他のどんな呼び方でもいい。さて、おふざけはもう終わりだ。もうすぐ八時になる。スティーヴンからセイント嬢に魔法方面の話を説明している間、私とメリックとでどうやって彼女を匿うか、それから私の調査員たちがパスターンとブルートンの居所を突き止めた時にどう攻撃するかを計画する。やるべきことが山積みだ」

第九章

夜十時になっても、二人の審犯者《プラクティショナー》は何やら技術的な争点を話し合っていたが、クレーンの忍耐は限界に達した。

「失礼するよ、セイント嬢」そう言ってスティーヴンの手首をつかんだ。「デイさんを借りる。さぁ、来るんだ」

引っ張って立ち上がらせ、寝室へ向かった。スティーヴンは抗議せずに付いてきたが、クレーンが扉を閉じると頬が赤く染まっていた。

「勘弁して、ルシアン！　あんなにあからさまに――」

「あの子は気にしたりはしないさ。もし気にしているのなら、今後そうしないように慣れてもらわないと。君が欲しい」やさしくしかし毅然と、スティーヴンの体を扉に押しつけた。

「散々な一日だった、という理解でいいかな、マイ・ラヴ？」

「うん。その通り」

「話をしたいか？」

「いや。忘れさせて欲しい」

「喜んで」クレーンは自分の声に潜む荒々しさに気づいた。

「きょうは僕に対してずいぶん気分を害していたよね」スティーヴンが言った。片足をクレーンの太ももに擦りつけた。

「まだ害している」

「どのくらい？」

「罰してやりたいくらい」クレーンがそう言うと、スティーヴンの息が弾むのを感じた。「償ってもらわないといけないな」

スティーヴンの目は欲望で暗い黄金色に染まっていた。クレーンは傷ついた顔から肩へと両手を這わせると、恋人の体が震えるのを感じた。「好きにして、閣下《マイロード》。何でも」

「何でも？」クレーンはスティーヴンの下唇の上を指でなぞり、温かい口にその先を挿れた。

「私が君から欲しいもの、何でも？」

「ええ、閣下」スティーヴンは目を閉じ、呼吸が荒かった。「お願いです《プリーズ》」

「ははぁ。そんなに簡単にはいかないぞ、可愛い子《スウィート・ボーイ》」

　スティーヴンは目をぱちりと開き、クレーンのそれと合わせた。「閣下……」

「お前が何を欲しがっているのかはわかっている。お前自身にもわかっているな。なら、頼めばいい」

「ああ、神様」スティーヴンは息を呑んだ。「僕が欲しいのは……鉄。僕を鉄にかけて。お願いだ」

　クレーンは止めていることに気がつかなかった呼気を吐き出しながら、自らの昂りが強まるのを感じた。「手首に鉄をはめて欲しいんだな」ゆっくりと繰り返したのはスティーヴンが身悶えする様子が好きだからだ。

「ええ、閣下」

「その意味はわかっているな」

「はい、閣下」

「言ってごらん」

　スティーヴンは再び目を閉じると、囁くように言った。「僕は無力になる。あんたの、思うがままになる。あんたは僕に何だってできる」

　これだ。神よ、スティーヴンが防御を解いて、鎧をすべて放棄する、この瞬間。クレーンはいますぐにそこで、何の遊びも介在させず、床に押し倒してスティーヴンが欲しかった。ぐっとこらえた。「私はお前を跪《ひざまず》かせたい、私の美しい魔女。ああ、君が欲しい」

「ベッドに」かすれた声でスティーヴンは言った。

クレーンは相手の体をすくい上げると無造作にベッドに放った。「服を脱げ」そう命令すると、ベッドサイドの引き出しに手を入れて鉄の手錠を探した。これまで二回、使ったことがあった。三回ほどは途中で断念した。スティーヴンがその気になっていないとこの遊びはできない。

手錠を取り出した時には、スティーヴンはベッドに座って下着のシャツを脱いでいた。クレーンはその体を再びベッドに押し倒した。「私の服を脱がせろ。いや、手は使うな」

スティーヴンの顔が集中で歪むと、クレーンはカフリンクが袖から落ち、ボタンが外れて衣類がはがされるのを感じた。ベッドの柱をつかんで体勢を安定させた。裸で仰向けのまま、真剣な顔で作業を続けるスティーヴンを見つめた。目に見えない力が体の周りの空気を歪め衣類を引っ張ったり押したりと作用する中、クレーンは呼吸が乱れないように集中したが、睾丸の周りに巻きつくような圧力がかかり、硬くなった砲身を包み込んだ時には、思わずあえぎ声が漏れた。

「ジーザス、スティーヴン。いつかこうやって私をファックしてもらうぞ」

「僕が？　ていうか、本当に？　えーと、それはどうかな――」

「考えておけ。いつか、だ。きょうではないがな」クレーンは床に溜まった衣類の中から一歩踏み出し、琥珀色の目を見開いている恋人の上に移動した。ベッドの横のテーブルから手錠をとると、ぶら下がった冷たい鉄製のそれをスティーヴンの体の上、胸から太ももの間にかけて這わせ、刺激に反応して悶える姿を見つめた。

「神様。まだダメ。お願い」

クレーンは手錠をスティーヴンの乳首の上に走らせるといったん横に置き、恋人の脇腹や太ももにかけて丹念にキスを這わせた。相手が動こうとするたびに制止し、その肌を舐めて吸って噛み、やがてスティーヴンがたまらず全身で身悶えするまで続けた。手錠をはめる前に、スティーヴンを達する寸前にまで持って行きたかった。オイルに浸した指を二本、その尻の穴に挿れる頃には、小柄な男は体をくねらせ、クレーンの指に向かって突き上げ、欲望に燃えていた。

クレーンは自分自身をオイルでたっぷりと濡らすとやさしく言った。「いまだ」

「あ」スティーヴンは両手を合わせて頭の上に掲げた。

クレーンはひと呼吸するとスティーヴンの片方の手首に手錠を回した。恋人は小さな悲鳴をあげた。

「大丈夫か?」

「大丈夫」スティーヴンは歯を食いしばって言った。

クレーンは一つ目の鍵を回して閉じると、もう片方の手錠をはめた。

スティーヴンは喉を動かしながら、震える息を吸い込んだ。手首に鉄をかけられる感覚について、頭の上に袋を被せられるような感覚――空気がなく、不自然ですべての感覚が絶たれるような――だと言っていたが、こわばった表情を見て、クレーンはその証言が真実だと信じた。

「やっ、て」スティーヴンが言った。

クレーンはわざとゆっくりと手錠の二つ目の鍵を回し、サイドテーブルに置き、「そうか」と応えた。「そういう生意気を言うのであれば。いまお前がどんな状況にあるのか、忘れてしまったのかな?」

「うぅ」スティーヴンは目を見開き呼吸は浅く荒かったが、クレーンは自分の声の調子に反応するさまを見て取った。

「私はよく覚えている」そう言って手錠をはめた手首をつかむと、両手を上げた形のままスティーヴンをベッドから持ち上げた。小柄な体を振り回すようにして強く壁に押しつけ、床の上に置かれた小さなチェストに両足を乗せて下ろした。スティーヴンは顔を壁に向けてチェストの上に立ち、両手首を頭の上でクレーンの片手で押さえられ、胴体をもう片手で抱えられていた。

クレーンが体重をかけて体をピタリと押しつけると、スティーヴンはうなり声を上げた。

「何か言ったか?」クレーンが耳元で猫なで声で言った。

クレーンはスティーヴンの体がちょうど良い高さにある感覚を楽しんでいた。こうなるのは稀なことだった。クレーンの背の高さに合わせるために箱の上に立たなければならないことをスティーヴンは嫌っていて、二人ともそれを認識していたからだ。

「あんたが――」クレーンが脚をさらに広く開かせたので、スティーヴンの言葉は途中であえぎに変わった。

「お前をこのままファックする」そう伝えた。「壁に向かって。それが私の望みで、可能だからで、お前は逆らえないからだ」

「いやだ」スティーヴンは絞り出すように言った。

「いや？　それは、私の言っていることが正しくて、思うがままにされて当然という意味か？　それともお願いだ閣下、無抵抗な僕にひどいことをしないで、という意味か？」

スティーヴンは力いっぱい体を押し返したが、より体が大きく力もある男から逃れるには足りなかった。「クソったれ」呼気を荒くして言った。

スティーヴンが罵りの言葉を発するほど必死になるのは非常に稀なことだった。クレーンは舌を鳴らした。「言葉使いに気をつけろ。お前が言いたいのは、〝どうか壁に向かって僕をファックしてください、閣下〟、だと思うが」

「違う。離せ」

クレーンはスティーヴンの首筋に舌を這わせ、小柄な体が震えるのを感じ、再度体を押しつけて硬直した器官で入口を探ると、スティーヴンが小さく悲鳴をあげた。スティーヴンの胸をつかんでいた手を下へ、股間へ動かした。スティーヴンの器官は手の中で絹の鋼のように感じられ、濡れて、昂りで滴っていた。親指を先端にこすりつけると、スティーヴンは身をよじらせた。

「私がどうするか想像できなかったのかな?」クレーンは囁いた。「体の大きさは私の半分で、押さえつけられ、完全に無力。お前が何を望もうとお構いなしで、私の好きなようにするとは思わなかったか?」さらに前に体を突き出すと、硬直の先がスティーヴンの尻の穴に押し入り、悲鳴が上がった。

「言うんだ」クレーンは言った。

「クソったれ。クソったれ。ああ神様、お願いだ」

「言え」

「お願いです。閣下」

「私に懇願するんだ」クレーンは告げた。「壁に向かってファックしてください、と礼儀正しく頼むんだ。そうしたら間違いなく最高の絶頂を味わわせてやる」

「いやだと言ったら?」スティーヴンは壁の塗装面に向かってあえいだ。

「私の知ったことじゃないと言ったら?」クレーンの乱暴な言葉に、掌中のスティーヴンの硬直がビクッと反応し、支配されることによる官能の純粋な悦びを示した。時としてイライラさせられるものの、クレーンはスティーヴンの常に一直線の思考を愛していた。恐ろしいほどの能力と、力強くも壊れやすいプライドもひっくるめて、それらすべてを完全に捨て去って身も心もクレーンに与えてくれる時にこそ、さらに愛しく感じた。

〈愛している〉、の言葉の代わりにスティーヴンの耳たぶにキスを置いたが、ここは感傷的になるべき時ではなかったので、それを噛みつきに変えた。スティーヴンが小さく悲鳴をあげると、クレーンは自らの筋肉質な胴体の長さを柔軟な小さな体に合わせ、股間をさらに押しつけた。

「懇願するんだ」繰り返し言った。「欲しがっているのはわかっている。安手の売春夫みたいに、壁に向かって犯してやる。言うんだ。〝お願いだ、閣下〟、と」

「お願い。ファックして、壁に向かってでも、どこででも好きなところで。閣下、お願い《プリーズ》。お願いだ」スティーヴンはたまらずに後ろに体を擦りつけた。クレーンが手首をつかむ力を強め、耳元で乱暴な言葉を囁き、壁に体を押しつけながらスティーヴンの中に押し入ると、恋人は降伏の悲鳴をあげた。

その後、容赦なく攻撃を続けた。時として体ごと地面から持ち上げて、何度も言葉での服従を促した。やがてスティーヴンの声が途切れ途切れになって意味不明となり、小さな腰が欲求でブルブルと震えるまで続けた。

「私のためにイクんだ、この魔女」自分の絶頂を堪えきれなくなってそう命じると、スティーヴンはクレーンの胸に頭を預け、その通りにした。痙攣が伝わってくると、クレーンも限界を越え、目の前に差し出された肩に噛みつき、視界がかすれる中、スティーヴンの中で爆《は》ぜた。

もたれかかったスティーヴンの体の重みを感じながら、脚の震えを抑えた。二人とも必死で空気を求めた。

「ああ、ルシアン」胸を上下させながら、ようやくスティーヴンが言った。「あんたは最大級の変態だ。そういう意味では僕もそうだが。でも、あんたのせいだ」

クレーンは応えなかった。応えられなかった。自分の腕を見つめていた。

スティーヴンの手首には鉄がかかっている。鉄は能力を食い止め、無力にする。そこにこそ、意味があった。鉄をかけてファックすると、スティーヴンの力で目覚めるカササギの刺青《タトゥー》が動くことはなかった。これまで動くことはなかったのだ。いままでは、一度も。しかしいま、クレーンの体の上の鳥たちは両腕で一羽ずつ、バタバタと羽を動かしていた。恐ろしさに硬直して見つめる中、三羽目がまだスティーヴンと繋がっている方へ腹を移動し、汗で湿ったスティーヴンの青白い肌を突いた。

「スティーヴン」クレーンが言った。「見ろ」

スティーヴンはすぐに顔を向け、クレーンの様子に硬直した。「顔に刺青がある」

「腕にもある。動いている。なぜ君の手首に鉄があるのに、動く?」

「それはとてもいい質問だ」スティーヴンは注意深く冷静な様子で応えた。「僕から離れてもらってから、どうなっているか調べるのはどう？」

二人揃ってうめき声をあげながら体を外すと、クレーンは手錠の鍵に手を伸ばした。

「待って、まだだ。このままにしておいて」スティーヴンが言った。「僕の方の刺青はどう？」

共にベッドに座ると、クレーンは小柄な男の肩を見た。スティーヴンに棲みついた刺青は生気のないインクだった。「動いていない」

「あんたのだけか」スティーヴンはクレーンの肌を近くで注視してからイラついたような音を立てた。「理解できない。手首に鉄をかけたままでは、エーテルがどう動いているかわからないからだ。でも鉄を外したら、いずれにせよ動き出す。地獄の業火《ヘルファイア》よ」

「セイント嬢を呼んでこようか」クレーンが提案した。

「やめて！　頼むよ、ルシアン。僕とあんたが寝ていることを知っただけでも十分なのに、手錠をかけていることまで知らせる必要はない」

「恥ずかしいのはわかるが、言わせてもらうと、私のクソ刺青が動いているんだぞ！　勝手に！」クレーンは自分の声の調子が高まるのを感じ、無理やり気を鎮めた。「私はシャーマンになりつつあるのか？」

「それはもちろん違う」スティーヴンがムッとして言った。「バカなことを言うな」ひと呼吸した。「これは……心配なことだし、面倒ごとではあるけど、あんたを傷つけているわけではない。パスターンが指輪を使っているということなのか。あるいはブルートン夫人か」

「それは悪いことに思えるが」クレーンは言った。「非常に悪い」

　スティーヴンはクレーンの肌の上、カササギが羽を動かしているところに指を当てた。「よいことではないけど、少なくとも説明はつく」

「しかし私は奴らに刺青を動かされたくなぞない」クレーンは言った。「私はサーカスの見世物ではない」

「ああ。どういうことなのか、まったくわからないよ、ルシアン。それじゃ、これを外してもらえる？」

　クレーンは手錠を解いた。スティーヴンは安堵のため息を漏らし、肩口の刺青が動き出した。腕を伸ばして電気の刺激溢れる片手をクレーンの胸に置いた。

「何だ？」

「何も見えない。わからない。でも……可能性としては……」言葉を濁した。

「まずは指輪」スティーヴンはゆっくりと言った。「パイパーであれを見つけた時、力は眠っていた。力が発動するには、あんたの血と直接接触しなければならなかった。でもその後、僕が身につけて使ってきていたから、何というか、反応がよくなったんだ。活性化した。僕やあんたの意志とは無関係なところで、パスターンに痕を残したほどだ。同じような形で……つまり、あんたの刺青は僕らが一緒になるたびに動いていて、一緒になる頻度も高かったから……」

「私の刺青が独立した生命を持ち始めていると言いたいのか？」

「いや、厳密に生命、というわけではないけど――」

「そんなことは許されない、スティーヴン。絶対にだ」

「僕に言ってもあまり意味はない」スティーヴンはクレーンの気に障るほど冷静に指摘した。

「僕がやっているわけではない」

「止めてくれ。きっと止めると言ってくれ」

「ルシアン。愛しい人《ラヴ》」スティーヴンはクレーンをベッドの上に引き戻した。「僕に可能な限りの最善を尽くす。ブルートン夫人とパスターンを何とかしたら、きっと解決方法を探せる。指輪を取り戻さない限りわからないことだらけだから、辛抱して欲しい。あんたが我慢が嫌いなことは知っているけど、いまはそれしか言えない。それでいい？」じっと見つめながら待つと、クレーンが渋々と頷いた。「よし。さぁ、少しは睡眠をとらないと。あのさ……。なんて言うか、気休めかもしれないけど、刺青の入った顔、僕は割と好きだよ。とても異国的《エキゾチック》だ」

「いまので」クレーンは言った。「次回は猿ぐつわだ」

第十章

　翌朝、スティーヴンはとてつもなく遅い時間までベッドにいて、八時半に目を覚ました後、きちんと眠った朝の幸せな気分を少しの間噛みしめた。起き上がらなくてもいいというのは稀な贅沢だった。クレーンのベッドで一人目を覚まし、手足の長い恋人が今朝に限っては自分ではない誰かに甚大な被害をもたらしに行っていると想像するのは楽しかった。

　クレーンは主導権をとる決意をしたのだ。スティーヴンはこれまでも何度か恋人のそうした機嫌《ムード》を目撃していた。そういう時、質問や提案はすべて絶妙な言い回しの命令に、命令の言葉は隷属する部隊に対して発せられるように響く。いつものスティーヴンは、クレーンの支配的傾向が寝室内だけにとどめられる方を好んだ。しかしいまは、クレーンが思う存分、そうされるにふさわしい相手に相応の仕打ちを繰り出してくれることを望んでいた。メリックも腕っぷしを見せたくてうずうずしているようで、破壊行為への明快な呼びかけたる主人の声に迅速に反応していた。

　主人と従者は明らかに文明の節度の足枷を外したがっており、助けを受け入れると約束したからには、スティーヴンがいつもより十分ほど長くベッドに残ってこれからの一日に対峙する準備をしていたって、文句は言われまい。

そんなことを考えながら再び眠りに落ちたスティーヴンが次に目覚めたのは十一時の鐘が鳴った時だった。居室には誰もおらず、台所のテーブルにはクレーンが弁護士に会ってくるというメモが残されていた。スティーヴンは朝食を摂ると、メモにゴールド夫妻に会いに行ったと書き足し、正面の階段から外へ出た。裏口から出て行くのにはもう飽きたと思った。

クレーンのマンションの玄関ホールを歩いていると、危うく走って入ってきた男とぶつかりそうになった。抗議の声は、相手がリッカビーとわかると喉の奥で未然に消えた。

「刑事さん？」ぽかんとして言った。

「デイさん」リッカビーはこれまでスティーヴンが見た中で最も感情をこめて言った。「やりいた。一緒に、すぐに、来てくれ。奴を見つけた」

昂奮して鳥肌が立った。「画家を見つけたのか？　ニューハウスを？　どこで？」

「クリックルウッド。今朝はそこにいた。行こう、逃がしたくない。馬車を待たせている」

「ああ、地獄の業火《ヘルファイア》よ」一時の間、忘れていた。「行けないんだ」

「何だと？」

スティーヴンはどうしようもないという動作をして見せた。「僕は停職処分中なんだ。誰か助けを呼ぶように――」

「お前が来るんだ」リッカビーの顔は険しくなっていた。「お前さんを探して既に午前中の一時間を無駄にした。代わりの誰かを探して、更にそいつらに説明をしている間、半日待たされて奴を取り逃がしたくは絶対にない」刑事は両眉を寄せた。「もしくは私を待たせてさっさと奴をさらわれては困る」

「そんなつもりはない」スティーヴンは請け負うと、心の内ではそれはそれで有効な作戦かもしれないと思った。

「お前がどんなつもりかは関係ない。いま来るんだ」

「僕は停職処分中なんだ」スティーヴンは言った。「逮捕の権限がない」

「それなら私がやる。見張りを残してきた」リッカビーは苦々しい声で言った。「もう三人も警官を殺しているんだ。これ以上はさせない。いま来るんだ、デイさん」

スティーヴンは躊躇した。行きたい気持ちはあった。行く権限はたぶんなかったが、法律的に正しいかどうかはこの際あまり気にならなかった。それよりも、他の誰かにこの事件を任せるとルシアンに約束していたし、パスターンの問題を解決するために至急ゴールド夫妻と話す必要があり、これからロンドンの郊外に出かけるにはすでに一日の時間を無駄に過ごしすぎていた。

しかし、画家に再び殺人を許すわけにもいかなかった。

ためらっていると、リッカビーは表情を固くし、スティーヴンが返事をする前に、近づいてきた。

「私がどうしてここにいるか知っているか、デイさん？」

「画家のことで？」

「いや、ここのことだ。クレーン卿の住む建物でお前さんを探していた」

スティーヴンは相手を凝視した。

「署の方で、閣下に興味を向けさせることもできるんだ。先日も手紙を受け取ったばかりだ。匿名のな。あの人とお前さんとの関係について、色々と書いてあった。お前さんがいかに昼夜問わずここに出入りしているか、とか。それで、ドアマンの一人とおしゃべりをしたら、なんと、同じことを証言した。クレーン卿はどのくらいの捜査に耐えられるかな？　そんなことになったら閣下の高貴なご同輩方は何と言うかな？」

スティーヴンは手を伸ばし、リッカビーの襟首に小指をかけると、その耳がスティーヴンの口のそばに来るように引っ張った。リッカビーは八インチ（約二十センチ）ほど上背があり、肉体的には遥かに強かったが、スティーヴンは必要以上に能力を用い、警官は巨人につかまれたかのように腰を屈めた。

刑事の見開かれた目を覗き込むと、自分自身の虹彩の黄金色が反射するのが垣間見えた。

「よく聞け。今度クレーン卿を脅かしたら、もう一度でもやったら、あんたの精神を破壊する。猿のようにうわ言しか言えなくして立ち去る。再起不能にする」さらに一秒ほど警官を見つめて、相手が理解したことを確認して、手を離した。リッカビーは衝撃の表情を浮かべて後退った。スティーヴンは、この男はこれまでに怒った能力者《プラクティショナー》に遭遇したことがなかったのだろうかと訝しんだ。

両手は少し震えていたが、その後で出した声の調子を制御できたことには満足だった。「二度と脅かすな、リッカビー。それはそれとして、一緒に行く」

「何だと？」リッカビーの声は少し枯れていた。

「あんたの脅かしのせいじゃない」たぶん、これまでついた嘘の中で最も説得力がなかった。「二度と力ずくで僕を動かそうとするな。でも、ニューハウスが逃げるのは僕も困る。馬車はどこだ？」

クリックルウッドはロンドン中心部から北西に位置する小さな街で、周辺地域として大都市に呑み込まれつつあった。クリックルウッド・ブロードウェイ通りで二人は馬車から降りた。両側に商店が連なる広い通りで、角々には新しい赤レンガ造りの家が建ち並ぶ細い道が幾つも続いていた。

「奴はモーラ通りに部屋を借りている」リッカビーは先導して角の一つを曲がった。刑事は衝撃と警戒のあまり馬車の中では黙りこくっていたが、言葉を発した時には動揺した様子を見せなかった。「昨夜見つけて、今朝確認した。正面に見張りを置いている。裏口は隣の通りの家の庭を向いているから、そっちから出ることはできないはずだ。怪しまれないようニューハウスから見えないところで見張り、外出したら後をつけるように言ってある」

「見えないところで？」大柄な男が街灯にもたれて立つ姿が、通りの入口からも見えた。青いセージの制服を着た警察官としては、それが最大限さりげない様子のようだ。「あんたの部下を怪しい者として逮捕できそうだぞ」

リッカビーはスティーヴンをきっとにらむと先に歩いて距離を縮め、警官に向かって頭を振った。「どうだ、モトリー？」

「出て来てません、サー。特に何も動きはありません」

「よろしい。それでは――」リッカビーはスティーヴンをちらりと見た。スティーヴンはかすかに首を横に振った。「わかった。お前はここに残れ。奴が逃げた時のためだ。我々が行く」

「応援はいらないんで、サー？」警官は明らかにがっかりした様子だった。

「いらない」

警官はスティーヴンの方を見やると、よく聞こえる囁き声で訊ねた。「これって変ちくりんな事件の一つですか、サー？」

「黙れ。ここで待て。来てくれ、デイさん」リッカビーは頭を振って階段を数段上った。

「待て」追いつくためスティーヴンは小走りになる必要があった。礼儀を心得たクレーンは大抵の場合スティーヴンの歩幅に合わせて歩いてくれる。「あんたも来るのか？」

「そうだ」

「刑事さん、あんたは能力者と対決した経験がない。想像しているよりさらに危険で恐ろしい体験になるし、あんたには身を守る術がない。外で待っていた方がいい」

「ダメだ」リッカビーは断固とした口調だった。

「生きたまま引き渡す。誓うよ」

「人でなし野郎は私が逮捕する」リッカビーは言った。「警官が三人も死んだんだ。それに、お前さんは停職中ならば、逮捕はできないはずだ。手順の問題で釈放になどさせないからな」

「僕の組織ではそんなことは滅多にない」スティーヴンはしかし、スリーとフェアリーのしつこいほどの攻撃を考慮すると、ありうることかもしれないと思った。「あんたの判断に任せる。でも僕の言う通りにして欲しい。わかるな？　ここからは僕の世界だ。盲目的に突撃したら、誰かが傷ついたり、死ぬことになるかもしれない。それがニューハウスだけならいい。僕が逃げろと言ったら、悪魔に追いかけられていると思って逃げるんだ。それが無理なら、外にいてくれ。邪魔になるだけだ」

リッカビーは唇をぐっと結んで頷いた。

「よし。行こう。どの部屋だ？」

「三十七番」

スティーヴンを先頭に塗装が剝げかかった玄関まで二段を上った。ベルを鳴らそうと片手をあげたが、躊躇した。「開いている」半開きになった扉を押した。「ハロー？」

「入ってくれ」家の中から声がした。「どうぞ中へ。来るのを待っていたんだ」


細い廊下を抜けると、広く明るい部屋に出た。巨大な窓から冬の光が部屋に射し込んでいた。木箱や収納箱やキャンバスが壁に沿って乱雑に積まれていた。開かれた空間の中央、扉の方に角を見せ、窓に向かって、大きなイーゼルが置かれていた。その上には紙が留められたキャンバス、画家のモデルがいるべき場所には一脚の空の椅子。イーゼルの後ろにはクシャクシャの髪で、首に白いマフラーを巻いた男が座り、絵筆を手に作業に集中していた。

スティーヴンは注意深く一歩前に進んだ。「ニューハウスさん、ですね」

「その通り」画家の声にはかすかな西部訛りが聞き取れた。「それであんた方は？」

「僕はスティーヴン・デイ。審犯機構《ジャスティシアリー》の。こちらは警視庁のリッカビー刑事」

「審犯機構」言葉を絞り出すようにニューハウスは言った。「それと警察。光栄に思うべきかな？」鋭い視線を二人の男に送ると、またキャンバスに戻して絵筆を素早く動かし続けた。

「ニューハウスさん、サイモン・ラファエル、フレッド・ビーミッシュ、そしてアラン・ハントを殺したのはあんたか？」

「そうだ」ニューハウスは顔を向けずに言った。絵筆を軽く叩くように動かした。「方法はわかるか？」

「絵に描いた」スティーヴンは言った。「あんたは人を絵の中に閉じ込める、そうだな？　その人の一部、エッセンスを。それをキャンバスに描く。そして、キャンバスを破壊する」

「どうして殺した？」リッカビーが問いただした。スティーヴンは苛立ちの視線を送った。リッカビーは一歩踏み出した。「なぜ警官を狙う？」

「それはもちろん、あんた達への嫌がらせだ」ニューハウスは顔を上げてリッカビーに向けて小さな笑みを見せた。スティーヴンが男の顔を思い出したのはその時だ。

　直接関わってきてはいない。自分やクレーンに話しかけて注意を引いたのは他の連中だった。画家は背景の一部だった。でも来る日も来る日もストランド通りに現れ、スケッチをしていた……。

「動くんじゃない、デイさん」ニューハウスはもう片方の手を絵に向けた。外科用のメスを持っていた。鋭い刃が太陽の光を反射した。

「それは誰の絵だ？」イーゼルを見据えてスティーヴンは訊いた。「その絵を見せろ」

「ここに来て見ればいい。ゆっくりとだ。驚かすなよ」

「何だと――」リッカビーが言いかけた。

スティーヴンはそれを無視した。恐れが増幅する中、回り込んで近づき、描かれたものが目に飛び込んでくると、思わず一瞬目を閉じた。

キャンバスに描かれたのは斜めから見た横顔で、考え込んでいる様子を捉えていた。完成されてはいなかった――筆使いは荒くスケッチ風で、色も急ぎ塗られた様子だった――が、それなりに良くできていたし、対象に似ていることは間違えようがなかった。

ニューハウスの手は尖ったナイフを持ち、描かれた顔のすぐ近くに添えていた。キャンバスの上縁には口の開いたテレビン油の缶が、イーゼルを動かしたら落ちるように置かれていた。痛めつけられ、皮膚が水泡だらけになったラファエルの遺体が目に浮かんだ。

「動くな、リッカビー」スティーヴンは言った。「あんたが描かれている」

リッカビーは喉からくぐもった音を出した。スティーヴンにはそれを気にしている暇はなかった。キャンバスの上にピンで留められた紙に鉛筆で描かれたスケッチに目を奪われたからだ。好意を持って描かれた肖像ではなかった。ニューハウスの絵では、クレーンの灰色の目は酷薄さをたたえ、形の良い口元に浮かんだ冷笑と呼応していた。傲慢で危険な、貴族的な卑劣漢に見えた。とてもよくできた似顔絵だった。

もしスティーヴンがいま、ここで画家の心臓を止めて殺したら……。

リッカビーがしゃっくりのような音を出した。スティーヴンが見やると、赤い粒になって額から血が流れだそうとしていた。ニューハウスのメスが絵に食い込んだのだ。

「デイさん」リッカビーが囁いた。体を硬くして、動かないようにしていた。

「大丈夫だ。心配するな。ナイフを置くんだ、ニューハウス」スティーヴンはゆっくりと手を開いて指にエーテルの流れを感じた。ニューハウスを倒して絵から引き離し、テレビン油が落ちるのを食い止める、両方を一気に行う術はなかった。画家は緊張して震えていた。恐れているのか、あるいは、スティーヴンは思い至って怖気が走ったが、昂奮しているのか。とにかく急な動きは禁物だった。「それを置くんだ。話し合おう」

ニューハウスは顔をしかめた。メスを持った手は小刻みに震えており、呼吸は早かった。

「話し合いなんかしたくない。跪《ひざまず》いて後手に手を組むんだ」

その言葉にスティーヴンは警戒を強めた。手を縛るというのなら――ニューハウスは到底椅子から動くことはできない――。振り向くと、身を隠す術を解いて、部屋の隅に男が立っているのが見えた。それが誰だかを認めると、スティーヴンは息を呑んだ。

「いったいお前は誰だ?」リッカビーが訊いた。

「ここで何をしている?」スティーヴンは言ったが、そんなことはこの際重要ではないことに気がついた。「サー。この男は殺人者で――」

「後ろに手を回せ、デイ」ジョージ・フェアリーは言った。普段よりだいぶ安物の、よくある背広服《サックスーツ》を着ていた。汚れても構わない服装。両手には厚い皮手袋。そこには鉄の手錠が握られていた。

　スティーヴンは相手を凝視した。「どういう意味だ？」

「聞こえただろう。そのままでいろよ、ニューハウス。奴が私に触ったら、警官を殺せ」

　欠片がはまっていくように、逃れようのない真相が心に降りてきた。スティーヴンは何とか他に説明がつかないのか必死で考えたが、もう結論は出ていた。「サー、この男は三人の警官を殺しています」

「知っている」フェアリーは蔑みと苛立たしさをこめて言った。「さぁ、膝をついて手を出せ、さもないとニューハウスがお友達の警官の耳を剝ぎ取る。あるいは目か。上から塗り込めることはできるか、ニューハウス？　見えなくするのは？」

　リッカビーの顔は灰色で汗をかいていた。スティーヴンは、理解ができず抵抗のできない力を前にした男の恐怖を感じることができた。あまりに何度も見た表情だった。たまらなかった。

「デイさん」リッカビーは懇願するように囁いた。

「さぁ」フェアリーは言った。

　大きく息を吐いて、スティーヴンは跪き、その後に来るものに備えた。「こんなことをして協議会《カウンシル》はどう思うかな」何とか絞り出した。「まさか無傷で逃れられると思っているのか。警視庁は――――」

　フェアリーはその言葉を無視した。スティーヴンの後ろに回ると手首に手錠をはめた。ステイーヴンは激しく唇を噛むと、すべてが封じ込められる感覚に無反応でいられるよう自分を制御した。リッカビーは理解を超えた世界に迷い込んだがごとく、その様子を見つめていた。

「お前が誰かは知らない」刑事は当局者としての威厳を精いっぱい保ち、フェアリーに話しかけた。「私は法の番人であり――」

「それはもう知っている。彼は協議会の人間だ。黙っていろ、リッカビー」スティーヴンは自らの恐れを声に感じ、より説得力を持たせるよう努力して続けた。「言う通りにするんだ。そうすれば大丈夫だ」

「いや、そう思わないね」フェアリーは言った。「殺せ、ニューハウス」

画家は小さな歓びの声をあげ、メスが肖像の上を走った。凍りついた一瞬の間、何も起こらないかのように思えたが、やがてキャンバスが二つに割れると、同じ瞬間、リッカビーの顔に赤い亀裂が走り、目の間と開いた口の上を通り、喉へと至った。体が両側に揺れ、血が噴き出した。

スティーヴンは目を閉じたが、体が地面に崩れ落ちるのを音と気配で感じた。

「これでよし」フェアリーは満足げだった。「それでは行こうか。もう十二時を過ぎている。閣下の絵を忘れるなよ」

第十一章

クレーンがハナフォード・アンド・グリーンで有用な時間を過ごしてからストランド通りの居室に戻ると、そこには誰もいなかった。メリックはきょうセイント嬢の関連で動いていることを知っていたが、スティーヴンがいないのは残念で、少し苛立った。恋人に会い、いまの危機が去るまで、二人の身が安全とわかるまで、近くに置いておきたかった。

スティーヴンのメモ——〝ゴールド夫妻に会ってくる〟——を見ながら考えた。

今年の夏、巨大なネズミが現れて人生を変化の海へと投げ込んだ事件が起きた時、つかの間、ゴールド医師と会話をした。スティーヴンの親友で、エスターの夫、治療師の才能を持つ能力者《プラクティショナー》。クレーンとスティーヴンの関係とクレーンの血に潜む力のことを知った時、ゴールドはクレーンに、自分が医師であり、個人の秘密を守って相談できる相手であることを伝えた。その時は意味のない話と切り捨てた。

クレーンはテーブルの上を指で細かく弾きながら考えを巡らし、再び階段を下りるとピカデリーに向かうため馬車を停めた。

フォートナム・アンド・メイソンの店舗での買い物を抱えて、二台目の馬車でデボンシャー通りのゴールド医師の診療所へ向かった。いつもの看護婦が扉を開けた。拒絶の表情はすぐに認識の頷きに変わり、クレーンはゴールド医師の座る診療所に通された。ゴールドはシャツ姿で、浅黒い顔に疲れた表情を浮かべていた。スティーヴンもしくはエスター、あるいは患者の気配はなかった。

ゴールドは一瞬疲れた笑みを向けた。「クレーン卿。誰かが死んだわけではないと言ってくれ」

「私の知る限りは誰も。五分ほど時間を割いてもらえるか?」

「そいつはうれしい気晴らしだ。もちろんだとも。どうぞ座って」

クレーンはデスクに手土産を置いた。温室育ちの花束とフォートナムで最も高価なフルーツ・バスケットだった。「ゴールド夫人に。お元気かな?」

「いや、あまりよくない。常に吐き気があって、本人にとっても不快だが、妻は僕の知りうる限り最も厄介な患者なので、僕も参っている。フルーツは投げつけられないように隠すことにするが、花束は気に入ると思う。香りで気分が悪くならなかったら、だが、もしそうなら僕が思い知ることになる」

クレーンは自分の男性への性的指向を後悔したことはなかったが、この話はさらにその思いを裏付けた。「大変だな、先生。ブランデーを持ってくるべきだった」

「ああ、まさに」ゴールドはデスクに肘をついて前のめりになった。「ステッフについての話かな」

「そうだ。刺青《タトゥー》についての話を聞いているか？」

「あんたの？　動くあれか？　何か問題でも？」

「少々複雑なことになっている」

「もちろんそうだろうとも。さぁ、話して。とても疲れているんだ」クレーンが話し始める前にゴールドはさらにつけ加えた。「さらに心配もしていて、あまり虫の居所はよくない。大抵のことでは驚かないから、僕の感性は気にせずにありのままを話して。スティーヴンの個人的な事情に関しては、もはや何があっても驚かない」

クレーンは賭けてみるかと言い出しそうになるのを抑えた。「それでは。私とスティーヴンが愛し合うと刺青が動くことはご存知の通りだ。問題は、それがきのうも起きたのだが、親密なことは何もしていなかった。一日中数マイルは離れた場所にいたのに、刺青が動き始めた。それだけではなく、一羽は顔にまで移動した」

「神よ」ゴールド医師は言いようのない疲労をこめて言った。「他に何かあったか？　どんな状況だった？」

クレーンはパンチバッグについて説明した。ゴールドの顔は緊張した。

「殴った手を見せてくれ。握ってみて。もう一度」ゴールドはクレーンの手を返して、目を凝らして調べた。

「実は」クレーンは続けた。「後からスティーヴンに聞いたところ、その時能力を使っていたというのだ」

「たくさんの力を？」

「たくさんだったかどうかはわからない」クレーンはこれまでに数回、スティーヴンが全力で能力を解放するのを見たことがあり、それらの機会は劇的なほど破壊的だった。留置場を壊滅させるほどだったなら、ひと言言及しただろう。「何をしたかはよくわからないが、その時にとても怒っていたと言っていた」

「あんたもパンチバッグを打っている時、怒っていた？」

「ああ」

「何に対して？」

「スティーヴン」クレーンは渋々と言った。「前日に口論した」

「それは自然の怒りだった？　その場に相応な、いつも感じるような怒りだった？」

「私が何かの影響を受けていたと言いたいのか？」クレーンはゾッとした。

「わからない。あんたはどう思う？」

「うむ……わからない。ジムに行ったのはそもそも怒っていたからだ。スティーヴンに怒りを感じる正当な理由もあった」思わずつけ加えた。

「そうだろうな。ふーむ。君たちはどのくらいの頻度で関係を持っている？　つまりこの話に関連する類の関係だ」

「週に四回くらいか」

「本当に？　たまげた。事件の起こる前はいつだった？」

「その二日前。夜だ」

「なんとまぁ」ゴールドは指で顔をさすった。「他に何か話せることはあるか？」

「昨夜、別のことが起きた。愛し合った時、手首に鉄をはめた――」

「何だって？　いったい全体――いや待て。理由を知る必要はあるか？」

「ない。私がこの話をしたことは、スティーヴンに知られない方がいい」

「この会話全部を忘れるよう、最大限努力するつもりだ」ゴールドは手で合図して続きを促した。

「鉄だ」クレーンは続けた。「なのに、終わった時、私の刺青がいつものように動いた。スティーヴンのものは手錠を外すまで動かなかった」

「そうか」ゴールドは少しの間眉をひそめて考え込んだ。「能力者がどう能力を使うか、知っているか？」

「説明してくれ」

「能力は自身の中に抱えているわけではない。カササギ王《マグパイ・ロード》や、あんたのような例は、かなり稀だ。僕らのほとんどは能力をエーテルの中から、あるいは取り巻く世界の中などから引き出している」ゴールドは掃くような動作をして見せた。「スティーヴンはあんたから力を取り込んでいるが、それがあんたの中に逆に流れ込んでいる。刺青が動くのはスティーヴンの影響を受けているからだ。僕の考えでは、その流れの行き来が頻繁にあったことによって、新しい道ができたんだ。まるで川が土地を削って新しい流れを作るようにだ、わかるか？　その流れが、僕の仮定では、いまや物理的な接触を伴わずに存在し、刺青が動くだけに留まらないのではないかと思う」

「どういう意味だ？」

「つまり、きのうあんたに力が発動したのはステッフの影響だったのか、あるいはあんたの気分のせいでステッフが怒りを感じたのか、どちらなのか」

クレーンはその意味を図った。「私がスティーヴンの感情に影響を与えていると？」

「あんたはそういう人だろう？」ゴールドが返した。「ステッフを思い浮かべてみろ。あいつが冷静を失うことなんて滅多にない。職務に忠実で、いつだって用心深い。でも留置所に入れられて停職になったのは、違法行為と協議会《カウンシル》での殴り合いのせいだ。何かがおかしいと思わないか？」

「スティーヴンがそれほど用心深い性格だとは思わないが。あるいは冷静とも」

「あんたと出会って以来そうだな、まさに」

クレーンは医師の濃い色の目と視線を合わせた。「魔法についての話をしているのか、別の話なのか？」

ゴールドは一本の指でデスクを叩いた。「クレーン卿、僕の問題点を言おう。二人の関係の行く末だ。僕にはあんたがスティーヴンを置き去りにして、審犯機構《ジャスティシアリー》の十二時間勤務とひと握りの思い出だけを残して、中国に帰国する姿しか想像できない」

「そんなことにはならない」その言葉で表現された状況は耐えられないものだった。「私は去ったりはしない。置き去りにしたりしない」

「本当に？　顔に刺青が飛んでくるような不具合があってもか？　英国に縛られている相手なのに、この国を憎悪しているあんたが？――ああ、そのことは聞いている。六ヵ月以内ではなくとも、一年、五年ではどうだ？　結婚の誓いもないから、自由にできるというのに？」

クレーンの指は手の平の中でぐっと曲げられた。「結婚の誓いのためだけに夫人と一緒にいるというのなら、誓いなどに意味はないし、私とスティーヴンに対するあんたの意見も同様だ」

「あんたの推測通り、僕がエスターと一緒にいるのは怖いからさ」ゴールド医師は言った。「誤解するな。必ずしもステッフとあんたとの関係に反対しているわけではない。本人が幸せだったら何も言うことはない」

「幸せさ。なぜそうではないと言う？」クレーンは思わず問いかけそうになった質問を押し殺

した。〈スティーヴンはあんたに何を話した？〉

「あいつは審犯機構を停職になった」ゴールドは指摘した。「君たち二人は口論している。君はあいつに内緒で、僕に相談している――」

「階上にいるなら、内緒とは言えまい」

「上にはいない」

「ここに来ると言っていた」

「いや、来ていないさ」

「つまり、私がここに来たのはまったくの無駄足だった、というわけだ」クレーンは吐き出すように言った。「頼んでもいない助言に感謝するよ、先生、患者に対する素晴らしい接し方も堪能した。あんたの診療所がこんなに繁盛している理由も理解できる」

予想に反してゴールドはこの言葉に笑い、クレーンが立ち上がろうとすると手を上げた。

「少し待て。止まって。えーと、少し度を越した」

「その通り」

「あんたは僕の親友と違法な関係を結んでいて、さっき妻を見た時には、あんたの従者に詰め寄ってジェニー・セイントの貞操について口論していた。僕が階下に隠れているのはそれが理由だ。もはやどこに限度があるのか、この頃はわからなくなっていてね」

これ以上の謝罪はなさそうだったので、クレーンは軽く頷いて受け入れた。医師はしかめっ面で両手の指先を合わせた。「もう一つ話しておくべきことがあるように思う。ステッフは未だにあの忌まわしい指輪を、カササギ王の指輪を使っているのか？」

「使っていた」

ゴールド医師は重いため息をついた。「何か変わったことに気づいたか？」

「最後に見た時は、特に何も変わったところはなかった。ただ、首の鎖に通していたら、愛し合った後に鎖が、えー、溶けた」

ゴールドはがくんと激しく前のめりになり、鈍い音を立てて額をデスクにぶつけた。

「先生？」

「気にするな」ゴールドはそのままの姿勢でくぐもった声で言った。「ここで少し休む。鎖が溶けたとね。ステッフは気にしていなかったか？」

「そうは見えなかった。でも、指輪の力が顕在化してきていると言っていた。あんたに意味がわかれば」

「あまりいい傾向ではない」ゴールドは頭を上げた。「クレーン卿、この一連の事件で、何か自分ではない意識を感じることはないか？　不思議な感覚や妙な症状は？」

「思いつく限りは、ない」

「そうか。なぜかというと、想像に過ぎないかもしれないが、あんたの血の中には英国が生み出した最も強力な魔法遣いが棲んでいて、あんたとスティーヴンとの間の関係がその力を呼び覚まし、いまやステッフも指輪もなしで呼び起こすことができるようだ。だから、あんたがどんな状態なのか、非常に興味がある、つまり……たとえばジャコビアン時代（訳註：十七世紀初頭）の魔法遣いに取り憑かれているような気がしないか、とね？」

「ない」クレーンは怒りのこもった〝クソ勘弁してくれ〟を呑み込んだ。「まったくないことを保障する」ゴールドが片眉を上げた。「先生、私はほんの四ヵ月前に中国の魔法遣いに体を乗っ取られた。あの感覚は忘れがたい」

「なるほど、それはよかった。ただ、あんたはカササギ王の血族だ。ステッフは指輪によってその力を使っている。二人共、体をカササギで覆われている。そして、力は日増しに強くなっている。君たちの中でカササギ王の存在が大きくなっている事実を、僕は少々案じている」

「カササギ王は何世紀も前に死んでいる」クレーンは頑固に言った。「確かに、死んでも人の迷惑になりうるということは私も実感しているが、それでも……」言葉を止めた。

「何？」

「何でもない」

決して何でもなくはなかった。夏にあの狂った霊がクレーンの精神と肉体を奪った時、ステッフがクレーンの血の中の力を呼び覚ましてそれを退治した時、クレーンの中にあったのはただ一つの思いだ。その感覚がいま何倍にもなって押し寄せてきた。

〈我々がカササギ王だ〉肉体と精神との主体性を繋ぎ止めようと必死になったその時に心を

占めたのはその思いだ。そしていま思えば、スティーヴンと共に――というかスティーヴン一人が――カサギ王の力を制御できたのは、まさにそう思った時だった。

これはただの偶然か。偶然でなくてはならない。なぜなら、そうでない選択肢は受け入れ難いからだし、クレーンは絶対に許容するつもりはなかった。

スティーヴンに話さなければならない。ゴールドに先に話すわけにはいかない。

ゴールドの濃い色の目は意志と集中を持ってクレーンの目を捉えていた。「何でもない？」

「何でもない」

ゴールドは数秒考えると、瞬きをして目をそらした。「まぁ、あんたがそういうのなら。何か変化があったら言ってくれ。それから僕の前にステッフに会ったら、僕のところに話に来ないならエスターを送り込むと伝えてくれ。後悔するぞ、とな。ちなみに、いま現在の状況への助言を聞きたいか？」

「言ってくれ」

「こういうこともあるさ、と受け入れろ」

「あんたはつくづく助けにならないな」クレーンは言った。「次回、ヒルに血を吸い出してもらいたい時にはここに来るよ」

ゴールドは肩をすくめた。「この状況を本当に止めたいのであれば、さっさと別れて中国へ帰れ。そうでない限り、あんたは大いなる魔法の源だし、あいつは能力者だ。妙なことは起こり続ける」

「彼を最初に見かけて以来、私の人生は不思議なことの連続だ」クレーンは言った。「あんたの言うこともわかる」

「よかった。僕の言いたいことの要点はそれだけだから」ゴールドは突如あくびをした。「失礼。どんなに頑張っても、他に何も浮かばない。子供たちが生きて産まれるようにするために忙しいからな」

「子供たち？」

「双子なんだ。エスターは常に挑戦好きでね。他に何かできることは？」

行ってくれという合図を受け入れ、クレーンは立ち上がった。「ありがとう、先生。たぶん」

「僕は答えを持っていると言ってはいない」ゴールドは言った。「スタッフに関連した疑問については、特にね。ではまた、クレーン卿」

「では。見送りは不要だ」

クレーンは医師を空の診療室に残して外に向かった。気が立っていて、不満で、スティーヴンがどこに行ったのか知りたかった。いまの話をスティーヴンにして、いつものようにつっけんどんに〝バカなことを言うな〟と言うのを聞いて、ゴールドの警告に琥珀色の瞳が不快そうに色を変えるのを見たかった。

スティーヴンにいま、ここにいて欲しかった。いったいどこへ行った？

舗装路を三歩ほど歩いただけで、名前を呼ばれた。

「クレーン卿？　クレーン卿！」

いつぞやの夜のハンサムな青年だった。どちらかというと真剣な顔をしていた。黒髪に混じる白髪の房は先日よりも広がって、雷のようにギザギザだった。スティーヴンから留置所で会った時のことを聞いた際、そう言っていた。

「パスターンくん」クレーンは言った。「ちょうどよかった。無性に誰かを殴りたい気分だった」

「そんなことをしている暇はない。デイさんが捕まった」

「何だと？」

パスターンは握った手の指を開いた。赤茶色の巻き毛一房が手の平にあった。スティーヴンの頭から切り取った際の乱雑な痕が見て取れた。

「説明しろ」クレーンは言った。「すぐに」

「ブルートン夫人とその友人たちだ。奴らに捕まっていて、殺す気だ。まだ殺していない理由はあんただ。あんたが言うことを聞くだろうことに賭けている。彼は人質だ」パスターンは笑ったが、その顔にユーモアのかけらもなかった。「ブルートン夫人はデイさんを傷つけたい以上にあんたを欲しがっているが、その差はとても小さい。もし無事に戻って欲しいのなら――」

「どこにいる?」

パスターンは首を振った。「俺が連れて行く。おっと」明らかにクレーンの表情を読んで、素早く後退した。「俺を襲おうとしたら、一瞬のうちにいなくなって、二度と戻らない。でも二時までに指定の場所にあんたが一人で行かないと、奴は殺される。そろそろ命令を聞くことも覚えたほうがいい、クレーン卿」

既に一時十五分だった。クレーンはどうすべきか素早く考えた。あまりいい選択肢はなかった。

より好ましい選択肢を作り出さなければならない。

腕を組んだ。「君はどちらの味方だ、パスターンくん?」

「自分の味方。つまりいまはブルートン夫人の側、ということだ。デイさんに別の提案をしたけど、断られた」

「もちろんそうだろうとも。私はもっと話のわかる男だぞ」クレーンは相手を注意深く見つめた。「ブルートン夫人は君の弱みを握っていると聞いた。それを私が取り除いたとしたら?」

パスターンは驚いたように笑い声をあげた。「あんたが?　あんたには能力はないし、味方もいない。デイさんという決定的な弱みもある。あの女は地獄のように強い。あんたにいったい何ができる?」

「夕食前にあの女を始末する」クレーンは感じてもいない自信をもって言った。「信じたまえ」

「まじか」パスターンは言った。「あんたは完全におかしい」

クレーンは笑みを浮かべた。温かく、親愛のこもった笑みに、相手は無意識に攻撃を予期してかほんの少したじろいだ。「人にはそれぞれ特別な技能があるものだ、パスターンくん。私のそれは欲しいものを手に入れる、というものだ。空中を歩くほどびっくりするようなものではないが……」パスターンの外套の襟を引いて立たせた。「どちらがよりよい服を着ているか、君も気がついていると思うがな」

パスターンは自分を見下ろしては相手を見上げ、お返しにクレーンのトップコートの折襟を両手で整えた。「あんたが何か作戦を持っていたとして、どうだって言うんだ？　俺がブルートン夫人に逆らったり、あんたを助ける素振りを見せるような危険を冒すと思っているとしたら、残念ながら間違いだ」

クレーンは笑みを消すことなく頭を横に振った。「君に頼るほど楽観的ではない。どこへ行くかは知らないが、どのくらい時間がかかる？」

「歩いて三十分ほど」

「途中でストランドの自宅に立ち寄っても間に合うか？」特に大きな問題ではないという風情でクレーンは訊ねた。質問の重要性を気取られてはならない。どう動くべきかおぼろげに見えてきていたが、すべてはパスターンがどこに連れて行こうとしているかにかかっていた。もし想像通りの場所だったら、欠片《かけら》ほどの光明があった。

「ああ」パスターンは言った。「寄って何をしたい？」

「ここで情報を一つと、一分ほどの時間をくれ。そうしたら、君と一緒にスティーヴンのいるところに行こう、一人で、ただし私の自宅経由で。君はひたすら自身の安全を守るための、正直言って軽蔑すべき行動を続けるといい」クレーンはパスターンの顔に浮かんだ小さな苦悶の表情を見てとった。「ブルートン夫人が君に対して握っているという弱みを取り除いたら、すぐに指輪を返してもらう。返せなかった場合は、もう一度私に遭うことになる。それはお互いに避けたい、そうじゃないか？」

　パスターンの口元が締まった。「これから死ぬ人間にしてはずいぶんと自信があるんだな」

「君は空飛ぶ与太者にしては、恐ろしくつまらないな。それで、いいかな？」

「あ――え、何をするための一分？」クレーンがゴールド夫妻の家に向かって頭を振ると、パスターンは顔をしかめた。「ダメだ。助けは呼ばせない。誰かを連れて行ったり、後をつけられたら――」

「君も知っていると思うが、ゴールド夫人はひどく調子が悪い。誰も連れて行けやしない」クレーンはポケットから封筒を一通取り出した。「この法的書類をゴールド夫妻に預けて行きたい。ブルートン夫人にはできれば渡したくないんでね」

「なぜ家に置いておかない」

「私が手伝っているとある女性の個人的な情報が記載されている。ブルートン夫人が私を殺した場合、友人の親密な事情を公開するようなことになって欲しくない。安全なところに預けておくための措置だ。見ていてくれて構わない」

ウィンドウォーカーはためらった。「ここでも別のところでも、あんたが武器を入手するのは許されない。俺が殺される。念を押しておくが、俺を攻撃したら――」

「武器を探すわけではない。武器など不要だ。いいかな?」クレーンは疲れたイライラを装った。

すっかり落ち着きを失ったパスターンは訊ねた。「欲しい情報とは何だ?」

「ブルートン夫人が握っている君の弱みは何だ?」

「それだけ?」

「弱みを取り除くにはそれが何なのかを推理しなくて済んだ方が早い」

「でも……」パスターンは首を振って、混乱を振り切った。「よし。あんたのやり方に乗ろう。毛ほどのチャンスがあるとも思えないし、あの女のために働かなくてもよくなる時点までは俺はブルートン夫人に付く。その時が来たら、あんたの味方にはならないが、俺の感謝も上乗せして呪わしい指輪を返す。ここでの一分も取ればいい。あ、夫人に俺が信用できないと言っても無駄だからな。あっちもそんなことはとうに承知だ」

「きっと君に会った全員がそう感じるのだろうな。よろしい。目的地に行く途中で君の問題を教えてもらおう」クレーンは弁護士の書類をパラパラとめくった後、紙をきれいに揃えると、パスターンを従えて再びゴールドの扉をノックしに戻った。

ゴールド医師の看護婦が扉を開けると、クレーンは書類を手渡した。「こんにちは、再び失礼。これをすぐにゴールド先生に渡してもらいたい。至急私の従者に渡して欲しいと伝えてくれ。さぁどうだ、パスターンくん。一瞬のことだったろう？」ビックリした顔の看護婦に笑いかけた。「ごきげんよう。ほら行こう、パスターン」

踵を返して階段を下った。パスターンが言った。「いまので終わり？」

「そう言っただろう？」

パスターンは馬車を止めるために体の向きを変えた。クレーンはその手を叩いて降ろさせた。

「どうしても必要でない限り、できれば歩く方が好ましい」

「ウソだろう」パスターンが言った。「ブルートン夫人があんたの恋人を捕らえているんだぞ？　傷つけたいと思っていることも知っているんだろう？」

「ああ、わかっている。もしスティーヴンが私の立場だったら、全速力でやってきて、私を助けるために決死の思いでブルートン夫人の前に身を投げ出すだろう。いままでもそうだった」肩をすくめた。「私はスティーヴンではない。歩いて行こう」

「あんたは冷酷なクソったれだな」パスターンは感情をこめて言った。

「その通りだ。とはいえ、夕食前に彼女を始末すると言った。私は約束を守る男だ。君の問題について聞かせてもらえるか？」

パスターンはため息をついた。「画家のことを知っているか？」

「画家？」

「絵描きだ。一度描かれてしまうと、その相手を殺すことができる。紙やキャンバスを裂いて。死んだ警官たちはどうやって殺されたと思う？」

スティーヴンの事件だ。ブルートン夫人の計画の一部だったのだ。スティーヴンの仕事、セイント、指輪、そしてクレーン自身を狙った飽くなき攻撃の一部。

「その画家だが」クレーンは思い出しながら言った。「このところストランドで長い時間を過ごしていたのでは……」

「そうなんだ」パスターンはほとんど同情しているような調子で言った。「あんたの絵、よく描けているよ。いい似顔絵だ。紙に描いてある。火をつけられないことを願うんだな」

ブルートンがどうやってスティーヴンを人質に取ったかがこれでわかった。クレーンは頷いた。「なるほど。それで、君とどういう関係がある？」

パスターンは小さく肩をすくめた。「一枚の絵があるんだ」

「その絵は誰にでも破壊できるのか？　それとも画家でなくてはならないのか？　私か君がその紙を破いたら……」

「わからない」パスターンは言った。「やれるのが本人だけだと確信していたら、何週間も前に殺してるさ」

「そうだろうな」クレーンは相手の顔を見てそう応えると、目まぐるしく考えを巡らせながら歩き続けた。

パスターンはストランド通りの部屋に一緒に上がることを主張した。

「武器はダメだ」そう繰り返した。「もし俺が武器携行を許したと知られたら――」

「武器を探しているわけではない」クレーンは言った。「君たちは皆能力者だ。私たち凡人にどんなチャンスがあると言うんだ？」

パスターンは目を細めた。「では、ここで何をしている？」

「このスーツを着替える。これはホークス・アンド・チェイニーのもので、君の何倍もの価値があるから、血で汚したくない。私が重武装をすると疑っているのであれば、そこで見ていてくれてもいい」

「そうさせてもらう」クレーンが高価な外套を脱ぐ中、パスターンは腕を組んで扉枠に寄りかかった。ズボンを下ろした時に賞賛の口笛を鳴らしたのは嫌がらせに間違いなかった。クレーンはそれを無視し、ゆっくりと動きやすい灰色のツイードのスーツを選んだ。あまり好きではない一揃いだったので、着られなくなってもワードローブ的に問題はないだろう。ブルートン夫人と初めて対決した際に着ていたものでもあるので、相手に不快な記憶を呼び起こすことができるかもしれず、その上内ポケットに折り畳みナイフが入っていることを確信していた。密輸を生業としていた頃、メリック共々あらゆるところに武器を隠し持つことを常としていたので、その癖はいまでも抜けていない。

再び出発した。パスターンは懐中時計を出して時間を調べた。クレーンは一目それを見てから、再度注視した。

「それは私の時計のようだが、パスターンくん」

「いまは違うね」パスターンはパチンと蓋を閉じるとポケットに滑り込ませた。

クレーンは指を鳴らした。「寄越せ。いますぐにだ」

「本音で話そうよ。どうせあんたにはもうすぐ必要なくなる。使ってもらった方がいいだろう」

「返してもらうぞ」

「いやだね」パスターンは言った。「ダメだ、俺を殴ろうとするなよ、クレーン卿。デイさんのことを考えて」

高価なものではあったが、たかが時計だった。また買えばいい。そしてパスターンはたぶん正しい。クレーンは次に時計のネジを巻く時まで自分が生きているかどうか甚だしく疑問だった。とはいえ、盗みは不快だったし、さらにはこの腐れ男に後ろ足で踏まれることを意味した。

それは許容できない。

「よろしい、小さくポイントを稼ぐがいい、パスターンくん」最も貴族的な発声で言った。「いまはな。ただ、いまにこの愚行を後悔する時が来るだろうと言っておく。ちなみに、君の指先の器用さは賞賛に値するな。実に素晴らしいケチな犯罪者だ」相手の反応を見届けることなく歩き続け、上空の羽ばたきに目を向けた。

「何を見ている？」パスターンが訊ねた。

「カササギだ」

「なぜ？」

クレーンは相手に冷徹な視線を向けた。「そこにいるからだ。いなかったら見えないだろう」

確かに、鳥たちはそこにいた。手すりや窓の縁、目の前の舗装路の上にも三羽。全部で十羽。十はダンスのため？　このパスターンとの関わりはまさにバカげたダンスだ。落ち着きなく動き続ける。クレーンは自分の何気ない無礼が、変に同盟を結ぼうと努力をするよりもウィンドウォーカーの心理に影響を与えるだろうことを心得ていた。いざという時に相手が躊躇をするか、その躊躇が意味のあるものになるのかどうか——それはもうクレーンの制御《コントロール》の範疇外だった。

それとも十は欠乏のため？　これは警告か？　これまでもカササギはクレーンにも無視ができないほど正しかった。もし味方が欠乏しているのだとしたら、自分とスティーヴンは死ぬことになる。それとも力不足ということかもしれない。ブルートン夫人は間違いなくスティーヴンを鉄にかけているだろう。つまり恋人からの助けは期待できないだろうという前提で、クレーンは大急ぎで推測の網を組み立てて、それが計画として成り立っていることを願った。

見方を変えれば、カササギがどんな意味を持っていようと関係なかった。自分の許に鳥たちが集まっている限り、スティーヴンと二人、勝てるチャンスはあるのだ。

あるいは十羽見たのはただの偶然かもしれない。そもそもカササギはロンドンに腐るほどいた。

二人はブヴァリー通りを曲がった。つまりテンプル通りに向かっているということだ。クレーンは目的地がそこであることにすべてを賭けていたため、パスターンが教会の扉に立った時に押し寄せた安堵の気持ちは、しかし、そこまで感じることのなかった恐ろしく重苦しい気配に突然支配された。肺に息を吸い込むのも辛いほど苦しい束縛を感じた。

ブルートン夫人は強力で容赦のない能力者だった。クレーンはその手にかかり、八ヵ月前に死を目前にした。二度とごめんだった。夫人には協力者がいる。少なくとも殺人画家のニューハウスと、スティーヴンを倒すのは容易ではないので、他にもいるのだろう。画家はクレーンの絵を描いており、そう考えただけで口の中で胃液の味がしてきそうだった。もしも自分の計画が首尾よく運ばなかった場合、クレーンが頼れるのは折り畳みナイフ一つだけ。スティーヴンに対抗するためにクソブルートン夫人に利用されるくらいだったら、自分の喉くらいは掻き切れるだろう。

〈絶望的だ。二人とも死ぬのか。気が進まない。恐ろしい〉

「行くとするか」顔を見つめていたパスターンに言った。「午後に予定がある」

第十二章

スティーヴンは教会の端の演壇の上で膝をつき、屈み込んでいた。顔が痛く、手首足首も痛かったが、何よりも胸が痛かった。

何てバカだったんだろう。行動を起こせばリッカビーを助けられたかもしれない。もしリッカビーがダメでも、クレーンを助けるチャンスを高めることはできたはずだ。いまやもうチャンスはない。なぜ付いてきてしまった、なぜ罠に飛び込むような真似をした……。

〈ルシアン、ルシアン、いったい僕はあんたに何をしてしまったんだ？〉

鉄が手首を冷たく焼き、すべての感覚が遮断されていた。耳と目だけは働いたが、これから起こることを見たくなかったので、残された感覚を使いたくなかった。

ブルートン夫人は演壇の前を、イラついた様子で小さな歩幅で行きつ戻りつしていた。「いったいあいつはどこなの？」急に声を上げた。「どうして来ないの？」

「来るさ」女よりよく事情を知っているかのようにフェアリーが保障した。「デイを確保している。男友達《ボーイフレンド》を返して欲しいさ。パスターン曰く――」

「パスターン」ブルートン夫人は侮蔑を込めて言った。「クレーンを連れて戻ってこなかったら、あの絵を引きちぎってと画家に向かって言った。「パスターンの絵よ。ゆっくり破くのよ、いいわね。長く苦しむように。あるいは何かを上にかけてもいい。硫酸。苦しむがいいわ」

「勘弁してくれ、エリーズ」フェアリーが言った。「クレーンは来るさ」

ブルートン夫人は唾を吐くような音を出すと再度歩き出した。

以前はこんなに緊迫した怒りを抱えた女ではなかった。スティーヴンの印象の中での夫人は絵のモデルを思い起こさせ、洗練された態度で優雅にポーズをとって、人々がその美貌を眺めるのを楽しんでいた。

いまや讃える美しさはなかった。八ヵ月前、スティーヴンがパイパーでカササギの大群を敵に向かって放った時、ブルートン夫人は逃げおおせた。しかし、鳥たちの被害に遭わなかったわけではない。

鳥たちが爪や嘴を立てたその顔は赤や茶色の凹凸のある傷ついた皮膚の寄せ集めだった。傷口が化膿して、うまく治癒しなかったように見えた。カササギの鋭い一突きで鼻の穴の横が欠けて、片目はまだ白濁していた。長い手袋は傷ついた手を隠しているのだろうとスティーヴンは想像した。

　美しい未亡人になれなかった女はその原因を作った者たちを許さないだろう。

　フェアリーはスティーヴンを眺めながら踵からつま先へと体重を交互にかけ、体を前後させた。「私はやはりこいつをいますぐ殺すべきだと思うがな」ブツブツ言うと、女の厳しい視線を受けた。「やるべきさ！　もし自由になったら――」

「ならないわ」

「以前は逃れた」フェアリーは応えた。「そうだろう？」

「指輪を使ったからよ。クレーンの血も。今回はそのどちらもない。ニューハウス、クレーンが近づいたら、どうするの？」

「絵を破る」画家は稽古で課題を繰り返す子どものように、歌うような声で言った。既に何度か繰り返された脅かしだ。「絵を破いて、閣下を殺す」ニューハウスは裸の壁を突きながら空の教会を歩き回っていた。現代的で簡素な作りの、そもそも聖化されていなかったかまたは俗化した教会のようで、信徒席も偶像も、信仰の対象となるようなものは何もなかった。スティーヴンは滅多に宗教について考えることはなかったが、漠然とここが礼拝所の類でなくてよかったと思った。これからのおびただしい苦痛を考えると不適切だからだ。

　フェアリーは未だにブツブツ言っていた。「そもそもきちんと実行されていたら、何ヵ月も前にクレーンを手に入れていたはずなんだ。アンダーヒルに自制心があったら――

審犯機構《ジャスティシアリー》が首を突っ込んできたりしなかったら――」

「あなたが想定通りにクレーンの案件を引き受けていればね」毒気を吐きながらブルートン夫人が遮った。「すべてが狂ったのはこいつが絡んできてからよ」スティーヴンに向かって頭を振った。

「頑張ったさ！」真っ赤になりながら、フェアリーは主張した。「私がクレーンの面倒を見ると申し出た。却下されたのは私のせいではない」

「私のせいではない」ブルートン夫人は不快げに口調を真似た。「あなたは協議会《カウンシル》の一員。そもそも却下されるべきではないの。ところがあなたには主張を通す勇気がなくて、審犯者《ジャスティシアー》を、こいつを私たちの前に送り込んで、それでピーターが――」女の声がかすれ、フェアリーからスティーヴンへと憎しみに溢れた顔を向けた。

〈僕たちが彼女の夫を殺し、顔を傷だらけにし、準備に何年もかけていたであろう計画を台無しにした〉スティーヴンは無意味と知りつつ、その詳細を思い浮かべることができた。フェアリーはクレーンの血から力を引き出そうとするブルートン夫妻の陰謀に加担していた。被害者が魔法の助けを求めることは想定していなかったが、スティーヴンが事件を降りるつもりで別の能力者《プラクティショナー》を探していた際、フェアリーが名乗りを上げることで事態は収拾されるはずだった。ところがヤワな愚か者と知っている相手に事件を譲ることをスティーヴンは拒否し、協議会の委員たちもフェアリーの味方をしなかった。スティーヴンが関わったことでクレーンの命は救われ、ピーター・ブルートン卿の死に繋がった。しかしそれで事件は終わっておらず、やり残した仕事のツケをこれから支払うことになるのだ。

クレーンがブルートン夫人の呼び出しに応じることさえなければ、あるいは。そこまで愚かではないだろう。いま頃遠くへ逃げ去っているのかもしれない。ブルートン夫人はもちろんスティーヴンを殺すだろうし、決していい死に方ではないが、いずれにせよクレーンにできることは何もない。もしも恋人の無事がわかっていれば、これから訪れることになる運命に耐える勇気をもらえるかもしれない。

クレーンは現実的な男だ。これは所詮ブルートンの二人に対する復讐であり、勝ち目はなく、結論を長引かせても意味はないことを悟ったはずだ。だからこそ、パスターンは三十分前には戻るとされていたのに、こんなに経っても来ないのだ。クレーンは来ない。スティーヴンはその思いを心の中で抱きしめた。なぜなら、恋人がここに運命を共にしようとやってくるよりも、自分を死地に置き去りにすることを願っていたからだ。

ノックの音がした。攻撃を繰り出す準備をして片手を上げながらフェアリーが扉を開き、満足げなうなり声をあげて大きく一歩退いた。

スティーヴンは、少しの驚きもなく、ただ崩れ落ちるような絶望感と共に、クレーンが入ってくるのを見つめた。

パスターンは背後で扉を閉じると前へ進むよう促した。クレーンは数歩進むと周りを見渡して立ち止まった。惨めさを喉に貯め、暗澹たる面持ちで見つめるスティーヴンの上で視線を止めたクレーンは、小さく笑みを浮かべた。「やぁ、スティーヴン」

スティーヴンは微笑みを返そうと努力した。謝りたかったが、クレーンには言わずともわかっているだろう。

「動くな」ファエリーはクレーンに言うと、もう一対の鉄の手錠を持って近づいた。「両手を後ろに回せ。ここにいるのは皆能力者だぞ」

「私は違う」クレーンは言った。「しかし君がそうしたいのであれば……」厚手のオーバーコートを脱ぐと、まるで従者に投げるかのようにパスターンに放った。ウィンドウォーカーは横へ避け、コートが床に落ちるに任せた。クレーンはそれを無視した。両手を後ろに伸ばすと、フェアリーが手錠をかけ、何か隠し持っていないか服の上から体を触って検査した。

「大丈夫、何も持っていな――」パスターンが言いかけたが、フェアリーが取り出した折り畳みナイフを見て言葉を止めた。

「これはいったい何だ？」

「クソったれ」パスターンはクレーンに言った。

「おっと」かすかな笑みを浮かべてクレーンは言ったが、フェアリーが怒りをこめて手を振ると苦痛の呻き声を上げた。鉄を手首にかけられたスティーヴンには放射された力を感じることはできなかったが、クレーンが苦しげな呼吸で必死に耐えるのが聞こえ、歯を食いしばって目を閉じた。

　まさかクレーンは折り畳みナイフ一つだけを武器にここに来た訳ではあるまい。まさかそんなことはないだろう。

「それからお前、この役立たずのロクデナシが――――」フェアリーがパスターンに向かって手を一振りすると、男は攻撃を避けて飛び上がり後方へ下がった。

「俺のせいにするな」パスターンは数ヤード先に優雅に着地しながら、鋭く言い返した。「元から身につけていたはずだ。武器をとる時間はなかった」

「お前は自分の立場がわかっているのか？」フェアリーはお馴染みの弱い者いじめの口調で話し始めた。屈服させられることがわかっている相手に対しては、常に好んで力を誇示しようとする男なのだ。クレーンの血に潜む力を渡したくはない。「ニューハウスがお前のあの絵を持っていることを忘れてはいまいな？」

「ああ、わ、わかっているよ」パスターンは不機嫌に返した。「こうしてクレーンを捕まえたじゃないか。俺に構うな」壁に向かって飛び上がると、滑らかな表面を小さな高窓までスルスルと登り、背中を丸めて窓縁に止まり、苦虫を潰したような顔で全員を見下ろした。

　少々努力を要したが、クレーンは背筋を伸ばした。フェアリーの方を見た。「我々は知り合いかな？」

「知る必要などない」

「ああ、思い出した。四月に会った湿った手のおべっか使いのクソ野郎だな。裏切り者でもあるのか？　実に興味深い」

「黙れ！」フェアリーは再び手を上げたが、ブルートン夫人が言った。「やめなさい」

クレーンは女に視線を移した。その見る影もない顔を認めると両眉を上げ、明解にわざとらしく言った。「なんとまぁ。なんと、まぁ」

ブルートン夫人はクレーンを凝視した。目と口を細めると顔の傷口が網のように見えた。女は片手を上げると手袋の指を一本クレーンに向けた。スティーヴンは目を閉じた。

「魔法を濫用する前に、ひと言いいかな」クレーンは冷たく言った。「話し合いをしようじゃないか。君の部下はそのためにわざわざ私を連れてきた。私に苦痛を与えても君たちの有利にことは運ばないぞ」

「お前と交渉なんかしない」ブルートン夫人は半笑いを浮かべて言った。「交渉だって？　お前が思い知るべきなのは、これだけよ」スティーヴンの方に向き直ると、女は片腕を乱暴に振り出し、苦痛が体を貫いた。

骨をも突き抜けるような痛みが走り、スティーヴンはもんどり打つように倒れた。神経に沿って熱い針金が走るように凄まじい痛みが背骨を貫き、手足が激しく痙攣した。動くたびに鉄が手首に食い込むのを感じた。次の攻撃は頭を直撃し、ついに悲鳴を抑えることができなくなった。

　ブルートン夫人はようやく手を下ろした。痛みが引いていく中スティーヴンは横たわり、苦しく息をしながら、噛み切った唇の血が口にあふれるのを感じた。何とか起き上がって跪《ひざまず》いたが、足首も繋がれているので努力を要した。ブルートン夫人は万全を期していた。体の感覚がある程度戻ると、スティーヴンは頭を上げ、苦悶の涙を瞬きで追い払った。クレーンの姿が目に入った。スティーヴンを見つめていた。何も言わず。

「これ以上勝手なことをしたら、クレーン閣下、この男をさらに痛めつける。何度も何度も繰り返して、耐えられなくなるまで。さらにその先まで痛めつける」ブルートン夫人の瞳はいまや燃え上がっていた。「この意味がわかる？　お前は私の前に跪き、私はこの男を目の前で壊す。何かできるなどと思わない方がいい。見せておやり、ニューハウス」

　壁沿いに立っていた画家はクレーンが入ってきた時から手に持っていた鉛筆のスケッチを振った。紙を両手の指先でしっかりと持つと、端をほんの少し破いてみせた。スティーヴンは恐怖で思わず息を吞むと、クレーンはその灰色の目で、冷静かつ表情の読めない一瞥を恋人に送った。

「状況をまとめると」クレーンは言った。少々退屈になってきた、という口調だった。「絵を破いたら私は死ぬ。そのことで私を脅迫しながらスティーヴンを拷問するところを見せて、私に言うことを聞かせたいということかな。何をさせたい？」

「お前の力が欲しい」ブルートン夫人は言った。「カササギ王《マグパイ・ロード》の強さが。その力にできることが。私はそれが欲しい」

「我々、だ」フェアリーが大声で言った。

クレーンは小さく頷いた。「もちろんそうだとも。そしてそのためには、私の協力が必要だ。力ずくで奪っても、長持ちはしない。私を生かし続ける必要がある。そういうことだな？」

「そうさせてもらう」フェアリーが遮った。「デイを押さえている限り――」

「それはどうかな」クレーンは考え深げに言った。「私の家系のあまり好ましくない特徴は――色々とあるが――、人に使われるのが不得意ということだ。血筋というやつだな。パスターンくんが指輪をはめた結果からもわかっただろう。自分のものは自分のもの、人には譲りたくない。カササギ王の力は私のものだ」

「嘘をつけ。デイは自由に使っている」フェアリーは言った。「我々に見えないとでも？　こいつは孔雀みたいに見せびらかして歩いていたじゃないか」クレーンは男に、信じがたいと言うような軽蔑の視線を送った。フェアリーは赤くなってたじろいだが、続けた。「こいつに使えるのなら、私にも使える」

「私たち、よ」ブルートン夫人が言った。

「ふむ、君らの言っていることは正しい」クレーンは言った。「スティーヴンはもちろん私の力が使える。それには二つ理由がある。一つは、私のものがすべてスティーヴンのものであるように、力もまたスティーヴンのものだからだ。もちろん、欲しいと言われたわけではないし、本人も信じていないかもしれないが」フェアリーが嫌悪のうなり声を上げるのをよそに、クレーンはスティーヴンの方を見て、悲しげな笑みの始まりのように口元を歪めた。「でもわかっていて欲しい、愛しい人《マイ・スウィート》、君のその頑固な心のどこかで。私が全身全霊、情けないほどに、君のものだということを」

スティーヴンは言葉を発することができなかった。その代わり、何とか気持ちのすべてを伝えようと、何度も一心に頷いた。恋人は口の端に小さな笑みを浮かべ、フェアリーとブルートンに向き直った。「それが一つ目の理由だ。もう一つは、私が彼をファックしているからだ」

フェアリーは憤怒で喉を詰まらせた。クレーンは侮蔑的な一瞥を送った。「ご婦人が部屋にいるなどと言ったら、皮肉を言うぞ。こんな下品な環境では、どんな言葉だって好きに使わせてもらう。言ったように、力は我々がファックする時に動く。自分の精力に疑問を呈したくはないが――」フェアリーからブルートン夫人に視線を動かした。「勘弁してくれ、ありえない」

「俺はどうかな」上方の窓からパスターンが言った。

クレーンは声の方を見上げた。ほんの一瞬、提案を吟味するかのように止まると、予想外に感情的に言った。「お前が他の誰かのモノを下げていたとしても、お断りだ。跳ね回る小便筋が」

パスターンは瞬きした。「ずいぶんとひどいことを言う」

「そうは思わないな。私が能力者のどこが一番嫌いかわかるか?」クレーンは突然声に力をこめて向き直り、部屋の全員に話しかけた。「一番嫌い、と強調するのは、他にも嫌な点が山ほどあるからだが、私が他の何よりも嫌悪するのは、お前たちが他の人間より優れていると主張する点だ。実際は絶望的にロクデナシの輩だ。まるで何かを一心に欲しがる子供のようだ。お前たちは誰一人、全体を見る目を持っていない。常に要求し、欲深で、自己中心的で、信用に値せず、大体お前たちの優位性の主張は正直言って笑えるほどだ。お前たちの中ではスティーヴンは十ヤード(約9メートル)ほどの差をつけて最高の人間だが、それだって愚かなまでに自己犠牲を厭わない、神経衰弱二歩手前のプライドの高いバカ者だ」

「どうも」スティーヴンは絞り出した。

クレーンはそれを無視してブルートン夫人に注意を移した。「傷だらけの魔女、お前は死と復讐を垂れ流すグロテスクなだけの存在だ。お前の親友アンダーヒルは殺人狂で、お前の夫は死ぬに値する乱暴者だった。最後に殴ってやることができて嬉しかったよ。いや、黙って聞け」魔道士《ワーロック》の怒りの呻きをよそに、がらんとした部屋に響き渡る声で続けた。「私を殺すというのなら聞いておけ。そこの壁沿いの絵描き、紙をひらひらさせて私が怯えると思っているのか。優れた処刑人ならば、お前を最初に殺すだろう。フェアリーは小物の反逆者で、それも俗物でくだらない野郎だ。それにお前、パスターン、腐ったクソタマバチ野郎、すぐに指輪を返さないと、血を流すことになるぞ。しかしながら、いままで言ったこと以上に私が嫌悪するのは──お前たちについて完璧なまでにバカバカしいと思っていることを言うと──」

　高窓が内側に向かって爆発し、ガラスの雨が降った。パスターンは窓縁を落ちるように離れ、空中でとんぼ返りをする一方、ジェニー・セイントが手を鉤爪のように曲げ、歯を見せながら飛び込んできた。パスターンは後退しながら、見えない手がかりを探るようにさらに高く上がったが、セイントが空中で信じがたいほど優雅に方向転換すると、頭に蹴りを食らわせ、パスターンはよろめいて後退った。体勢を立て直すとパスターンは少女に飛びかかった。セイントはいったん石のように体を落とすと、半笑いを浮かべて相手の下から跳ね上がって見せた。

　何か見えない力のやり取りがあり、戦うウィンドウォーカー二人は反対方向に分かれて飛んだ。パスターンは壁に強く叩きつけられた。セイントはグラつきながら空中をつかんで体勢を整えた。ブルートン夫人が両手を広げ、目を爛々と輝かせて立っていた。スティーヴンは女を見つめ、さらにその背後を見て、悲鳴をあげそうになるのを抑えた。

　空中戦に関心を奪われている間、クレーンは手錠をかけられた両手を前に持ってきており、いまやそれはフェアリーの首の周りにかけられていた。クレーンは手錠を繋ぐ鎖を絞首道具《ガロット》のように使い、小太りの男の喉に鎖の継ぎ目を食い込ませ、ぐいと後ろに引いていた。協議会委員は溜まった血液で顔を青黒くさせて暴れもがいていたが、力でも魔法でも抵抗ができないようだった。クレーンは唇を一文字にし、顔は暴力的な集中に固まっていた。スティーヴンはこの頃ヴォードリー家の顔をクレーンに見ることはなくなっていた。いつも見えるのはルシアン、その人ただ一人、残酷の父親でも凶暴な兄でもなかった。だが、いま男の首を絞めている恋人の顔には確かに荒々しく残虐な相似が存在するのがわかり、スティーヴンは昏《くら》い悦びを覚えた。〈スケッチは〉その思いが急に心を襲った。ニューハウスのいる場所に急いで目をやると、絵描きは不自然な体勢でよろめくように立っていた。紙を持った手は無害な様子で体の側面にだらりと垂れ、首の周りに巻かれた赤いマフラーは妙な具合に濡れていた。スティーヴンはマフラーが白だったことを思い出すと同時に、ニューハウスの体が地面に崩れ落ち、メリックがその後ろに立っているのを見た。手にはナイフ。

クレーンはその様子を見ると、首を絞めている男を離すことなく叫んだ。「おい！　絵描きが死んだぞ！」

ブルートン夫人は怒り心頭で鋭い悲鳴をあげた。後退しながら力を自らに引き込み、エーテルの中に力を放った。その威力は鉄による遮断を通じてもスティーヴンの髪が逆立つほどだった。クレーンに向けられた攻撃だったが、クレーンもしくはフェアリーに駆け寄ってきていたメリックに命中し、体が吹き飛ばされた。ゴロゴロと転がり、煙と共に何かが焼けるような臭いがたちまち体から立ち上った。

クレーンは怒りと絶望の咆哮を上げると、鉄の鎖に急激に力をこめた。ブルートン夫人の顔に残虐な満足感が浮かんだが、再び攻撃の手を上げると、上空から甲高い悲鳴と共にセイントが魔女に激突した。

セイントはブルートンを地面に押さえつけ、拳と膝で幾度も殴りつけていた。クレーンはフェアリーを体ごと持ち上げ、二頭筋が袖を引きちぎらんばかりに腕を曲げた。フェアリーは必死で足を蹴っていたが、やがて皮膚と軟骨が裂けるグシャっと濡れたような音がして、その頭は不自然なほど後ろに垂れた。

誰からも無視された形のパスターンは画家の死体の横にいた。血飛沫の飛んだ紙片を手に立ち上がった。それはクレーンの鉛筆の肖像で、スティーヴンは急激な恐怖に襲われた。〈いやだ、やめてくれ――〉

スティーヴンが声を出せるよりも早く、ウィンドウォーカーは紙を二つに引き裂いた。スティーヴンは悲鳴をあげた。喉を裂くような叫び声だった。ブルートン夫人の攻撃よりも激しく痛んだ。これ以上ないくらいの衝撃だった。

目を向けることができなかった。クレーンの死はリッカビーのそれと同じくらい恐ろしいものになるだろう。目にしてしまったら、永遠に忘れられないだろう。見たくない。耐えられない。

でも、確かめる必要があった。

涙で霞む視線を向けると、フェアリーの死体を足元に、クレーンは堂々と傷一つなく立ち、激怒の表情でパスターンを見つめていた。

「このクソったれ」クレーンは言った。

「もう効かないんだ。絵描きが死んだら、もう魔法は効かない」パスターンの声は不敬な歓びに震えていた。「いまやただの絵でしかない。おいお前、地獄へ落ちてそこで腐りやがれ、性悪魔女が――――うお！」ブルートン夫人の攻撃を避けて、横へ飛んだ。夫人は床に倒れたセイントを残し立ち上がると、血だらけの顔と歯をむき出しにして再度攻撃を仕掛けた。パスターンは上空へ跳ね上がり、壁を伝って遠くへ離れ、途中でポケットを探って何かをクレーンに投げつけた。金属音が床に響き、金色が光った。

　クレーンは身を投げ出して、跳ね飛ぶ指輪をつかみとった。ブルートン夫人は甲高い悲鳴をあげ、スティーヴンの力を封じている鉄を通してでも感じるほどの狂暴な力を放射してクレーンに襲いかかったが、もはや攻撃を止める術はない――――。

　クレーンは指輪をはめた。

〈彼が指輪をはめたことはなかった〉スティーヴンは夢見るように思い、音も動きも焼ける臭いも止まった。

　すべてが止まった。空気は厚く、油分に溢れ、エーテルの力に満ちていて、スティーヴンは部屋の真ん中に立っていた。いつもより視線が高く、夢の中のように緩慢な動きでこちらへ走ってくるブルートン夫人のよじれ傷ついた顔を、ルシアンの視点から見ていた。女の繰り出した痛烈な攻撃を、背が高くて力強い肉体を通してエーテルを震わす力を、感じることができた。

〈我々は〉ルシアンが囁くと、スティーヴンの口も動き、いや、もしかすると逆だったのか

もしれないが、スティーヴンは心の中で手を伸ばし、エーテルの攻撃をそらした。

ブルートン夫人の叫び声がゆっくりと空気中に響いた。女の両手が殺意を持った鉤爪状にルシアンの胸に取りつくと、スティーヴンは夢見心地で浮遊するような感覚の中、ごく自然なことのように、カササギたちを呼んだ。

油っぽく揺らめく黒い雲の霧と共に、ルシアンの皮膚からカササギたちが飛び出てきた。ブルートン夫人はよろめきながら後退し、両手を顔に当てたが、鹿皮の手袋がみるみるうちに黒く染まり、息をするごとに黒い雲が女に吸い寄せられるようだった。夫人は悲鳴をあげようとしたが、吸った息の音がしただけで、口の中はボコボコと沸騰するような黒い液体に満ちていた。見開かれた両目は助けを求めるように一瞬スティーヴンを見たが、すぐに黒と青に染まった。唇の端からインクが流れ出た。

〈女は死ぬ〉

〈そうだ〉

〈指輪を外したら……〉

〈ダメだ〉

そのまま立ち尽くしてブルートン夫人が窒息しながら床に黒と青のインクを吐き、もがくのを見ていた。やがて女は動かなくなった。

力は二人の中を動き回り、羽ばたいていた。試しに感覚を広げると、スティーヴンは羽ばたきを自分のもののように感じた。ルシアンの手首にかかった鉄の手錠に圧力をかけた。金属は壊れ落ち、カササギ王の力がその子孫の肉体の中で松明のように明るく輝き、二人は歓声をあげた。

　鳥たちの鳴き声にかき消され、人が入ってきたことに気がつかなかったが、どこか遠くから声が聞こえた。

「いったい全体――おったまげた。エスター！」

「地獄の牙《ヘルズ・ティース》よ。何なの？」

「神よ、閣下だ。あの指輪をはめている。ステッフ？　僕の声が聞こえるか？　ステッフ！」

「指輪を外させて。ダニー、いま外すのよ」

「やめろ」ルシアン／スティーヴンが言った。二人の唇が同時に動き、二つの声が響いた。

「いまの、見たか？」ダン・ゴールドの声はかなり怯えているように聞こえた。「ああ、神様、ステッフの目を見ろ」

「クレーンの目も」エスターが言った。

　スティーヴン／ルシアンは見ていた。演壇に跪く小さな形を。背中を真っ直ぐに硬くして、傷だらけの顔に開いた目をカササギが飛んでいる。愛おしくて、心から欲しくて、必要としている相手。そして、二人は王のように立つ背の高い男を見た。体の周りのエーテルを支配し、肉体のありとあらゆる筋肉と腱が力に満ち、その目は黒と白と青に変化している。ダンとエスターが二人を見つめ、お互い見つめ合うのも見えた。

「外させないと」エスターが言った。

「ダメだ」カササギ王が言った。「触らせない」

「あまり刺激しては――」ダンが少し怯えた様子で話し始めると、エスターがルシアンの体に近づいた。その顔は土気色で、疲労のためしわがよっており、髪は乱れて脂っぽく、腹周りのきつくなった見映えの悪いドレスを着て、濃い褐色の目には頑固な決意が宿っていた。

「二人共、いますぐ指輪を外して」そう言うと更につけ加えた。「そうしないとこの人の片手を手首のところから切り取る。止めるには私を殺すことね」

これにはカササギ王の血が煮えたぎった――〈私に命令をするとは何様のつもりだ、私は応じない〉――しかしその怒りがせり上がると共に、乱舞する力の内側から、スティーヴンの意志の力が顔を出した。カササギ王の容赦のない傲慢な意識がスティーヴンを打ったが、スティーヴンが生きている限りエスターを傷つけさせはしない。寄せては返す支配を試みる意志の波に頑なに抵抗した。

クレーンが指輪を外して床に落とした。一瞬その場に立ち尽くしたが、膝をついて崩れ落ちるとゆっくりと床に倒れ、嘔吐し始めた。

突如演壇の自分の肉体に戻ったスティーヴンは空気を求めて息を吸い込み、自らの胃を制御するために拳を握った。それまでに加えられた攻撃も、これに比べればどうということはなかった。体を流れる血それ自体が痛めつけられたように感じた。髪の毛さえ苦痛を感じているようだった。

「ステッフ?」急ぎ近づいてきたエスターが訊ねた。「大丈夫?」

「ルシアン――」何とか声を出した。

「違う、あなたよ。大丈夫なの?　もし中にいるのがあなたじゃないなら――」エスターはスティーヴンの顔をつかんだ。

スティーヴンは顔を背けた。「大丈夫。僕は大丈夫だ。本当だ、エス」エスターはまじまじと顔を見つめている。何とか弱々しい笑みを返した。「今回だけは、鉄をはめていてよかったよ」

「そうね、ほんの少しだけ。本当に、ステッフ、もしあなたたちのどちらかがあの呪われた指輪をはめているのを見たら――」

「もうしないよ」心の底からの本音で言った。

「いいわ」エスターは周囲を見回した。「いったいここで何があったの?」

「ちょっと待って」スティーヴンは少し集中して、残留している力を呼び起こして手足の鉄の手錠を外した。気味が悪いほど簡単だった。

エスターは小柄な男が立ち上がるのを助けながら、顔をしかめた。「ああ、ステッフ。ひどい顔をしているわ」

「そっちもね。いったいどうやってここに来たの？」

「そりゃ、メリックさんとセイントが救出に向かったのを見て、家でじっとしていられなかった」エスターは言った。「でも二人は私たちよりも早くて、私は気分が悪くて途中で二度休んだ」

「メリックさん」スティーヴンはハッとして、倒れているメリックの方向を見た。ダン・ゴールドが屈んで様子を見ていた。演壇から不用意に一歩を踏み出すと、長い間跪いていたためすっかり弱くなった脚が絡み、危うく転びそうになった。「神様。メリックさん？　ダン？」

「大丈夫だ」上を向くことなくダンが言った。「訳がわからないが。さぁ、起き上がって」

スティーヴンが近づいていくとメリックがダンの助けを借りて床に座った。顔は煙で黒くなり、シャツは焦げついて燃えていたが、その下の皮膚に傷はなかった。刺青《タトゥー》が入り、古傷だらけで、煙の煤で汚れていたが、無事だった。首の周りには革の紐と何か小袋のようなものの燃えかすが下がっていた。そこから香辛料の臭いがした。

「ヴォードリー？」メリックがつぶやいた。

「無事だ。少し気を取り直す時間が必要なだけだ」スティーヴンは後ろでまだ吐き続けているクレーンの気配を感じ取っていた。「いったいどうやってあれを生き延びた？」

「首の周りのものが攻撃をそらしたようだ」ダンが言った。「それは何だったんだ？」

メリックは目を覚まそうとするかのように頭を振ると、焦げた小袋に手をやった。「これか？　昔上海で、ユー・レンにもらったものだ。お守りだと言っていた」

「その通りだったようだ」スティーヴンは言った。「すごい。てっきりやられてしまったと思ったよ」

「そうか？　正直言って、てっきり全員やられると思ったよ、サー。クッソー、頭が痛てぇ。ジェンはどこだ？」

「こっちよ」エスターが背後から言った。「ダン、ここに来て」

「クソ」メリックはよろめきながら立ち上がり、ダンが床に小さく丸くなって倒れているセイントに駆け寄った。スティーヴンがメリックを支えようと腕をつかんだが、相手の体の重みを受け止めきれず転びそうになった。「ジェン！」

「クソったれの腕が」セイントが細い声で言った。「フランク――」

メリックが少女の傍らに跪いた。スティーヴンが近づくのをためらっていると、ダン・ゴールドにきっぱりと追い払われた。「あっちへ行ってろ、ステッフ。お前が妙な波動を撒き散らしているから、集中できない。閣下に迷惑をかけに行け」

「そうだ、そうしてくれ」背後から少々かすれたクレーンの声がして、スティーヴンは振り返ってその姿を見た。

クレーンは吐いていた場所から少し離れて立ち上がろうとしていた。やつれて、汗だらけで、五つほど年を取ったように見え、スティーヴンはどうやって二人の間の空間を横切ったかわからない内に、相手の腕の中にいた。その存在すべてを一息ごとに吸い込み、二人を包み込むエーテルを感じた。クレーンの脚がもつれ、再び跪くと、埃っぽい床の上で固く抱き合った。

「とんでもなかった」ようやくクレーンが言った。「いつもあんなものなのか？　まるで鉄の棒で何度も殴られたみたいだ」

「いつもはあんなじゃない」スティーヴンは安心させるように言った。「二度と指輪をはめないで」

「銀行の金庫に預けようかと思うよ」

スティーヴンはどちらかというと鉄の箱の中に鍵を閉めて入れた上で、テムズ川に捨てるという意見だったが、頷いた。「もう触らない方がいい。メリックさんに拾ってもらおう。彼は大丈夫だ」クレーンの表情を読んでつけ加えた。「セイントは腕を折ったが、ダンが対処してくれる。いったいどうやって皆をここに呼んだ？」

「とても運が良かった」クレーンはスティーヴンの顔に垂れた湿った巻き毛を一房、掻き上げた。「メリックとセイントは今朝ゴールド夫人に怒鳴られに出頭していた。私もゴールド先生に会いに行ったから、パスターンが接触してきた時、そこにいた。弁護士事務所の捜査員が今朝、ブルートン夫人の居所を発見して知らせてきていて、手元に住所を持っていた。それでゴールド先生からすぐにメリックに渡して欲しいと看護婦に依頼して、彼女にパスターンの名前が聞こえるようにした。その後はメリックとセイント嬢がまだ診療所にいて、私がその書類を託したのには理由があると気がついてくれることを期待しただけだ。さらに捜査員たちの調査が正しくて、住所が合っていること。パスターンに対して時間稼ぎをして、私がここに到着するまでの間にメリックに何らかの計画を立てる時間を与え、さらにブルートン夫人が残された正気を失って君を殺さないこと。それらすべてに賭けた。ああ、ジーザス」肩にしっかりと指を食い込ませて、スティーヴンを抱き寄せた。「もうこんなことは無理だ。本当にすまない。もはや君の前に跪くしかない。もうこれ以上……」

その表情は真摯だった。スティーヴンは喉元にせり上がる恐れを感じながら、恋人を見つめた。「何？　ルシアン、何を言っているの？」

「審犯機構だ。君の仕事。このままでは死んでしまう。クソったれの協議会でさえも君を生かしておいてくれるか疑わしい。君に言ってはいけないことだとわかっているが、それでも言う。懇願する。頼む、私が君を失う前にこのクソ忌々しい仕事をやめてはくれまいか？」

「しーっ」スティーヴンはクレーンの広い胸を両腕を広げて包み、しっかりと抱きしめた。ゴールド夫妻だろうが誰が見ていようと構わない。「しーっ。もういい。大丈夫だ。すべて解決する」

少しの間そのままお互いに捕まりあうように抱き合っていたが、やがてクレーンが深い呼吸をして少し体を離した。「スティーヴン……」

「少し待って」スティーヴンは正座した。「第一に、もうこれ以上言わないで。僕は自分が何をすべきかもうわかっている。これは僕一人の決断だ。あんたを含めて、他の誰にもそうではないと思わせたくない。だから、僕に任せて」クレーンが渋々ながら小さく頷くのを待った。

「第二に、僕が自分の身を危険にさらしているだなんてよくも非難できる。二人とも抵抗できない状態なのに、ブルートン夫人に対して悪口雑言の限りを尽くしたのはあんたじゃないか！ルシアン、何てことを――」

「セイントが窓の外にいるのが見えた、パスターーンの背後に」クレーンは遮った。少し気を取り直した声音だった。「窓外での動きやメリックが扉を開けようとしている点ではなく、皆の注意を私に向けておきたかった。そしてもしメリックに私の声が聞こえていたら、まず絵描きを殺すべきとわかっただろうし、その居場所もわかるように話した。状況を考え合わせると、私は機転の見本のようだったと思うが」

「機転」スティーヴンは繰り返した。「なるほど。そうだな、確かにつじつまは合っている。ただ、その前からあの女にえらく挑発的だったけど」

クレーンは肩をすくめた。「私は元より挑発的な男だ」

「そうだね」スティーヴンはクレーンの目を見つめた。「それから、第三に……あんたが僕に言ったこと、あれは……」

「本心だ」クレーンはスティーヴンの手を長い指で覆うようにつかんだ。「確かに特殊な状況下ではあったし、生き延びられる望みはないと思っている中でだったものの、言ったことは真実だ。私は君のものだ、スティーヴン。君なしではいたくない」

「僕もだ」スティーヴンは手を固く握った。「もう二度と」

　クレーンは恋人の頬に両手を添えた。「この状況下では君にキスはできないとは思うが
――」

「どうでも、いい、いい」スティーヴンは言うと、相手を引き寄せた。エスターとダン、そしてセイントの存在を意識の端に感じていたとしても、クレーンの強く、自分を求めてやまない唇から注意をそらすことはできなかった。汗と血の苦味もインクの強い後味も、他のすべてを無視して二人はキスを交わした。破れたジャケットの下でクレーンの手がスティーヴンの胸を探り、スティーヴンは滑らかな髪の毛を一房つかんでいた。やがて、息切れがして体を離した。

「君が私をどう見ているのかを見たよ」クレーンが耳に向かってつぶやいた。「自分があんなにハンサムな悪魔だとは思わなかったよ」

「そうだね」スティーヴンは言った。「僕はあんたが僕をどう見ているかを見たけど、僕はあんなじゃない」

「どんなだって言うんだ？」クレーンの笑みは凶悪だった。「高貴で？　美しくて？　ファックしたくなるような？」スティーヴンは顔が赤くなるのを感じた。クレーンはスティーヴンの唇を指でなぞり、指先で口の中を少し探った。「他の誰にも折れることはないが、私の前では素晴らしく従順な？」

　部屋の向こうから、エスターが大きく鋭い咳払いをして見せた。スティーヴンは体を引いた。一瞬ビクッとしたことをクレーンに感じとられたくなかった。〈もう言い訳はしない〉

「ちょっと現実に戻って欲しいんだけど」そう言ってエスターが近づいてきた。「部屋中に死体が転がっていて、おまけに一人はジョージ・フェアリーによく似ているけど、頭が取れている。少し注意をこちらに向けてくれるかしら、ステッフ」

「それはフェアリーだ」スティーヴンは立ち上がると手を差し伸べて、顔をしかめながら立つクレーンを助けた。「少なくとも四月からブルートン夫人と通じ合っていたようだ。多分もっと前からだろう。ジョン・スリーの審犯機構に対する攻撃を支持して、僕らを弱体化させようとしていた。協議会の内側で策略を練っていた。セイントを挑発するためにウォーターフォードをけしかけたのも奴だろう。画家に警官を狙わせる発想も奴だと確信している。審犯機構自体を攻撃することで僕を消そうとしていた」

　エスターはゆっくりと頷いた。「わかっていると思うけど、私はとても不愉快な気分よ」

「僕もだ」

「心の底から、本当に不愉快」エスターはさらに言った。

「うん」

「では他の人も不愉快にしに行きましょうか？」

「ああ、そうだね」スティーヴンは静かに言葉を発したつもりだったが、エスターの口元は不敵な笑みに歪み、クレーンとメリックが互いに、厄介事が起きるぞとでも言うように目配せし合うのを見た。

たまには厄介事を起こす方になるのもいい、そうスティーヴンは思った。もう十分我慢した。

「セイント」キビキビと言った。「様子はどうだ、ダン？」

「大丈夫です、ミスターＤ」セイントが呼びかけた。「ちょっと腕をぶつけちゃったけど、それだけ」

「二箇所で折れている」ダンが遮った。「ちゃんと治すには後で副え木を付けさせてくれ」

「では診療所に治療に戻る方がいいかもしれない。後で落ち合おう」辺りの死体を見渡した。

「とはいえ、メリックさん、あなたにはつき合ってもらいたい――」

「そんなのダメ」セイントが言った。「あたしはフランクと行く。それに協議会をどやしつけに行くなら、あたしも行く。絶対に見逃したくない」

「言うことを聞きなさい、セイント」エスターが言った。「とは言っても、ダンにも付いてきて欲しいの、ステッフ。ジョン・スリーに会うのに、気分が悪くなって倒れたくない」

「メリックと私も最後まで見届けたい。そうなると、全員参加だな」クレーンが言った。画家の死体の上にかがみこんで、血染めのコートの中から気色悪そうに折れ曲がった紙を取り出していた。「これはどうしたい？」

「それは何？」スティーヴンは訊いた。

「パスターンを操るのに使っていた肖像だと思う。何かに使えるか？」

「奴の人相はもうわかっている」スティーヴンは指摘した。「肖像なんて意味はない。額にでも入れるか？」

「いやいや、スティーヴン」クレーンは湿ったスケッチを片手に近寄った。「もちろん、パスターンではない」

スティーヴンは紙を手に取った。画家の体の近くにあったせいで少し温かく、しわが寄った紙には血がこびりつき、残留する力が指に浸透してきて不快だった。描かれていたのはがっしりとした骨格で真剣な眼差しの若い男で、頑固そうな顎に唇を一文字に結んでいた。紙には数ヵ所わざと破った痕があり、そのうちの一つは肖像に届きそうだった。

「これは誰だ？」

「パスターンの弱点だ」クレーンは言った。「この男を守っていた。大した男には見えないが、まぁ人の好みはそれぞれだ」

「なんとまぁ」スティーヴンは言った。「僕はてっきり……まぁ、いい」

「この男を使ってあのクソ野郎をおびき出せればいいが。あいつには大いに貸しができた」

「僕もそう思う。でも後で、だ」スティーヴンは辺りを見回した。ダン・ゴールドが伸びをしていて、メリックはセイントを守るように抱え、床には幾つもの死体。「いまはまず、仕事をしよう」

第十三章

どうにかして馬車を捕まえた。ゴールド夫人が何と言って全員の乗車を了承させたかはわからないが、フェアリーの頭部と、ブルートン夫人の死体を古い麻布に包んだ物も乗せていた。御者は何を運んでいるか思いも及んでいないのだろうとクレーンは推測した。

上品な集団とは言えなかった。傷だらけで痛めつけられたスティーヴン。シャツの大部分が焼け焦げ、ジャケットもボロボロのメリック。少年の格好をしたセイントは、どこかで喧嘩に負けてきたかのように見えた。ブルートン夫人の顔に食い込んでいた指先は爪の間に血が溜まっていた。急ごしらえの臨時のスリングに腕を通し、顔は青白かったが、ゴールド医師の診療所へ行くべきだという度重なる勧めを、怒りをこめて拒否していた。将来の（おそらく）メリック夫人は家で待っているタイプではないようだ。

クレーンのシャツの胸は血とインクに染まっていた。人からどんな風に見えているのかはまったく見当がつかなかったが、虚栄心の観点からは自分で感じているよりマシであることを願った。体のいたるところがまだ痛み、侵食を受けた感覚と恐ろしいほどの違和感に満ちていた。

カササギ王《マグパイ・ロード》になりたいと願う人間の数を考えると、自分の財産の大部分を投げ打ってでももう二度と同じことが起きないようにするつもりでいることがクレーンには皮肉に思えた。

　エスター・ゴールドは特に無傷だったが、馬車の上下動と意見が合っていないように見えた。この一時間の出来事に影響を受けずにいるのはその夫だけのようだ。医師はクレーンの方を見ながら、〝だから言ったろ〟を注意して言わないようにしている表情だった。クレーンは相手がいつまで我慢するかを予想してみた。早晩、口にするだろう。

　馬車はリンカーンズ・イン・フィールズへ、協議会《カウンシル》の建物へ向かった。何度もスティーヴンと別れた場所。今回はクレーンも中に入る。

　スティーヴンは気に障るほどの何気なさでフェアリーの頭部を床から持ち上げると、エスターの後ろから馬車を降りた。メリックはセイントを極めて丁寧に外へ出すと、ブルートン夫人の死体を小麦粉の粉のように投げおろした。粗い布目はインクに染まっていた。ダン・ゴールドは気色悪そうなうなり声をあげた。

「あれはもう殺すことのできない患者だと思えばいい」クレーンは提案した。

「あんたは実に不道徳で、悪影響の元だ」ゴールドが言った。「それに言っただろ――」

　二人は先導者の後ろに付いて協議会の建物の中に入った。既に騒ぎが起きていた。エスターとスティーヴンが先頭を歩き、ゴールドが急ぎ妻に追いついた。クレーンとセイント、そしてメリックは後方に残り、能力者《プラクティショナー》たちが集まって怒号が起こるのを見つめた。

「能力者なんざ能無しの鳥の集まりみたいだな」メリックが意見を言った。「役立たずの集団じゃないか？」

「ちょっと！」セイントが言った。

「ここにいる人は除いて」二人はニヤリと笑い合った。

「結婚は決行か？」クレーンは訊ねた。

セイントは鼻をすすった。「あるかも。わあんない」

クレーンは嬉しそうに伸びをした。「ああ、メリック、メリック。実に先が楽しみだよ」

両開きの大きな扉が開き、エスターとスティーヴンはようやく長テーブルが片端に置かれた広い部屋に通された。重要事項が検討される部屋のようだ。クレーンとメリック、そしてセイントは集まった人々をかき分けて後に続いた。メリックは引きずってきたブルートン夫人の死体をテーブルの前に放った。扉の外にはさらに多くの能力者たちが群がり、一部は部屋に入り込んで懸命に聞き耳を立てていた。

クレーンはダン・ゴールドを片側に、もう片側にセイントとメリックを従えて後方に陣取った。スティーヴンは協議会委員のテーブルの前に立ち、横にはエスターと、セイントによればマクリディーと云う恰幅のいい審犯者《ジャスティシアー》がいた。スティーヴンは怒りに体を固め、誰の邪魔をも許さずフェアリーのまだ血の滴る首を持って盛んに動作しながら話していた。クレーンはこんな状況下でどうしてここまで誰かを欲することが可能なのかを不思議に思った。それも、これほど激しく。

「かてて加えて」スティーヴンは続けた。「フェアリーは何ヵ月も殺人計画を練っていた。あそこにいる男性の――」

「何を――あれはいったい誰だ？　能力者ではないじゃないか！」協議会委員が一人抗議した。「いったいここで何をしている？　ここから追い出せ！」

スティーヴンはクレーンの方を向いた「自己紹介をしてもらえますか？」

「もちろん」クレーンは壁から体を離すと、困惑顔の人々を見ながらゆっくりと前進した。

「私の名前はルシアン・ヴォードリー、リチデールのクレーン卿、フォーチュンゲート子爵」

それはカササギ王の称号だった。部屋の中で囁きのさざ波と幾つか驚きの声があがった。「バロン＝ショー夫人、エドワード・ブレイドン氏の屋敷でお会いしましたな。間もなく執り行われる結婚式で、花嫁を送り出す名誉を賜っております」さらなる囁き声が起きた。よく知られた名前だったからだ。バロン＝ショー夫人は顔を上げることなく頷いた。なぜなら、両手で頭を抱えていたからだ。「きょう、あなた方の同僚のジョージ・フェアリー氏、この協議会の委員が、私を誘拐して殺そうとした」ジョン・スリーだと見当をつけた男の前でテーブルに拳をつき、身を乗り出した。「どういうことなのか、説明していただけるか？」

スリーはオロオロしてしどろもどろだった。スティーヴンが言った。「感謝します、クレーン卿」少し間を置くとクレーンは体を起こし、メリックの許へと戻った。もっと言いたいことはあったが、これはスティーヴンの舞台で、小さな体の恋人は、実際のところなかなかのやり手だった。

「貴族院の議員だぞ！　我が国の伯爵だ！」スティーヴンは音量を強めて言った。「協議会の委員の一人が、きょう、その人を殺しかけた。数ヵ月の間、悪名高い魔道士《ワーロック》たちと組んで、あんた達の鼻先で策略を練っていた。そして、スリーさん、あんたにいたってはフェアリーに利用されていることに気づきもしなかった！　だから権威をかざして僕に意見しようとするのはやめてもらいたい。僕の目から見れば、協議会には権威などほとんど残っていやしない」見守る集団に同意の囁きが上がる中、スティーヴンは大きく息を吸った。「そして、かてて加えて――」

「あのかてて加えて、の言い方、いいね」メリックが静かに言った。「大バカ者共、って言いたいのがよく伝わる」

ダン・ゴールドが喉を詰まらせた。クレーンが言った。「私の影響があったと思いたいな」

「それは間違いない」ゴールドは言った。「この後何が起こるか、考えているか？　スティーヴンがクビになった後？」

「ならないさ」

ゴールドは信じがたいというような目を向けた。「僕らは同じ場所にいるのか？」

スティーヴンはいまやリッカビー刑事について致命的なほどの仔細さで説明しているところ

だったが、この時を選んでフェアリーの首を持ちあげ、ジョン・スリーの眼前に乱暴に置いた。協議会委員はあまりに激しく後退りしたため椅子がひっくり返り、バランスをとって腕を振り回した。

「クビにはならない」クレーンは言った。

「死刑になるとでも言うのか？」

「昇進するさ」

「何？」

「十ギニー賭けてもいい」クレーンはゴールド夫妻が裕福でないことを思い出し、言い添えた。「私の十ギニーを、君の一シリングで。辞めさせられるのではなく、審犯機構《ジャスティシアリー》を運営して欲しいと言われるさ」

「あんたは狂っている」ゴールドは言った。「いいさ、賭けよう」そこで一拍置いた。「僕は一シリング失うことになるのか？」

「まぁ、俺なら閣下に対して賭けたりはしないな」メリックは父親のような口調で言った。

スティーヴンが息切れしたようで、今度はエスターが驚くべき強さと音量で怒鳴っていた。クレーンは協議会とそれを見守る集団を見ていた。それぞれのショックと恥、驚きと怒りの表情。ジョン・スリーがテーブルの端で孤立したようになっていること。セイントに近寄って元気づける人々の顔、同意の表情でやってくる顔と、それを見る協議会委員たち。

スティーヴンは仕事を失うことにはならない。クレーンは賭けに勝つことになるだろう。心の底から、負けたいと思っていたのだが。

ようやく解散した。

「四ヵ月」そう言って、クレーンはストランドの部屋のソファに崩れ落ちた。服の汚れが家具につくのも気にしなかった。片手を広げるとスティーヴンがその上に倒れ込んだ。メリックとセイントは手当てのためにゴールド医師のところに残してきた。「あと四ヵ月」

「あるいは六人新たな審犯者をそろえられたら。どちらか早い方だ」スティーヴンは繰り返した。「そろった瞬間に、僕は辞任する。地方から人を呼び寄せつつ見習いを雇ったら、一ヵ月もあれば終わるはずだ。協議会は費用を持つだろう。きょう僕はあそこであまり味方は作れなかったけど」

「いや、作ったさ」クレーンは言った。「スリーには元々あまり仲間はいなかったようだし、きょう君は奴の牙を根こそぎ引き抜いた。喜んだ人間は少なからずいたはずだ。ちなみに、首はいい仕事だったな」

「あれは僕じゃない」スティーヴンは抗議した。

「フェアリーの首が顔をスリーの方に向けて膝の上に転がったのが、偶然だと？」

「偶然だとは言っていない、僕じゃないと言っただけ。良識のある能力者がそんなことに能力を使うわけがない」

「それはすまなかった。では誰が？」

「もちろん、バロン＝ショー夫人さ」スティーヴンは片腕をクレーンの上に放った。「新しい審犯者六人でエスターが戻るまで――戻るとしたら――マクリディーがチームを率いてくれれば、僕は安心して辞められる」天井を見上げた。「何てこと、ルシアン。僕は審犯者でなくなるんだ。どんな気持ちなのか、自分でもわからない」

「私にはわかっている」クレーンは深呼吸した。「スティーヴン、聞いてくれ。もし戻りたいのなら、彼らの提示した役職を引き受けて、辞任を取り消したいのなら……そうして欲しい」

「どういうこと？」

「私は頼むべきではなかった。不公平なことをした。君はいつだって、正しいことをする、いままでも、これからも。君がその道を外れるのを見たくはない。もし私の言ったことが影響したのなら――」

「あんたは僕のために上海を諦めた。僕は一度も頼まなかったけど、そうしてくれた。僕のために」スティーヴンは体をねじってじっとクレーンの目を見た。「僕は自分で決めるって言って、その通りにした。審犯機構には十年近くを捧げた。いま去るのは悪いこととは思わない。

敵を作りすぎたし、色々ありすぎた。いま必要なのは新しい血と新しい出発だ。僕は警視庁に対してのスケープゴートにもなる。哀れなリッカビーに何が起こったか知れたら、僕はあまり人気者にはなるまい。だから審犯機構にとっても、僕たち二人にとってもいいことだ。僕にとっては……審犯者でなくなるのがどんな気分なのかはわからないけど、それを発見するのが楽しみだ」

「何だろうと、君は私のものだ」クレーンは腕の力を強めた。「それは疑うな」

「あんたの囲い者か。そんな風に鼻を鳴らしてもいいことはないよ、僕はあんたも知っているようにひどく貧乏だからね」

「そのことについてこだわるつもりはないだろうな。君のものは私のもので、その反対も然りだ。大したことではない」

「それはどうかな」スティーヴンは言った。「でも……努力するよ」

「君と私と言えば……」クレーンは恋人の手を取り、その電気刺激を感じた。「何が起きたか話し合う必要はあるか？」

「起きたのはカササギ王だ」スティーヴンは話題を締めくくる時の口調で言った。「僕たち二人のために、もう二度と起きてはならないことだ」

「君と私は――」

「あんたと僕はもう一緒だ。あんたのご先祖の介入なんて必要ない」

「あれは君を強くした」クレーンは言った。

「いや、違う。あれは僕を僕でもあんたでもない何かにした。ルシアン、僕はあんたの力はいらない、特に代償があれでは。とはいえ、背が高いのはいい気分だったけど」そうつけ加えた。

「めまいがしたりはしない？」

クレーンは身を寄せると恋人の髪にキスをした。「知っていると思うが、君を崇拝している」

スティーヴンは満足げなため息をついて、再び恋人の懐に潜った。「金庫に預ける前にダンが指輪を鉄に封じ込めている。もう見ることもない」

「よかった」クレーンはスティーヴンの手を親指でなぞった。「代替品を用意したい」

「何を？」

「もっとずっと恐ろしくない何か。君が私の指輪をしているのは、たとえ彼のものだったとしても、嬉しかった。私だけのものを身につけていてくれないかと思っている」クレーンはスティーヴンのピリピリする指先を唇に当てた。電気刺激が痛みギリギリのところで散った。「ペアで何か頼もうかと思っている。もうずいぶん長いこと宝石を買っていない」

スティーヴンの両目は大きく見開かれ、黄金に輝いていた。クレーンは見下ろして微笑みかけた。「それでいい？」

「ええ、閣下《マイロード》」スティーヴンは囁いた。「いつだって、閣下」

「ありがとう」クレーンはそう言うと、長く深いキスに相手を引き寄せた。スティーヴンは恋人にしがみつき、呼吸は荒く、震えており、クレーンは持ちうるすべての力をこめてその香りと感触を吸い込みながらキスをし、小さな体をつぶさんばかりに抱きしめたが、やがてスティーヴンが抗った。

「ルシアン、愛してる、何時間でも二人で愛し合って力尽きるまであんたを味わいたいけど、血の臭いがきつすぎてもう耐えられそうにない」

「何と、わがままか」クレーンは不満げに言った。スティーヴンを起こして立ち上がり、骨の中にまで響く痛みを感じながら、浴室まで歩いた。スティーヴンは汚れた服を脱ぎ始めたが、クレーンはためらった。

「どうしたの？」スティーヴンが訊ねた。「あっ」

「戻って来なかった」

「そんな」

「ブルートン夫人はインクにまみれていた。あそこに残ったのか。もしや――」

「わからない。見て確かめることは出来る」

「ああ、クソ」クレーンは急いでシャツを解いた。本当は見たくなかった。脱ぎ去ると、悪態をつきながら鏡の中の自分を見つめた。「クソ。クソ」

カササギが消えていた。長年体を埋め尽くした刺青《タトゥー》は消え去り、まるでなかったことのようになっていた。ズボンを下ろすと、太ももや腰からも消えていた。「ファック。全部なくした」

「いや、そんなことはない。背中の大きいのは残っているよ」スティーヴンはクレーンの体を見回した。「でもそれだけだ」

「クライスト」クレーンは滑稽な中にも、何かを奪われた気分になって自分の姿を見つめた。「私の刺青。私の何年分かの人生と記憶だ。それがいってしまった。消えた」

「そうだね」スティーヴンは言った。「その通りだ」

クレーンは大きく息を吐きながら恋人を抱き寄せた。二人の前を、無数の選択肢と共に何の確証もない未来が広がっているのが見えた。

「いいことなのかもしれない」クレーンは言った。「新しい出発。文字通りのまっさらに出直し。でも、少なくとも後一つは刺さないと。もう針は十分と思っていたが」

「えと、どうして?」

「一つは哀しみのため、だろう?　一羽だけを背負っている気にはならない」

「違うよ、哀しみのための一つではないよ」スティーヴンは少し体を横にして、自らの肩に停まっている一羽をクレーンに見せた。「二人で、二つだ」

クレーンは手を伸ばしてスティーヴンの肌の上のカササギを撫でた。スティーヴンが震えると共に、鳥は羽を羽ばたかせて指を突いた。「そうか。そういうことか。それで解決だ」

自分とスティーヴン。メリックとジェニー・セイント。どうなるかはわからないが。あと数ヵ月英国にいたら、その後はどこへ行こうと風任せの自由。スティーヴンにいままで知らなかった生活を見せて、次に何が起こるのかを二人で見つけるのだ。

クレーンはスティーヴンの刺青の肩に手を乗せるとキスのために引き寄せた。スティーヴンの手が体の上を動くのを感じた。確信と自信を持って。愛を感じて。

二つは歓びのため。なるほど、それでいいじゃないか。

読んでくれてありがとう！　この後はカササギの魔法の最後のおまけ物語、『スティーヴンの祝祭』です。

スティーヴンの祝祭

Feast of Stephen

ＫＪ・チャールズ　チャットグループの素敵な皆さまに捧げます。
本当は一人一人に一冊を献辞したいのだけど、さすがにそれほど速くは書けないので。

十二月二十六日――聖スティーヴンの日

ロスウェルには日が暮れてから到着した。

とても長い旅で、出発が遅れたせいでさらに時間がかかることになった。もちろん、スティーヴンの仕事のせいだ。バロン＝ショー夫人はここ数週間の壊滅的出来事を利用してスティーヴンの古くからの敵ジョン・スリーを協議会《カウンシル》から永久追放することに成功した。そのことについて文句はなかったが、結果として引き起こされた混沌のせいで、スティーヴンの意図とは裏腹に、一週間ほど毎日十八時間勤務を強いられることになった。

実際のところ、まだ仕事は終わっていなかった。やるべきことがまだあるのは、わかりきっていた。しかしエスターが異議を唱え始め、メリックが意味ありげな視線を送ってくるようになったので、スティーヴンは自分で仕事を切り上げた。クレーンが乗り出してくる前に。

それでも少し遅すぎた。いまにも来るだろう言われていた雪が、まだ移動している最中に降り始め、道路は瞬く間に轍の痕で刻まれ、凍りついた。クリスマスの日はクレーンの狩猟小屋から数マイル離れた宿で過ごすことを余儀なくされ――もちろんクレーンは惜しみなく金で快適さを買うことができたので、さして不快な状況ではなかったものの、一行の誰もが望んだ成り行きではなかった――、目的地に着くまではさらに骨の折れる行軍を一日強いられた。

馬車はスティーヴンがこれまでに乗ったどんなものよりも乗り心地がよかったが、それでも固いデコボコ道の上で嫌な揺れ方をした。ジェニー・セイントは旅程のほとんどを外で過ごした。スティーヴンは経験上知っていたが、ダン・ゴールドが折れた骨を数日でつなぎ合わせる術を持っていても、痛みがひくまでにはまだまだ時間がかかり、鈍くしつこい疼痛を抱えた体に馬車の旅は拷問に等しいのだ。少なくともセイントには道に他に誰もいない時には風駆け《ウィンドウォーク》をして、馬車と並走して空中を行く選択肢があり、他の馬車が近づいてきたら御者台のメリックの横へ降下すればいいだけだった。

その方が少し気も楽だった。セイントは未だにクレーンがいると極度に緊張するので、傍にいる方もハラハラした。クリスマスの日を一緒に過ごして少し慣れてきた様子だったが、テーブルについたセイントからはいつもの賑やかな様子は影をひそめ、クレーンの存在とスティーヴンとの関係に慣れるまで当分時間がかかるのではないかと、スティーヴンは予想していた。

いまや数インチに降り積もった雪を踏み分けて到着した時、別荘に人気はなく明かりも灯っていなかった。しかし室内は温かく、まるで一日中暖炉が燃えていたかのようで、何か美味しそうな匂いが漂っていた。

「準備をしておくように頼んでおいた」中へ入りながらクレーンがスティーヴンに言った。

「明かりを灯してくれるかい、マイ・スウィート」

スティーヴンは心で念じてランプの芯を一つ一つ灯して、ホールに黄金の明かりが次々と灯った。隣でセイントが小さく息を呑んだ。狩猟小屋に行くとだけ伝えて、どういう場所なのかは説明していなかった。ゴールド夫妻に報告が行くのをなるべく遅らせたかったからだが、実のところかなり広くとても居心地のいい家だった。

「小屋って言ってたから」セイントはつぶやいた。「雑魚寝するのかと思ってた」

「それもいいが、決して都合がいいとは言えないからな」メリックが言った。「平和と静けさは金で買える」

「ミス・セイントに家を案内しては？」クレーンが提案した。「着替えて再集合はディナーで……？」

「七時半にしておこう」メリックが言った。「ミスター・デイ、火は俺の方で熾した方が？」純粋に礼儀として訊いただけだった。スティーヴンが片手を上げて無用と返事をした。「行こうか、ジェン」

メリックがセイントを二階へ案内し、クレーンも後から続いた。スティーヴンは応接間に向かい、道すがらオイルランプとロウソクを灯していった。火を熾す準備はしてあり、本格的に燃え始めるまでには少し時間がかかったが、今度はクレーンが湯を求める声が聞こえた。

「僕がいなかったら冷水で体を洗うところだぞ」スティーヴンは片手をピッチャーに置いて、ちくちくする指先の周りで水が温まるのを感じながら言った。

「君がここにいなかったら、私もここにはいないさ」クレーンが指摘した。「こんなド田舎のケツの穴の先までやって来る理由はと言えば――」

「背の低いシャーマンのケツの穴の先を追いかけて？」スティーヴンが補足した。

「背が低い、と言うつもりはなかった」クレーンが抗議した。「わざわざ言う必要もない」

スティーヴンは温まった水から手を離して抗議の動作をして見せると、少しだけ肩の荷が下りるのを感じた。この部屋が大好きだった。ヴォードリー家の好みと思われる濃い木製パネルを張った部屋はロウソクを幾つ灯しても暗かったが、置いてある四柱式ベッドはクレーンの長い脚でも十分な大きさとその欲求に応えられる頑丈さで、最初の訪問時に一族の肖像画を取り除いて以来、そこは二人の場所になったのだ。

ロスウェルではなぜだか完全に居心地よく過ごすことができた。後はセイントが慣れてさえくれれば。

「あんたが先でいいよ」スティーヴンはそう言ってベッドに座り、恋人が旅の汚れをスポンジでこすり落とすのを見ていた。クレーンの素肌を見ると未だに気持ちが落ち着かなかった。黒と青のインクが入っているべきだったところは青白くなっていたが、背中を飾る一つ残ったカササギの刺青《タトゥー》は相変わらず生き生きしていた。クレーンが体を伸ばし、筋肉の動きかロウソクの炎のせいか、鳥がかすかに動いて静かに羽根を揺らしているように見えた。

クレーンが動いているだけだ。スティーヴンは自分に言い聞かせた。カササギ自体ではない。

当然のことながら。

　クレーンはスティーヴンに文明人として身だしなみを整えるように言い残して、先に階下へ降りた。それはワードローブにスーツが一着しか用意されていなかった事実によって強調された。ホークス・アンド・チェイニー製の秋用のツイードだ。

　着ればスティーヴンも本人に可能な限りきちんとしているように見えるのだろうが、それによってまたしてもジェニー・セイントが着ているのが本人の所有している唯一のまともな質素なドレスである事実を際立たせることになる。それは元々セイントよりだいぶ身長の高いエスターが着ていたもので、サイズを直した無地の大人向けのムスリン・ドレスだった。クレーンはそのことを気にかけていないのだろうかと訝しく思い、心理的にセイントを応援するためにもくたびれた旅の着衣を再び着ようかと思ったが、心の中で両手を上げた。クレーンにはきっと何か考えがあるに違いない。そうでなければ、セイントの表情を見て、その場で対処するしかない。

　スティーヴンはクレーンの厳しい基準に見合っていることを確かめるべく着衣を見直した後、琥珀色のカフリンクを調整し、廊下に一歩踏み出ると、愛らしい若い女性と衝突しそうになった。

「いったいどこの誰――――セ、イ、ン、ト？」

　娘は細身の体型によく合った明るい青のドレスを着ていた。あまり存在感のない胸を強調する努力をすることのない上品なハイネックで、そのことが返って容姿を際立たせていた。金色の髪は頭の上でツイストさせる形でまとめられ、スティーヴンはそれがエスターの髪のアレンジの一つであることをうっすらと思い出した。耳には銀のドロップ・イヤリングが輝き、いつもより背が高く見えた。

「ヒ、ヒ、ヒール付きの靴を履いているのか？」スティーヴンは詰問した。「いやつまり、その、とてもきれいだよ。魅力的だ。ええと……」何とか誉め言葉を探した。「貴婦人《レイディ》みたいだ」

「うん、まぁ、でも見てよ」セイントはひらひらのスカートをめくり上げて片足を突き出した。少なくとも一インチ（約二・五センチ）はあるだろうヒールのついた、非常に高級なシルクの靴だった。「これっておかしくない？　こんなんでどうやって走ればいいのさ？」

「それで走ることは想定されていないと思うよ。いったいこれはどこから？」まるで知らないかのように訊いた。

「陛下だよ、もちろん。クレーン卿からの贈り物、そうフランクは言ってて、もう山ほどあるんだよ。ようはさぁ……」スカートを広げてふらふらと回転をして見せた。スティーヴンは足元がふらついているセイントを見たのは初めてだった。ドレスはしゅっと音を立ててゆらゆら揺れた。「つまり、可愛いし、ようは可愛くないとは言わないけど、でも……あたしの着るようなもんじゃない」

「僕だってこんなものは着ないさ」スティーヴンは自らの恐ろしく高級なスーツを示した。

「でも、いまは着てる。聞いて、大丈夫だから。何も心配することはない。クレーンはお前にどんな服装をすべきだと指示を出して、どんなに欲しくないと言っても最高級のものを買い与えるような、失礼なことをするに違いないし、とても気に障るだろうことは間違いない。でもそれによってお前が何か借りを作るわけではないし、彼はお前を変えようとしているわけじゃない。それは約束する」

「ワードローブいっぱいの貴婦人のドレスをくれたけど、あたしを変えようとしているわけじゃない」セイントは腕を組んだ。「じゃあいったい、何をしようとしてるのさ？」

　スティーヴンは強情な教え子を誇りに思った。きっと一流の審犯者《ジャスティシアー》になったことだろう。

「実を言うと、僕は長い間そのことについて考えてきたんだ。そしてようやくわかったのは、本当のところ……」スティーヴンは片肘を曲げ、セイントがつかめるように紳士のスタイルで差し出した。「ルシアンは服が好きなんだ」

「服が好き」セイントは繰り返した。

「ケーキが好きだったら、どの部屋にも必ずケーキがあるようにして、ケーキが好きであろうとなかろうと、誰でもいつでも食べられるようにしただろうね。でも好きなのは服なんだ」

「なるほど。わあった」突然、レイディらしからず鼻を鳴らした。「猿が好きじゃなくてよかったね」

　スティーヴンは思わず声を出して笑った。セイントは気取った口調で言った。「ご機嫌よろし、ミスター・デイ、それで、このお猿をご紹介してもいいかな？」

「ありがとう、でも僕には既にとっても満足しているオランウータンがいるもので」スティーヴンは深くお辞儀をして言った。「さぁ、下へ降りよう」

セイントは少し顔をしかめた。「またあんたと陛下と一緒に食べるの？」

「慣れないとね。実際、そんなに悪い人じゃないよ。メリックさんから中国で昔どんな暮らしをしていたか聞いていないかい？」

「うん、でもやっぱりすんごいお上品だし……ていうか、フランクのことはわかる。あんたのことも。でも……」シルクの履物を床にこすりつけた。「なんか場違いな気がしてさ。わかる？」

「わかるよ。でももしメリックさんと結婚するつもりなら、あるいは――」教会の祝福なしの関係を示して片手を振った。「――ということなら、ルシアンに慣れないといけない。二人は離れないし、お前もそれを望むべきじゃない。メリックさんが僕の人生の一部になったのと同様、お前にとってクレーン卿もそうなる」

「わかるけど、あんたの方が楽だよ。男だもの」

「ええと」スティーヴンは言った。「それは本当に違うよ」

セイントは頬を赤くした。「うん、まぁ、そういうことじゃなくて、あたしの言っている意味はわかるでしょ？」

「質問が二つ」スティーヴンは言った。「クレーン卿が怖いかい？　お前は僕とメリックを前にして、逃げ出すつもりかい？」

セイントは小さな顎を挑戦的に突き出した。「そんなことはないし、そんなことは絶対しないよ」

「だったらゴタゴタ言わないで下へ降りよう。腹が減った」スティーヴンが再び肘を差し出すと、娘は今度はその腕をとった。

＊＊＊＊

全体的に見て、もっと心地の悪いディナーになっていた可能性もある、そうクレーンは感じた。都合のよい時間にだけ出入りを許す形で雇っている使用人たちに、あらかじめ用意させておいた簡単な食事だった。セイントは緊張して自意識過剰だったが、それは仕方がなかった。娘はクレーンに威圧されていると感じており、お世辞や媚で気を楽にさせようとするにはとげとげしすぎる状態だった。片や教育を受けておらず、読み書きもできない、旅をしたこともない娘。クレーンは年上の称号持ちの金持ちで、彼女の上司と違法な性的関係にある。セイントが二人の関係に戸惑っていることは明白で、その居心地の悪そうな様子はスティーヴンを過敏にした。

スティーヴンはセイントの口を開かせようと果敢に努力をし、断固として臨んだものの、効果はなかった。メリックはセイントの明らかな不安を知りながらも表情を変えなかった。クレーンと同様、忍耐強くあることの意義をよく知っている男だ。相手の気持ちが緩むのを待つことにしたのだろう。

それが、今回皆でここに来た理由の一つでもあった。クレーンの心積もりでは、ロスウェルを経つ頃には、セイントは家族の一員となり、スティーヴンと自分との関係にも慣れ、メリックの指輪をはめていることになる。

衣装を変えさせてみたことは驚くほど効果がなかった。見た目を変えることで、旧い自分の殻を抜け出して自らを解放できる類の人間もいる。でもスティーヴンはそうではなかったし、どうやらセイントも違った。淡い青と銀のドレスで現れた姿はとても美しく、メリックの感嘆の口笛は娘の頬をなかなか魅力的にほんのり染めたが、娘は社交的なマナーを模倣する努力をすることなく、以前のみすぼらしい服を着ていた時と同様の不器用さで席に着いた。どんなに着飾ろうとも、自分自身であることをやめるつもりはなさそうだ。

それは二つのことを意味した。メリックの選択が素晴らしくよかったということと、クレーンは別の方法を考えなければならないということだった。

そのこと念頭に、夕食が終わるとクレーンは全員を応接間へ導き、スティーヴンが魔法で暖炉を赤々と燃やしつける間、ブランデーを一杯ずつ配った。婦人には強すぎ、貧しい者には高価すぎるため、セイントはこれまで飲んだことがないだろう。娘は恐る恐るグラスの脚をつかみ、スティーヴンとメリックが丸い器をどう持っているかを見てから、自分のそれを両手の平で抱えた。

「というわけで、もしかすると年の瀬を迎えることができなくなるかと思ったことも何度かあったが、メリー・クリスマス、皆さん」クレーンは暖炉の隣に大きな椅子を移動させ、足置きを蹴り寄せ、長椅子をメリックとセイントへ譲った。スティーヴンはためらった。体を丸くするのが好きで、クレーンの脚にもたれる形で足置きの上に座るのが一番居心地よかったが、スティーヴンとしてはクレーンとメリック以外に見せるにはだいぶ親密すぎる体勢に思われた。

　残念なことに、他の選択肢はなかった。クレーンが長い腕でスティーヴンの袖をつかんで引き下ろした。「こちらへ《ヒザー》、従者《ペイジ》よ、隣に座れ」

「クリスマスの気分なんだね」スティーヴンはそうつぶやいて座った。「〝隣に立て〟、じゃなかった？」

「何のこと？」セイントが訊ねた。

「賛美歌《キャロル》だ」メリックが言った。「〝よき王ウェンセスラス〟」

　セイントは決まり悪そうに肩をすくめた。クレーンが会った能力者《プラクティショナー》のほとんどはとことん非キリスト教者だった。それはクレーンが彼らを評価する数少ない理由の一つだった。とはいえクリスマスにはキャロルがつきものだ。

「君もきっと知っているぞ」そう言って、出だしを歌い始めた。「よき王ウェンセスラスは、外に出た、聖スティーヴンの日に――」

クレーンのテナーに、メリックが低くて思いのほか上手なバリトンで唱和した。

「雪がまだ辺りに積っていた
深くしゃきっと平坦に」

予想外なことにスティーヴンが歌い出した。クレーンはその歌声を聞いたことがなかった。細いカウンターテナーの声はさほど音域があるとは思われなかったが、それでもクレーンは心がときめいた。

「その夜　月は明るく光っていたが
きびしい霜の中で
一人の貧しい男の姿が目に入った――」

するとセイントが、少し外れたかん高いソプラノで、高音から低音に行く最後の劇的な一行を歌った。

「集めていたのだ　冬の薪を――」

全員で笑った。セイントもそうで、少し顔が赤かった。「この部分は知ってる」

「そうだろうね」クレーンが言った。「私はと言うと、生きている限りこの賛美歌を忘れることはないな。覚えているか――」

てくるぞ」

「うぉっ、そうだった」メリックが立ち上がった。「もしあの話をするのなら、ボトルを持っ

スティーヴンはほんの少しだけ体をずらし、肩が椅子ではなくクレーンの脚によりかかるようにした。「あんたの上海での逸話の一つだとしたら、きっと必要になるんだろうね」

クレーンはセイントにグラスを傾けた。娘は興味津々で見つめていた。よい兆候だ。「我々が中国にいた頃の話だ、ミス・セイント。中国はキリスト教国ではないし私たちはあまり信心深い方ではないが、とはいえ、国を去った者たちで集まって祝うことがよくあった」

「パーティを開く口実だ」メリックが長椅子の背後、セイントの頭の後ろに手を回してつけ足した。

「その時はまさにパーティだった」クレーンが言った。「君も今年の夏に会ったレオノーラ・ハートが、その年トム・ハートと駆け落ちしたんだ。彼女の父親がトムの首に懸賞金をかけたので、二人はしばらく上海を離れていなければならず、まだ友人たちと結婚祝いをしていなかった。その頃の私はいまの君とさほど違わない年で、とある高級官吏との関係の真っただ中だった。大変な金持ちで絶大な権力を持つ男だった」合間を置くことも、特に何かを強調することもなく話した。セイントは自分のブランデーを凝視していた。

「我々はハート夫妻と莫干山《モーガンシャン》で落ち合った。上海から数日で行ける素晴らしく美しい山だ。かの地の十二月はひどく寒くて湿っているが、恋人のおかげで豪華なキャラバンで旅ができた。

トム・ハートにも金があったので、クリスマスは素晴らしく充実したキャンプをすることができた。ほぼ途切れることなく飲み続け、旨いものを食べた。いたのはトムとレオ、シェン公と私、メリック、ヘンドリクスという名のオランダ人の貿易商、中国人の商売人が数人、さらに賑やかにするために十人以上の男女の踊り子がいた」あの時メリックは組んで踊る二人の踊り子を独占したのだった。クレーンはその格別楽しそうな様子を記憶していた。

「天候にもなかなか恵まれた。つまり、最低二日ほどは雨がやんでいた、ということだ。クリスマスの日は屋外で、炎で炙ったウズラを食べ、米酒を飲んだ。メリックが弦楽器奏者たちに何曲か賛美歌を教えた。レオは踊り手の少年の一人にワルツを教えた」しばらくすると全員がワルツを踊ることになった。クレーンは当惑した恋人の官吏の腕の中で。メリックは最初、二人の踊り子と代わる代わる踊ったが、やがて二人をまとめて抱え、一緒に嬌声をあげてふらふらつまずきながら、足元の湿った草で靴が濡れるにも拘わらず舞い踊っていた。

「えらく楽しい夜だった」メリックは合意した。「翌朝早起きして、丘の上に座った。景色はというと……俺は景色を楽しむような柄じゃないが、中国の山々を見るまでは山を見たなんて言うもんじゃない。すごいもんだ」セイントの体に回した腕の力を強めながら言った。

「息を呑むような景色だった」クレーンは静かに同意した。「山頂と地上から霧が立ち込め、鷲が頭上を舞う。空気は新鮮で清潔で、一瞬二日酔いを忘れられるかと思った。私は服を着るのが面倒だったので、シェン公の立派な毛皮のローブ一枚を羽織ってテントから這い出た」裸の肌から滑り落ちそうなローブの重み、冷たくさわやかな空気に温かい呼気が放出される感覚、足元の冷たい泥の感触を覚えていた。「トム・ハートが起きていて、それからメリック、そして私。他の皆はまだ夜の疲れで眠っていた。静けさの中に立って、メリックにその日が何の日か訪ねると、お前は聖スティーヴンの日と応えた。それで歌い始めたんだ。三人で。〝よき王ウェンセスラスは、外に出た、聖スティーヴンの日に……〟」

「それから、霧が晴れた」メリックが言った。「すると俺たちは銃を持った山賊四十人に囲まれていた」

「なんてこと」スティーヴンがクレーンの横から言った。

「まさに」クレーンは面白くなさそうに笑った。「あれはよくなかった」

「世界のあの辺りで山賊に遭遇して、いいことなんて一つもない」メリックは言った。「残酷な連中だ。そして俺たちの護衛は、そう呼べればだが、まだ全員気を失っていた」

「勝ち目はなかった。奴らはキャンプを乱暴に叩き起こして、人々を振り分け始めた」クレーンは言った。「人質にできる価値のある者、殺した方がいいと判断される危険な者、それから役に立ちそうな者。若い女にとって山賊につかまるのは楽しい運命ではない」

「若い男もな」セイントが青ざめるとメリックが追加した。グラスでクレーンの方を指した。

「当時のこいつを見せたいよ。女のように可愛かった。もちろん、だいぶ前のことだが」

「一方でお前はほとんど変わっていないがな、アルコールの摂りすぎと不健康な生活の積み重ね以外は」クレーンは応じた。「とはいえ、お前は元々馬の尻のような顔をしているから――」

「ちょっと！」クレーンの狙い通り、セイントが言った。「ていうか、そうじゃなくて、閣下、というか、その後どうなったか知りたいんだけど」

「まず全員がテントから追い出された。乱暴な言葉遣いで脅しながら、武器が振り回された。それで、商人のヘンドリクスが、パニックに陥った」

メリックは歯の間から息を吐いた。「まったくその通り。その場に跪《ひざまず》いて、まるで金でももらったかのようにペラペラとしゃべり始めた。チャ・リーリンは見た目と違ってものすごく貧しいから人質にはならないこと、ハート氏は盗られたものを一ペニー残らず取り返すことになるから殺した方がいいこと、でもハート夫人は父親がその帰還に賞金を支払うだろうこと――」

「レオを奴から引き剝がすのに山賊二人がかりだった」クレーンは懐かしそうに言った。「あれほどの罵詈雑言は聞いたことがない」

「そしてあの大バカ野郎は全員が言うんじゃないぞと祈っていたことを吐き出した。つまり、あそこにいるあの男、シェン公は、上海の秘密警察の頭だぞ、と。それでそれこそ大騒ぎになって、つまりシェン公は当時かなりの数の首を槍の先に追いやっていて――」

「おいおい、ちょっと待った」スティーヴンがクレーンの横から言った。「言ったよね、シェン公はあんたの、ええと、あんたの――」

「そう、恋人だった」

スティーヴンはつっかえそうになりながら言った。「でもあんたは密輸業者だった！」

「そうだな、その通り」メリックが言った。「でも思い出して欲しいんだが、サー、密輸業者だろうとなかろうと、この閣下はどうしようもないクソバカ野郎で、それは昔からそうだった、ということだ。シェン公ね」絶望的な様子で首を横に振った。「例の将軍の件があるから、お前のやらかした中で一番バカなことではないが、とはいえ、僅差だよ」

「瞳が魅力的だった」クレーンが感慨深げに言った。

「死刑執行命令の出し方も魅力的だった」メリックが返した。「お前さんは危険な奴が好みで、それが問題なんだ。死体が何個もついてこないと、そそられない。ミスター・デイ、悪くとらないで」

「その時我々がいたのは」クレーンはスティーヴンが暫し何も言えないでいる間に続けた。「山の中で、法秩序から何日も離れた場所で、敵の方が圧倒的に数が多く、我々の一団の一人にその地方で最も嫌われている役人がいることを知られ、山賊の首領はいくつもの拷問の種類を並べ立てて、磔はその中でもちょっとした山場でしかないと言い……そこへもってあのクソったれのヘンドリクスは、私がシェンの愛人の外人野郎だと言いつけるのが有効だと思ったのだ」

「オランダのクソ野郎」メリックがうなった。

「まさに。首領は〝そいつから始めろ。シェンにどんなことになるか見せてやれ〟と言って、山賊が二人がかりで私をつかむと毛皮をはぎとり、地面に放り投げた――」

　スティーヴンはクレーンの隣で固まっていた。セイントは片手を口にあてていた。

「さて」クレーンは言った。「君が知っているかどうかは知らないが、ミス・セイント、私の背中にはかなり大きな刺青がある。カササギだ」スティーヴンとセイントは話がそれたことに抗議してそろって不満の音を立てた。クレーンがにやりと笑った。「メリックと私は共に刺青を入れている。私のカササギとメリックの象と城、共にいわば強要されたもので……話せば長い。それは報酬というか謝罪というか、その両方か、中国最大の犯罪結社の竜の首《ドラゴン・ヘッド》、グランドマスターから与えられたものだった。我々が偶然彼の息子の命を助けたことによって」

「偶然？」

「とても長い話だ。重要なのは私たちの刺青がドラゴンヘッドお抱えの彫り師によって施され、三虎爪《スリー・タイガー・クロー》結社のことを知る者にとってはその持つ意味は明らかだったことだ。当時私は、ありがたくもない、えらく痛いだけの贈り物だと思っていた。しかし実はドラゴンヘッドがやったことは、我々の肌に自分の名前を刻むことだった。だから、山賊たちが私を凌辱と殺人の目的で地面に蹴り倒した時、彼らの目に映ったのは死ぬほど恐ろしい権力を持つ男の刻印だったので、その場で即刻数人が跪いたほどだった。山賊の首領は言葉を失っていた」

「めったやたらと混乱した状況だった」メリックが言った。「どれだけひどい目に遭わせるかを叫んでいたかと思ったら、いきなりシーンとして、何人かがぺこぺこしだして、首領はと言えば発作でも起こしそうな状態だった。奴がその刺青はどこで彫った？　と訊いた。ヴォードリーが三虎爪のドラゴンヘッドにもらったと応えたら、誓って言うが、山賊の一人が泣き始めた」

「我々も泣きたい気持ちだったように思う」クレーンがつぶやいた。

「奴らはどうしていいかわからなくなっていた。何人かは殺してしまって何が起きたかわからないようにしようと提案していた。何人かは後退って、いや、三虎爪を敵に回すことはできないと言い――」

「そこへトム・ハートが一歩前に出て、古《いにしえ》のクリスマス精神のごとく笑い始めた」クレーンが言った。「岩に当たって跳ね返る、晴れやかな大笑いだ。そして叫んだ。〝友よ！　もうここにいるのは皆友だ！　さぁ、一緒に酒を飲んで祝宴を楽しもう！〟」

「……酒を飲もうと誘ったのか？」スティーヴンが呼応するように言った。

「ああ、いや、もちろん俺だったらそうはしなかったが」メリックが言った。「しかしハートさんは場が読める人だった。首領はどうしていいかわからなくなっていた。面子を失うことなく部下を引き連れてそそくさ立ち去るなんてできなかったが、カササギの青年を殺したら自分の命がないだろうこともわかっていた。行き詰まっていたところに、ハートさんが出口を示してくれた。というわけで、ハートさんがそう言うと、ヴォードリーが素っ裸で泥だらけの体で立ち上がり――」セイントがブランデーを吹きこぼした。「――歩いて行って、皇帝の宮殿かのごとくもったいぶって飲み物を注いで、首領にカップを手渡した」メリックは首を横に振り、笑いながらクレーンを見た。「認めざるを得ないな、閣下《マイロード》、あんたは相当なタマの持ち主だ」

「あの時の寒さを考えると――」クレーンが感情をこめて話し始めた。スティーヴンが強く抗議してうなった。セイントがかん高い笑い声をあげた。

「というわけでこの閣下とハートさんは相手のクソ野郎に杯を上げ、周りの六十人は自分たちが皆死ぬんじゃないかと思っていたわけだ」メリックが続けた。「首領は二人と、杯と、周りを見回した。完全なる沈黙だ。それから大きく息を吸うと、大声で叫ぶように言った。〝我らの山へようこそ、友よ!〟とな。結局、そのクソ岩場で午前中ずっと、山賊連中と死ぬほど飲んでたってわけだ」

「連中が何の祝いなのか、どう祝うのかを知りたがったので、よき王ウェンセスラスを教えた」クレーンが言った。「山々に響き渡るほど歌って、しまいには皆親友さ。我々が持ってきた酒を飲みつくしたので、やつらが自家製の梅の酒を持ち込んできた」

「思い出させないでくれ」メリックが言った。「あの頃はひどい酒をさんざん飲んだが、あれは――」

「天気が悪いと未だに頭痛がする」

「メリー・クソったれ・クリスマス。次の年は海辺に行ったよ」

「なる。オランダ人の野郎はどうした？」セイントが訊いた。「あんたを売った奴は？」

「山からは連れ出してやろうということになったよ。レオとシェン公がキャラバンの後ろで蹴りを食らわして、上海から百マイルほどのところで後は歩いて帰れと放り出した」クレーンは眉をひそめた。「そういえば、考えてみると……奴は帰ってきたのかな？」

　メリックが肩をすくめた。「さあね」

「わぁ」セイントはメリックに寄り掛かってソファで丸くなり、目を輝かせていた。「それでさ、刺青の話ってのは何なの？」

「おっと」クレーンが言った。「まずは君の番だ」

「あたしの？」

「火を囲んでのクリスマスだ。物語を語る時節、なんだかんだ言って君にもこれに匹敵するような話があると思うがね」クレーンはブランデーグラスを娘に掲げ、そこにトラブルを引き起こしたのと同じくらいの回数、ほとんどの危機を脱出させた極上の笑みを添えた。「さぁどうぞ、ミス・セイント」

　セイントは顎を上げた。メリック、そしてスティーヴンを見た。「わあったよ、殿下。ねぇ、ミスター・D、ノース・オードリー通りの一件、覚えてる？」

愕然としたスティーヴンの表情でセイントがとっておきの話を持ち出してきたことがわかった。クレーンは椅子に腰かけ直すとボトルを寄越せと手を動かした。「続けて。聞いているよ」

＊＊＊＊＊

時計が一時の鐘を鳴らすとスティーヴンは満足のため息と共にクレーンの脚にもたれた。メリックがようやくセイントを寝室に連れて行き、暖炉の火の燃え差しの前で二人きりで座っていた。

「実際、笑いすぎて苦しいよ」スティーヴンは言った。「素晴らしい夜だった。あんたが話を引き出してからというもの、ジェニーはものすごく楽しんでいた。うん、これでうまくいくと思うよ」

「これで四人の一行だ」クレーンはスティーヴンの髪を撫でた。「とても楽しみだよ。君たち二人にイングランド以外の世界を見せること。山に連れていくこと」

「山賊なしに限るけど」

「中国じゅうの山賊が来ても君とミス・セイントがいれば退治できる。おそらくその必要も出てくる。三虎爪はもうないし、もしあったとしても、君以外の誰かに私の刺青を見せるつもりはない」

スティーヴンが片手を伸ばした。クレーンはそれをつかむと二人の指をやさしく絡めた。「きょうは聖スティーヴンの日だから、というか、聖スティーヴンの日が相応しいと思ったので、君に贈り物がある。というか、我々二人にね」体を上げようとするスティーヴンを止めて握った手の力を強めた。「いや、少しそのままで」ポケットから封筒を取り出すのにクレーンは自分の指が少しぎこちなく感じた。ブランデーのせいなのか、あるいは違うかもしれない。「このことについて前にも話したし、私は、あー……」何か意味のあることを言いたかったが、どうでもよかった。スティーヴンにはもうわかっているはずだ。「君が私の指輪をつけているのが好きだった、マイ・ラヴ。またそうして欲しい」

スティーヴンの手の平を上に向けると、クレーンは封筒の中身を落とした。スティーヴンは小さく驚きの声をあげた。

当然だ。クレーンはそれを断固たる意志の行使と大金を積んで間に合うように作らせ、その結果には満足していた。

スティーヴンは小さい方の指輪をつまんで見つめた。黄金が炎を反射して光っていた。クオーツとオニキスの欠片《かけら》が綿密に配置され、飛翔する一羽のカササギを形作り、長い尾が指輪の廻りを巡っていた。大きな指輪はその鏡のような作りで、二羽のカササギが互いの方を向くように出来ていた。

「あ……」スティーヴンは凝視し続けた。「これって……何て言っていいかわからない」

「以前君に指輪をあげた時も同じことを言ったね」

「そうだった」スティーヴンは小さい方の指輪を右手の薬指につけると、見とれるように手を掲げた。「それで僕が言ったんだ。〝ありがとう、ルシアン〟て」

「記憶によれば、それから君は私にキスをした」

スティーヴンは体の向きを変え、足置きの上に跪いてクレーンの手をとった。指からぱちぱちと電気の刺激が伝わり、痛いほどだった。「僕はあんたみたいに口がうまくない。あんたは死刑宣告さえ言葉で回避できるほどだ。その上こんなことをされると僕は……僕には言葉がない」スティーヴンは少しためらい、ほとんど照れくさく見えるような様子で、早口で言った。

「ねぇ、あの歌、知ってるよね？」

「歌？」

「ウェンセスラス」スティーヴンは咳払いをした。その声は少しかすれていた。

「陛下、夜が一層暗くなり
風が一層強くなり
心臓が苦しく、どうすればいいのか
もうこれ以上進めない」

クレーンは王の返答をより低い声で歌った。

「私の足跡を踏め、よき従者よ

その上をしっかりと踏みしめれば
きっと冬の厳しさも
その血を凍らす寒さも和らぐ」
「それだ」スティーヴンが言った。「さっき一緒に歌っている時に思い当たったんだ。それがあんただ。あんたといる時、僕は前に進める。より勇敢になれる。僕にとって世界は、あんたがいるから温かいんだ」大きな方の指輪をクレーンの指に通す手は少し震えていて、そうしてからスティーヴンは自分の手をクレーンのそれに重ねて指をからませた。「二つは歓びのため」誓いの言葉のように響いた。
「二つは歓びのため」クレーンがやさしく繰り返した。「そろそろキスをしてもらってもいいと思うのだが」
「それだけじゃすまないな」スティーヴンは空いている方の手を扉に向けた。鍵がカチッと回る音がして、クレーンは鉄ではなく真ちゅうを扉にはめた古のヴォードリーに一秒ほど感謝した。スティーヴンが膝に飛び乗り、太ももを跨いで座った。体を傾けて両手でクレーンの顔をつかみ、指先から雪片が触れたようにぴりぴりと刺激が伝わる中、キスをした。応答しながらクレーンは自分の衣類とボタンが動くのを、スティーヴンが能力を使って自分を脱がせているのを感じ、恋人の背中を両手でつかんで腰から手を差し入れ、何とか小癪な魔法遣いの集中力を邪魔しようと努力した。

その試みは成功せず、とはいえスティーヴンは口に向かって抗議して、キスに持てる集中力のすべてをこめたので、クレーンはすっかり圧倒された。歯と舌と、開いた口と無精ひげの感触、腰を引きつけ、着ているものを引っ張り、顔を撫でるスティーヴン——クレーンにはもはやどれがスティーヴンの本物の手でどれが魔法なのかわからなくなっていたが、見て確認するつもりはなかった。体の表面いたるところに羽根のように軽い感触があり、スティーヴンの息が、ブランデーの香りに混じって、耳の中に当たった。

スティーヴンが下方に動いて跪き、両手はクレーンの裸の太ももに置かれた。「そのままでいて」スティーヴンが言った。「やりたいことが……」

「何でも」

「じゃ、動かないで」スティーヴンの瞳は暗い部屋の中で黄金色に光っていた。「閣下《マイロード》」

「ああ——い、いまのは何だ？」

「僕」

「もちろんそうだろう」クレーンは呼吸を制御しながらじっと耐えた。努力が必要だった。スティーヴンは自分の両脚の間に正座して座っていて、両手はクレーンの太ももの上にしっかりと置かれていたが、力はそこに留まっていなかった。両手からクレーンの皮膚を通じて全身に広がる、滴るように、滑るように、水銀が触れたらこうなのだろうと思わせる濃さと冷たさ。変わり身の早い、流れるような感触。イチモツの周りをリボンのようにくるくるとやさしく圧力がかかり、睾丸を包み込み、器官全体を締めつけられる感覚があった。

「スウィート・ジーザス！」

「いい？」

「ファック」

「いいってことだね」スティーヴンがつぶやいた。力はクレーンの肌の上でドクドクと息づき、下方へ滑り、探索するように突起が伸び、おお何たること、いまや挿入される感覚があった。そこに物理的に何もないとは信じられなかった。神経の末端にいたるまで感触が伝わり、体の深奥には強い圧力、ちょうどいい具合の――ずいぶん長い間感じることのなかった感触――モノの周りの一定の圧力、耳たぶ、乳首、首すじと、体全体を刺激する鋭い快感。スティーヴンはクレーンの全身に一斉に働きかけていて、快楽の集中砲火の下、クレーンは身動きがとれなくなっていた。上海語と英語の両方で罵倒し、椅子の上で反り返り、両手は椅子の肘を固く握り、スティーヴンはもはやそこら中にいて、くまなく全身を覆うように、容赦なく存在していた。

「クソったれ《ツェナ》。クソ。スティーヴン、頼むから」

「愛してる」スティーヴンが小さく言った。「僕にはあんたが必要」その言葉と共に圧力とリズムが強まり、らせん状に上方に向かった。クレーンの爪が椅子の皮革を削った。こんなに自分の体が制御できないと思った経験はいままでなかった。「そして世界中であんたにこれができるのは僕だけ」

クレーンはうなり声を上げた。スティーヴンは頭を前傾させて、クレーンのモノを唇で温かく包むと体中に一斉に快感を解放し、クレーンはほとんど痛むような激しい絶頂の末に果てた。

少ししてから何とか気を取り直した。スティーヴンはペタンと座り込み、激しい自己満足の表情を浮かべていた。瞳は黄金色に輝いていた。

「なんてこった」クレーンは絞りだすように言った。「指輪一つでこうなるのなら、もっとたくさん宝石を買ってやるぞ。たとえばティアラとか」

「そうだね、これは――」スティーヴンは話しながら片手を上げるといきなり黙りこみ、指にはめた指輪をじっと見つめた。

「何だ？　おいおいおい。またクソっ鳥たちが動いているとか言うなよ。それはなしだ」クレーンは体を起こすと自分の指輪をにらみつけた。

「いや、ごめん、大丈夫。光の加減だったと思う」スティーヴンが言った。「たぶん」

「たぶん、だって？」

スティーヴンはため息をついた。「あんたも避けられない事実を受け入れた方がいいと思うよ。二人でカササギの指輪、だよ？　何だってあんたの好きなものを賭けてもいい、いまから百年ほどして、どこかのヴォードリーの遠縁がこれを見つけて、〝あらなんて素敵なご先祖様の品〟とか言って身につけて、また同じことが起きる」

「我々は海で死んだ方がいいってことだな」クレーンは言った。「それが無理だったとしても、しょせんそいつらの問題だ」クレーンはスティーヴンの手を取り、シャンペンの泡を肌に感じた。「私の問題はだな、目下のところ、君が私にやったことを自然の才能と二十年の経験だけでどう改良するか、だ。さぁ、こっちへ来い魔女くん、私にやらせてみておくれ」

＊＊＊＊＊

ロンドン、大晦日

この地の雪は深く積もった。黒ずんだ壁と脂っこい通りを覆い、純粋なふりをして暗闇を照らしても、翌日には足蹴にされ、凍って汚い、危険で厄介な物体に変わるのだ。でもいまは、夜の中で、雪は美しかった。

ジョナ・パスターンは聖ポール大聖堂の欄干に座り、街を見下ろしていた。雪片が降り注いでいたが、暖気の層を纏っていたので、体から数インチのところで溶けて消えた。

大晦日。本当なら祝っていてもいいはずなのに。二人で、ベッドで、キスで新年の鐘を鳴らして祝っていていいはずだった。一人、ジンのフラスクと消えることのない痛みを抱えて、こんな上空にいるはずじゃなかった。でも事実はそうで、ジョナにできることは何ひとつなかった。

「新年おめでとう、恋人よ。俺たち二人に。あんたがどこにいようとも、俺がどこにいても」フラスクを宙に掲げてから飲み干し、どこに落ちるとお構いなく放り投げた。「新年おめでとう、そして地獄に落ちやがれ、皆々さん」

鳴り響く鐘の音で足元の建物が震え始めた。立ち上がって欄干を飛び越えると、冷たく、何もない空中へ飛び去った。一人。

また逃げなければならなかった。

「五つは天国のため」は「カササギの魔法」シリーズのエピローグとして書かれ、原文はKJ・チャールズさんの公式サイト（kjcharleswriter.com）に無料の読み物として掲載されています。今回、シリーズの三冊目に収録する許可をいただきました。

どうぞお楽しみください！

五つは天国のため

Five for Heaven

エスターへ

先日は手紙をありがとう、そして返事がこれほどまで遅くなってしまって本当に申し訳ない。双子がとても元気だと聞いて嬉しいよ。もう三歳だって？　事実とは思えないよ。とはいえ、僕が英国にいたのがもう十年くらい前に感じるから、そうなのかもしれない。

協議会《カウンシル》と君の新しいチームとの関係が少しよくなったと聞いて嬉しい。去ったことを後悔しているとは未だに少しも言えないけど、お役所仕事はいずこも同じだと言ったら、君は驚かないと思う。例えばいまや〝上海地区協議会〟という組織が、賭け事や売春、そしてシャーマンの活動（！）を制限しようと試みている。ルシアンが以前住んでいた頃にはなかった組織で、僕らが去らなければならなくなる前に見聞きした範囲では、誰にとってもありがたい状況ではなさそうだ。

去らなくては〝ならなくなった〟部分が、返事が遅れた理由だ——君の手紙は僕らが上海を出発した後に届いて、転送されてくるまで少し時間がかかった。実は第一に、地区協議会は外国人のシャーマンに対して批判的で、存在が望ましくないという態度を取っていて、第二に協議会の首脳部にはルシアンと上海で個人的に敵対関係にある人物が一人ならず二人もいた、ということが関係している。犯罪組織との共謀に関する法律や、過去の逮捕状などが持ち出され、長い話を短く端折ると、ルシアンが僕の〝最初の夜逃げ〟と呼んで譲らない逃避行を実行して、僕らはいま日本にいる。

君はおそらく思いもよらなかっただろうね。僕自身、まったく想定していなかった。

僕らはいま、九州の島の長崎という場所にいる。ここは日本が世界に向けて鎖国をしていた間も外国人に開かれていた数少ない港の一つで、とてもコスモポリタンな場所だ――国の残りの場所は、僕がわずかに経験した限りにおいては、そうではない。忙しい都市だがとても美しい場所もあり（素晴らしい寺社などの建造物がある――僕に絵が描ければいいのに）、活気に満ちていて、英語を話せる人もたくさんいる。僕の語学力ときたら、まったく上達しないので、すごく助かっている。ルシアンは言葉を学ぶのには苦労しないようで、ジェニーは人に自分の意図を理解させる類まれなる才能を発揮している（いまやあの子は七ヵ国語で罵詈雑言を言える。さらに増えそうだ）。僕は一日三時間、先生について勉強しているが、限られた主題についての簡単な内容を、ゆっくり話してくれたら、ようやく理解できるようになってきた。すごく努力しているけど、数ヵ月後にインドかアフガニスタンにいることになったら、すべてが水の泡だ。しかしルシアンと旅をするコツは、やってくる出来事を平静な諦めの心と共に、文句を言わずに受け入れることだ。というか、文句があってもほんの少しに留める。だいたい聞いてくれやしないし。

僕らが到着したのは二ヵ月ほど前で、ちょうどハナミ（桜の開花）の季節だった。街の至る所に桜の木が植えられていて、桜の花が一斉に開花して、花を愛でるためにこの忙しい商業都市が動きを止めるの見るのは驚きに値した。人々は花の下を長い散歩に出たり、ピクニックを持って花の下に座り、詩を読んだりする。それから、酒を飲む。ピンクと白の雪が降るような花びらが散る中、丘の上の木陰に腰かけているのは素晴らしかった。一年に一度、花を愛でるためにロンドン全体が立ち止まるところは想像できないが、もしそれができたらその分もう少しいい場所になるかもしれないね（もちろん、ロンドンに花があれば、の話だけど）。

僕がどんなに色々なことを学んでいるか、伝えきれないよ、エスター。この旅でやったことが〝長崎に来て花見をした〟だけだったとしても（あるいは〝アヤソフィアを見学した〟でもいい……。色々あり過ぎる）、人生を変えるほどの経験であることは間違いない。いまや、自分でも信じられないほど素晴らしいものをたくさん見て思い出をたくさん作った。君とダンにも是非訪ねてきてほしい。ルシアンの申し出は今でも活きてるのは知っているよね？　ジョスと新しいペアとで何とか六ヵ月間、留守を守ることはできないだろうか？　（冗談だよ）

君がじりじりと求めている最大のニュースはもちろんジェニーのことだと思う。実はいままさに、本人の大声での抗議と共に、その幸せな出来事が起きている最中だから、気を紛らわせるためにこの手紙を書いている。どういう結果かわかるまではこれは発送しないつもりだ。

認めるよ（声に出しはしないけど）、実は少し怖い。話したかどうか忘れたけど、メリックは最初の奥さんをお産で、赤ちゃんと共に亡くしている。だから、最大限そう見せないようにしているけど、とても心配している。当然、こういう時のルシアンの対処法は相手に議論をふっかけることだ。おそらくわざとやっているのだと思う。とにかく早く終わって欲しいと切に願っている。ジェニー本人がそう思っているほどではないにしても。

この件については、これ以上は書かない。君がこれを読む頃にはすべてが終わっていると考えると、奇妙な気分だ。もちろん、手紙の最後まで飛ばして、どうなったかを読んでもらって構わない。

ルシアンは日本をとても気に入って、以前ここを訪ねたことがなかったので、この国の他の場所を見てみたいと考えているようだ。彼の放浪癖《ワンダーラスト》は特筆に値するよ。ロンドンにあんなに長い間留まる犠牲を払わせたことについては、いかがなものかと思っている。素晴らしい景色をたくさん見られるとはいえ、いつでも動いていたいという衝動は僕にはないから、ここでの長期滞在を楽しみにしている。ジェニーが順調に出産したら、赤ん坊が乳離れするまではここにいようと考えている。

それどころか、もっと長くなる可能性もある。仕事をしないかと提案されたんだ！　日本の能力者《プラクティショナー》たちは英国とは違う働き方をしていて、上海で見たそれとも異なっている。とはいえ、長崎はつくづく国際的な街で、日本人、中国人、ポルトガル人、オランダ人、ロシア人、そして英国人が暮らしているから、地元のマホウツカイ（能力者）たちはガイジン（外国人）を仲間に引き入れたいらしい。君が僕の日本語を大したもんだと思ってくれたら嬉しいな。もちろん官僚機構はあるだろう、それも日本式の（どういう意味かはまだわからないが、協議会よりひどいとは思えない）、でも仕事に戻るという考えはとても魅力的だ。

とはいえ、引き受けるかどうかはまだわからない。というのも、そうなるとある程度の期間

――当初は二年ほど、ここに留まらなければならないからだ。まだルシアンとこの話をしていない。どう反応するか正直なところわからない

＊＊＊＊＊

ジェニーの悲鳴でスティーヴンはペンを持ち直した。ここ数時間ジェニーはそれなりの声をあげ続けていたが、いまや新しい段階に突入していた。襖を切り裂くような悲鳴と、それに続く罵詈雑言の嵐。

「順調なようだな」クレーンがつぶやいた。

クレーンが地獄のような思いをしていることをスティーヴンは知っていた。何か力づけるような言葉をかけたかった――〈彼女は若くて元気だから〉――しかしメリックの最初の妻も若くて元気だったが、赤ん坊も本人も助からなかった。「得られる最良の介助を得ている」

「わかっている、わかっているさ。何か他の話をしよう。そうだ、一杯飲もう。まだ何時間もかかるのなら――」

「地獄のクソッタレ！！」

「どうやらあの子の語彙力はあまり改善されていないな」スティーヴンは言った。「助産婦たちは英語がわかるのか？」

「ジェニーの類の英語を話すかは疑わしい。それに誰に何と言われても、日本女性も出産の時には罵り言葉を口にするさ。私だってそうする」

「だとしても誰も驚かないよ」スティーヴンは立ち上がって伸びをした。本当は散歩に出かけたかった。きょうは一日、まったく何の役に立たない団結の姿勢を見せて家に留まっていたが、外はいい天気で、温かくさわやかで緑が茂り、そよ風には海が薫った。陸にいる時の潮風は大好きだった。

「外に出てみるか?」クレーンが提案した。

引き戸を開けると日陰になっている広いベランダに出られた。スティーヴンは素足に高い木の下駄を履いた。外に出る時は身長に切望していた一・五インチ（約四センチ）を加えてくれる代物だ。クレーンが家で容赦なく強要するので、日本の屋外と屋内の靴のルールを苦労して身につけ、いまや自然になっていた。あらゆる法律を破ることに悦びを見出す男にしては、地元の慣習を守ることに関しては非常にきちょうめんだった。クレーンいわく、それが礼儀というものだ、という。

二人はベランダに置いてあるクッションに座った。家は街の外、丘の斜面に建っており、産業港に囲まれた方ではない、湾の内陸側の端を見下ろしていた。三月には桜の花の雲に浮かんでいるような場所だった。いまや木々の葉は真緑になっていた。

「あの子は大丈夫さ」クレーンが言った。

　スティーヴンは発せられない疑問形を感知した。クレーンに手を延ばし、細長い指が自分のそれを握るのを感じた。「もちろんさ」

「前の時はよくなかった」

「今回も同じとは限らない」

「もう何時間も経っている」

「まだ本格的には始まっていないらしいよ、僕に分かる範囲で言うと」

　エスターは双子の出産時の状況を恐ろしく詳細に描写した手紙をジェニーに送ってきて、スティーヴンはそれを読み聞かせなければならなかったのだ。それが女性同士の連帯だということらしかった。

「エスターは長い間陣痛に耐えたと言っていた。実際の、あの、前に」何となく下半身を示して言った。「助産婦たちは何か問題があるとは言っていない、そうだろ？」

「誰からもそうは聞いていない」クレーンは頭を反らして目を閉じた。「もしよくない状態なら――」

「よくない状態である理由は何もない。女性は毎日のように無事に出産している」

「毎日のように、そうではない女性もいる」

「もし悪い方向にいくようなら、僕らにできることをすべてする」スティーヴンは粘った。

「何をすることになるかは、いまはわからない、だからもしもそういうことになったら心配することにして、状況を何とかしようとする無駄な努力は止めるべきでは？」

クレーンは片眼を開いて嫌な視線を送った。「君はそれが鋭い観察眼だと思っているようだな」

「僕ら二人が出会っておよそ六分後にも同じ観察ができたと思う」

「利口ぶりやがって」

「独善的な奴」

二人は静かな共感の中でしばらく座っていた。屋内は少し静かになったようだった。スティーヴンはクレーンの手を握り続けた。いまさらながら握っていることに気づいたが、無意識にそうしていたのだ。英国を出て三年、英国の法律と長年の恐れから自由になったことは、否定できない影響を与えていた。もう三年もしたら二度と故国に戻れなくなるだろう。そう思っても一分の悲しみも感じなかった。クレーンが生まれた国をあれほど憎んでいるのも不思議ではない。祖国を聖なる場所と捉えるのは、比較する対象がない時だ。

「発たないといけなくなったら、君はいやか？」クレーンが突然訊いた。

その言葉はスティーヴンの思考にあまりに近かった。「発つってどこへ？　何をする？　英国ではないよね？」

「まさか、銃を突きつけられたってお断りだ。もし――」親指で家の中を差し、スティーヴンはその意味を、〝ジェニーが出産で死んで、前の時のように、遺された夫のひどい悲嘆と苦痛を慰めるためにどこか神のみぞ知る場所へ放浪の旅に出なければならなくなったら〟と受け取った。

「そんなことにはならない」断固として言った。「でももしそうなったら、もはや他のことに意味なんてないよね？」

「ない」

「もし最悪の事態になったら、メリックのためになるようにしよう。訊いているのがもっと一般的に、僕がここを気に入っているのかどうかということなら……。うん、気に入っている」

「そう思った」クレーンは少し間を置いてから、こう言った。「君には居心地がいいように見える。上海にいた時よりも」

「そんなに長い間いなかったじゃないか」

「二ヵ月いた。ここにいる時間と同じだ」

「そうだった？　そうかもね。もしかして」

クレーンがじっと視線を向けた。「ここの方が好きだろう」

「そうだね」スティーヴンは言った。「美しいし面白いし、上海ほど圧倒されたりしないし、ここには外国人がより多いってこともある。でも正直言うと、ここがあんたにとっても新しい場所だということを気に入っている。あんたが自分の好きな場所を色々見せてくれるのもよかったけど、でも――今回は僕ら二人にとって新しい場所で、あんたの馴染みの場所ではない」

「そうだな」クレーンは言った。「そのことに気づくべきだったかな？」

「いや。僕だってコンスタンティノープルや上海や色々な場所を見たいと思っていた。でもここに少し居続けるのも悪くない」

「よろしい、もしすべてがうまくいったらそうしよう。ジェニーが元気になって赤ん坊が少し成長するまで」

スティーヴンは注意深くクレーンを見た。「もう少し長くは考えられない？」

クレーンは暫し考えこんだ。「定住を考えているのか？」

「どこかにちゃんと住みたいと思っている。永遠に、ではないけどね」慌ててつけ加えた。「でもちょっとした会話ができるくらい言葉を学んで、友達ができる程度は。船酔いからあと数ヵ月は解放されていたいし」大きく息を吸った。「それに、実はねルシアン、山田センセイから、仕事をしないかと言われたんだ。英国人のマホウツカイが欲しいんだって。もちろん、日本語も話せた方がいいんだけど――」

「言葉は学んでいるところだな」クレーンは言った。「仕事を引き受けたいか？」

スティーヴンはクッションの上で体勢を変えた。「つまりさ、あんたは僕に、自由な紳士として旅をするこの新しく素晴らしい生活をくれて、本当に素敵だし、どれだけ楽しんでいるか伝えきることはできないくらいだ。素晴らしかった。でももう三年だ。それで、ようは

――」

「仕事をしたくなってきたんだな。私にだって多少は見えている」

「あんただってそうだ」スティーヴンは指摘した。「上海で会った人たちは皆商売関連の人たちで、友人関係ではなかったことに、僕だって気がついた」

「彼らは実際に私の友人たちだよ。でも私にもわかるさ、スウィート・ボーイ。ただそこに在るだけでいい時期もある。何かしていないといけない時もある」

スティーヴンはクレーンの様々な側面を愛していた――寛大な供給者、支配的な恋人――でも時々、最も愛しているのはこういう時、感情や批判、あるいは自己をも抜きにして、明確な理解を示してくれる時のルシアンではないかと思った。自分のすべてを見てくれて、完璧に理解されていると感じる時。

「その通り」スティーヴンは言った。「僕は働きたい、そして長崎が好きだ。仕事を引き受けて二年くらいここにあんたと一緒に住みたい。でもそれはあんたも幸せであってこそだ。あんたと一緒でなければ僕には住みたい場所なんてない。それはもちろんメリックが幸せじゃないとダメだということだし、ジェニーもそうでないといけないということだ。これら全部か、なしかだ」

クレーンはスティーヴンの手を引き寄せるとその甲の関節にキスをした。「メリックはどこへ住むかは気にしたりしない、それは保証する。ジェニーは忙しくなるしな、すべてがうまくいけば」

「あんたはどう？」

「君、ここはこの世界のこちら側で最も活発な貿易港の一つだ。周りを見ると」――丘の斜面と青い湾を示した――「私には機会が見える。たくさんの魅力的なものが。他に何が見えるか言おうか」

「何？」

「君だ、幸せな。私がさらって来る前の君には人生があって、根っからの放浪者の一人でないことは知っている。君に何か強要するようなことはしたくない――」

「嘘をつけ」

「生活する場所についての話さ、おバカ。では、残るか？」

「試してみたい。もちろん永遠にというわけではない。でも、ただ通り過ぎるのではなく、どこかにちゃんと住んでみたいんだ」

「それもそうだ。異なる経験だ」

「それからもちろん、ここにはあんたの仇敵がいないのも好都合だ」

「まだな」クレーンが言った。「一ヵ月しか経っていない。時間をくれ」

「はは」

「私の――ジーザス！」

ジェニーの悲鳴が空気を切り裂いた。これまでの悲鳴とはまったく質の違うもので、いかにも〝ひどい目に遭っている女性〟という響きで、何年もの間共に戦ってきたスティーヴンは立ち上がり、履いていた下駄を不器用に脱ぎ捨て、クレーンがまだ組んだ脚を解いている間にも家の中を走っていた。ジェニーの部屋の引き戸を扉が跳ね返るほどの力で開くと、つんのめるようにして止まった。

ベッドの上で跪《ひざまず》いているジェニー、裸で悲鳴をあげ、苦悶に歪んだ顔。真っ白な顔のメリックがその片手を握っている。助産婦が二人、集中して介助している。血。それから、スティーヴンの審犯者《ジャスティシアー》としての訓練が、ほんの一瞬だが、ガーゴイル風の怪物として認識させた突出した物体。

「そっか」不適切な発言になった。

「ミスターD」ジェニーが歯の間から言った。ため息か、嘆願か。

そう呼ばれたのは何年かぶりだった。教官だった頃にはそう呼ばれた――友人、もしくは仲間ではなく、彼女を訓練し庇護し、それが仕事だったから彼女のために死ぬことも厭わなかった頃。助けを求める時に呼ばれた名前だった。

ベッドの上に置かれたジェニーの片手の指関節は白くなっていた。スティーヴンは一歩前進し、拳をつかむと、自分の持てるすべてを送り込んだ。

ベッドの反対側にメリック、戸口にクレーンがいることがぼんやり認識されたが、何よりも感じたのは、スティーヴンが力を送り込むのと同時にジェニーが握った指を恐ろしい力でスティーヴンの手に食い込ませて、体から命を押し出したことだ。

ジェニーがかん高い声をあげた。助産婦たちが周りで動いた。血が流れていた。そして驚くべき音量の泣き声が響くと、スティーヴンは自分の目と耳、そして特別な知覚が、部屋にいる人間がいまや六人ではなく七人になったことを告げるのを、信じがたい思いで感じた。

「赤ん坊だ」スティーヴンは言った。「ルシアン、赤ん坊だよ！」

「いったい何を期待していたんだ？」クレーンは狂ったようににやけていた。通常こんな表情の時は、月に関する詩を詠《うた》っている。つかつかと歩いてはメリックの肩を一発叩いた。「おめでとう、この老いぼれ犬。素晴らしい新技だ」

メリックはベッドに横たわるジェニーに何ごとか囁いていて、スティーヴン自身が感じているのと同じくらい信じられないという表情をしていた。ジェニーは出産の神秘にさほど敬意をはらっているようには見えなかったが、助産婦が差し出した泣き叫ぶ小さな包みを受け取り、スティーヴンが今までに見たことがないような、でもまた見たいと思う表情で笑った。

「アカチャン」枯れた声で言った。「赤い小さなもの」

「アカチャン」助産婦の一人が同意して、スティーヴンとクレーンの方を振り向いた。スティーヴンには繰り出された滝のような日本語の意味はわからなかったが、〝歓迎されていない、どこかへ行け〟というメッセージはくみ取った。二人はよろよろと居間へと退散し、クレーンはそこで真っすぐボトルのところへ向かった。

「酒が要る。日本酒か、それとも梅の奴にするか？」

「どちらか近くにある方で」スティーヴンは言った。「何と言っていいのか……。僕の仕事では叫び声と血は普通は悪いことだ。ものすごく混乱している。なんてこった」

クレーンは焼き物の杯を寄越した。スティーヴンは一気に飲み干してお代わりのために再度突き出した。「女の子だったよね、違った？」

「そのように見えた。既にメリックが求婚者をあしらっているさまが見えるぞ、気の毒な連中だ」

「僕がその立場だったらジェニーの方が怖いけど」

「そうだな。驚いたな、スティーヴン、女の子とは。メリックの青少年版《ジュヴナイル》。ミス・セイント＝メリック、父親の魅力と母親のやさしくて控えめな性格を受け継ぐ子供。世界にとって重要な出来事だよ。英国ではいままさに蛙の雨が降っているんじゃないか。あるいは水晶玉が砕け、予言者たちはあたふた走り回って叫んでいる――」

「黙ってよ」スティーヴンが勧めた。

クレーンが杯を上げた。「小さき者に。長崎と新しい仕事に。昔の仕事と同じではありませんように」スティーヴンの杯にコツンとぶつけた。「我々に」

＊＊＊＊＊

エス――

次の船に乗せたいから、急いで手紙を締めくくるよ。

僕らはここに残ることになったので、しばらくの間上記記載の住所に手紙をくれれば僕に届く。ジェニーは元気で、体重七ポンド（約三一七〇グラム）の健康な女の子を生んだ。名前はルーシー。これはどうやらジェニーの思いつきみたいで、ルシアンは人生でこれ以上ないくらい嬉しく誇らしく感じているようだ。皮肉めいた反応を示したけど、誰一人騙されなかったよ。

僕は人としてこれ以上ないくらい幸せだ。

皆に愛をこめて

スティーヴン

カササギの魔法シリーズ3

カササギの飛翔

2023年2月25日　初版発行

著者　KJ・チャールズ［KJ Charles］

訳者　鶯谷祐実

発行　株式会社新書館
〒113-0024 東京都文京区西片2-19-18
電話：03-3811-2631
［営業］
〒174-0043 東京都板橋区坂下1-22-14
電話：03-5970-3840
FAX：03-5970-3847
https://www.shinshokan.com/comic

印刷・製本　株式会社光邦

Printed in Japan　ISBN 978-4-403-56053-8

一筋縄ではいかない。男同士の恋だから。

■ジョシュ・ラニヨン
【アドリアン・イングリッシュシリーズ】全5巻 完結
「天使の影」「死者の囁き」
「悪魔の聖餐」「海賊王の死」
「瞑き流れ」
【アドリアン・イングリッシュ番外篇】
「So This is Christmas」
〈訳〉冬斗亜紀 〈絵〉草間さかえ
【All's Fairシリーズ】全3巻 完結
「フェア・ゲーム」「フェア・プレイ」
「フェア・チャンス」
〈訳〉冬斗亜紀 〈絵〉草間さかえ
【殺しのアートシリーズ】
「マーメイド・マーダーズ」
「モネ・マーダーズ」
「マジシャン・マーダーズ」
「モニュメンツメン・マーダーズ」
〈訳〉冬斗亜紀 〈絵〉門野葉一
「ウィンター・キル」
〈訳〉冬斗亜紀 〈絵〉草間さかえ
「ドント・ルックバック」
〈訳〉冬斗亜紀 〈絵〉藤たまき

■J・L・ラングレー
【狼シリーズ】
「狼を狩る法則」「狼の遠き目覚め」
「狼の見る夢は」
〈訳〉冬斗亜紀 〈絵〉麻々原絵里依

■L・B・グレッグ
「恋のしっぽをつかまえて」
〈訳〉冬斗亜紀 〈絵〉えすとえむ

■ローズ・ピアシー
「わが愛しのホームズ」
〈訳〉柿沼瑛子 〈絵〉ヤマダサクラコ

■マリー・セクストン
【codaシリーズ】
「ロング・ゲイン～君へと続く道」
「恋人までのA to Z」
「デザートにはストロベリィ」
〈訳〉一瀬麻利 〈絵〉RURU

■ボニー・ディー＆サマー・デヴォン
「マイ・ディア・マスター」
〈訳〉一瀬麻利 〈絵〉如月弘鷹

■S・E・ジェイクス
【ヘル・オア・ハイウォーターシリーズ】
「幽霊狩り」「不在の痕」
「夜が明けるなら」
〈訳〉冬斗亜紀 〈絵〉小山田あみ

■C・S・パキャット
【叛獄の王子シリーズ】全3巻 完結
「叛獄の王子」「高貴なる賭け」
「王たちの蹶起」
【叛獄の王子外伝】
「夏の離宮」
〈訳〉冬斗亜紀 〈絵〉倉花千夏

■エデン・ウィンターズ
【ドラッグ・チェイスシリーズ】
「還流」
〈訳〉冬斗亜紀 〈絵〉高山しのぶ

■イーライ・イーストン
【月吠えシリーズ】
「月への吠えかた教えます」
「ヒトの世界の歩きかた」
「星に願いをかけるには」
「すてきな命の救いかた」
〈訳〉冬斗亜紀 〈絵〉麻々原絵里依

■ライラ・ペース
「ロイヤル・シークレット」
「ロイヤル・フェイバリット」
〈訳〉一瀬麻利 〈絵〉yoco

■KJ・チャールズ
「イングランドを想え」
〈訳〉鶯谷祐実 〈絵〉スカーレット・ベリ子
「サイモン・フェキシマルの秘密事件簿」
〈訳〉鶯谷祐実 〈絵〉文善やよひ
【カササギの魔法シリーズ】
「カササギの王」
「捕らわれの心」
「カササギの飛翔」
〈訳〉鶯谷祐実 〈絵〉yoco

好評発売中!!

新書館／モノクローム・ロマンス文庫